論創ミステリ叢書

73

本田緒生探偵小説選Ⅰ

論創社

本田緒生探偵小説選Ⅰ

目次

創作篇

呪はれた真珠……2
美の誘惑……11
財布……20
蒔かれし種——秋月の日記……29
鮭……86
或る対話……89
街角の文字《もんじ》……92
彼の死……100
謎……103
視線……108
無題……113
ひげ……116
寒き夜の一事件……122
書かない理由……131
ローマンス……136
鏡……144
夜桜お絹……148
或る夜の出来事……169
罪を裁く……178
危機……189

評論・随筆篇

日本の探偵作家と作品……204
無　題……207
鈴木八郎氏に呈す……209
あらさが誌……212
うめ草……215
一号一人（一）……217
一号一人（二）……219
一号一人（三）……221
一号一人（四）……224
一号一人（五）……226
一　束……228
二つの処女作……230
編輯後記……232
十月号短評……234
直　感……234
笑話集……236
小　噺……237
緒生漫筆（1）……239
アンケートほか……243

【解題】横井　司……247

凡例

一、「仮名づかい」は、「現代仮名遣い」（昭和六一年七月一日内閣告示第一号）にあらためた。
一、漢字の表記については、原則として「常用漢字表」に従って底本の表記をあらため、表外漢字は、底本の表記を尊重した。ただし人名漢字については適宜慣例に従った。
一、難読漢字については、現代仮名遣いでルビを付した。
一、極端な当て字と思われるもの及び指示語、副詞、接続詞等は適宜仮名に改めた。
一、あきらかな誤植は訂正した。
一、今日の人権意識に照らして不当・不適切と思われる語句や表現がみられる箇所もあるが、時代的背景と作品の価値に鑑み、修正・削除はおこなわなかった。
一、作品標題は、底本の仮名づかいを尊重した。漢字については、常用漢字表にある漢字は同表に従って字体をあらためたが、それ以外の漢字は底本の字体のままとした。

創作篇

呪はれた真珠

　それを最初に発見したのは、女中頭《じょちゅうがしら》のお由《よし》であった。主人の誕生日だというので、宵の口から家内中が大はしゃぎにはしゃいでいる間に、ふと便所へ立って行ったその時に、お由は姉娘の雪子が庭の真中に倒れているのを知ったのだった。驚いてそばへ寄って見ると雪子は最早冷たくなっている。お由の魂はけし飛んだ！　お由の足は空《くう》を飛んだ。

「お嬢さまが……雪子さまが……お庭の真中で……倒れて……倒れて……死んで……」

　お由の言葉はたしかに爆弾に等しかった。しかもそれは巨大なる爆弾であった。恐ろしい狼狽が総ての人を支配し初めた。一家のよろこびは瞬間の間に恐怖と入れ代った。

　雪子は庭から直接表通りへ出られる潜り戸の近くに、足を伸ばして仰けに倒れていた。足の位置は丁度飛石の一番終いになっている特別大きな三河石の上になっている。そこから斜《ななめ》に身体《からだ》を伸ばして、大きな紅葉《もみじ》の木の根下に束髪に結った雪子の頭は置かれてある。二三日掃除を忘れたのだと見えて、そこには枯葉がかなりたくさん落ち散っていた。

　翌日の新聞には、大きな見出しで次のように発表されていた。

「当市屈指の資産家弓削《ゆげ》氏の長女雪子嬢は昨夜何者かのために惨殺されていた。凶行は午後九時頃に行われたもので致命傷は後頭部に生じている小さな深い穴でそれが脳まで達している。何か金属製の細長いもので後から不意に襲ったものらしく抵抗した様子も見えていない。炯眼《けいがん》な探偵勝山氏にも何等の手懸りをあたえないほどの巧妙なやり方である。紛失したものはかの有名なる真珠……世界に稀なる大きさと光輝とを有する……のみである。思うに犯人は令嬢がその愛する真珠の簪《かんざし》を常に用いている事をよく知っているものに違いない。たった一つ手懸りと思われるものは雪子嬢の紙入れの中から現われた暗号の手紙である。

33.48.29.8.12.16.28.26.4.3.4.35.27.30.8.36.17.――36.38.

おかしい事に雪子嬢は、その時妊娠四ケ月であったそうである。その相手の男さえ判れば犯人はすぐ判るだろうと勝山探偵は云っている」

不思議そうに書かれてある暗号の手紙も雪子の妹の百合子にはすぐに察し得られた。こんな手紙を自分の姉に送る男は、ただ一人よりこの世には無かったはずである。そうして二人の関係を知っているのもただ一人、それは百合子自身より無かったはずである。手紙の文句もその現われた数字が四十八以下である事によって、すぐに百合子には読む事が出来た。憎むべき敵。憎むべき下手人。憎むべき殺人鬼！

だが、どうしたものか百合子には、その相手の男を心から憎む事の出来ないような、ある不思議な感情が身内にあるのを知った。姉の恋に対して今までただ一人の同情者は百合子であった。百合子は姉の恋に幸福あれと常に祈っていた。男らしい頼もしそうな男の様子に、百合子までが何となくチャームされながら、姉との恋の成長に禍《わざわい》ある勿《なか》れと念じていた。その男も今は悪魔と見なければならなかった。清い瞳を持ったその男を、今は敵と見なければならなかった。白合子にはそれが苦痛であった。かすかではあるけれども、男に対する同情が百合子の心にはたしかに含まれていた。しかし、百合子はそれをどうする事も出来なかった。

男の名を秋月圭吉と云う、T―大学の学生で未来多い青年であった。

百合子はパラソルを手にしながら、たった一人場末の街を歩いていた。姉の墓参りに来た帰りがけに、皆と別れてあてどなく歩きまわっていたのである。百合子は静かに考えてみたかった。ただ一人になって静かに静かに総てを考えてみたかった。百合子はまだ秋月圭吉の名を誰にも語らずにいたのである。

丁度その街の中ほどに、こんな所には全く不釣合な大きな貴金属商の店を開いていた。無意識にそこのショウウインドウの前を通り過ぎようとした時、不意に鋭く百合子の瞳を射たあるものがある。百合子は足をはたりととめた。百合了の視線はウインドウの真中にある一つの指輪に注がれている。それはまあ何という見事な真珠だろう。その光り、その光沢、そうしてその大きさは！

「姉さんの真珠！」百合子は思わず呟いた。それはたしかにそれでなければならなかった。その大きさ、その光沢、その光り。百合子はいきなり貴金属商の店へ歩を運び入れた。

とどろく胸をじっと押えながら、百合子はその真珠を買ってもいいがと云ってみた。赤ら顔のいかにも下品そうなここの主人らしい男は、いい鳥が来たと云うように、その大きさ、その光りを、口から泡を飛して弁じ立てた。主人の口裏から百合子は、その真珠がある若い男に依ってここに運ばれ、かなりの金に代えられたのを知った。百合子は悟られまいと一心になりながらこう云ってみた。

「いただいてもいいんですがね……」

百合子は少し考えるようにして見せた。

「お値段の事は前にも申し上げたようにたしかに五割は……」

「いいえ値段の事じゃないんですけれども……あのその石の出所さえしっかりしていれば……先の持主、まあ早く云えばこれを売った方がはっきりとしていれば……」

「持主は何でも青……何とか伯爵の奥さんだっていっていられましたが、売りに来たお方は……名刺がいただいてありますから、ともかくそれを御らんに入れましょう。御存知の方かも知れませんから。だがこれは極く秘密になさって下さい」

主人は立ち上った。そうして机の抽出《ひきだ》しから名刺を一枚取り出した。百合子が渡されたその名刺に瞳を運ぶと同時に、思わず「あっ！」と叫んだ。名刺にはたしかに印刷されてあった。

「秋月圭吉！」と。

33.48.29.3.8.4.2.33.24.34.48.4.35.30.19.46.44.12.1.35.27.33.24.――36.38

こういう手紙を百合子は受取った。それは一目見て誰から来たのか百合子にはすぐ判った。その意味が今夜公園まで来てくれという事である事も百合子にはすぐに判った。行こうか、行くまいか？　百合子ははたと当惑した。秋月はたしかに姉を殺している。殺しているばかりかあの有名な真珠までも奪っている。悪魔だ、殺人鬼だ。……しかし、一方にはそれとは全く反対なある感情のあるのを百合子は知っている。百合子は姉の真珠の無くなっている事もまだ誰にも知らさないでいる。勿論それを売った男が秋月圭吉である事も。

「不思議な私の心。秋月に対する不思議な私の感情！」

約束の八時はもうじきだった。時計は今七時半を示している。これから行けば丁度時間には間に合うだろう。こう考えた時百合子は無意識に立ち上った。何だか自分を引きつける目に見えないチェインでもあるかのように、百合子はふらふらと外へ出た。

秋月は約束の時間にやって来た。りりしい顔立ち、すらりと格好よい身体つき、澄んだ瞳。百合子は今更のように秋月を眺めやった。

「姉さんは実に可哀そうな事をしてしまいましたね」

秋月の声は悲しみに満ち充ちている。百合子はまた新らしい涙が湧き起るのを知った。

「私は復讐をしてやります。ええきっとこの敵《かたき》は私が打ってやります」百合子は云った。その強い調子に秋月は少し首を傾けたが、

「まだ何も手懸りはないのですか」

「ええ」

「あの真珠の有場所《ありばしょ》も判らないんですか」

その時百合子はつと顔を上げた。貴金属商で見た名刺の事が、まざまざと思い出されてきた。真珠はお前が売ったんではないか！　と百合子はこう心《うち》の中で叫んだ。

百合子の瞳はきらりと輝いた。

「行方《ゆくえ》がすっかり判っています」

「行方が判っているって？」

「それはO—町のN—屋という貴金属商へ売られております」

「N—屋というと？　贓品《ぞうひん》ばかり扱っていると云われるN—屋に？　それで売った者は？」

「判っております！」

「ええ？」

「それは……それは……秋月圭吉という男です！」

秋月の顔色はさっと変った。思わず一足後ろによろめいた。その秋月の顔にぶっつけるように百合子は叫んだ。

「悪魔！」

「おお！」

「人殺し！」

「百合子さん！」

百合子はその時ぐるりと足を翻した。秋月はそれを追っかけるようにしながら云った。

「百合子さん。あなたまでが……私を……疑っている

んですか？　宜《よろ》しい！　きっとこの犯人は私がさがし出します。明日……明後日《あさって》まで待って下さい」

明後日……と云った秋月の言葉を百合子はどうしても忘れられなかった。その明後日のすがすがしい朝がやがて世界を平等に訪れてきた。百合子は急いでその日の新聞を取り寄せた。はらはらと頁《ページ》を繰って行くと、突然百合子の瞳はその一面に引きつけられた。新聞には次のように書かれている。

「弓削家の令嬢惨殺事件は今まで殆んど迷宮に入っていた。然《しか》るに昨日になって突如として有力なる嫌疑者が現われてきた。それは新派俳優秋月圭吉である。取調べの結果秋月の答弁には非常に疑わしい廉《かど》のあるのを発見した。凶行の行われた七月二十一日午後九時には、秋月の行方がまるきり判っていない。秋月はそれに対して絶対に口を閉じている。秋月はまた例の問題の真珠をN——屋貴金属商へ売却した事を承認している。しかしその真珠の出所《でどころ》については、単にある夫人からもらったと云うばかりである。売却した代金は、今秋秋月が劇界を引退する日のために秋月の懐中にそのままになっている」

「こういう方がお目にかかりたいとおっしゃってでございます」女中のお為《ため》がこう云って百合子に名刺を差し出した。それはもう薄暗くなり初めた頃であった。

「あ、秋月さん」名刺を見ると百合子はこう思わず呟いた。そうして急いで立ち上った。

玄関へ出て見ると秋月は目立たない単衣《ひとえ》でそこに立っていた。

「まあ秋月さん、どうして……」と百合子が急いでこう云いかけると、秋月はそれを目でおさえて、

「あなたが百合子さんですか。私は探偵の秋月というものですが、ちょっとこの度《たび》の事件についておたずねしたいと存じますので……」

百合子は秋月が家人の誰にも知られていなかったのに気がつくと急いで、

「まあそうでございますか。色々御苦労さまでございますわね」とうまくばつを合せて秋月を自分の部屋へ導いた。

「秋月さん。どうぞ御許し下さい」

百合子はいきなりこう云った。百合子にとって秋月は最早敵ではなかった。敵でないばかりか今は百合子にとってただ一人の味方であった。縋りつくべきただ一条の

綱であった。百合子の心には、秋月に対して何となく普通でないある感情の起きてきたのを知った。

「いいえ、あの晩の事なぞ何とも思ってやしません」

「ほんとに私……失礼な事ばかり申上げて」

「いいえ、それよりも姉さんの事件について最後まで私の事を秘密にしていて下すった事を実に感謝いたします。当然嫌疑をかけられなければならぬ私の立場で、今まで何事もなく安全でいられたのは実際有難い事でした」

百合子は秋月のこうした言葉に、思わず頬をぽっと染めた。

「それよりもまず、あの時の庭の様子を少し拝見したいと思いますが……」

二人はやがて庭へ出た。二人にとってそこはたしかに悲しみの泉である。秋月にとってただ一人の恋人、百合子にとってただ一人の姉を亡くした庭の様子に、二人は今更のように涙を呑んだ。やがて百合子が言葉をかけた。

「何だかあの——あなたと同じ名の俳優とかが犯人だって新聞を見たんですが……」

「まだはっきりと判ってはいないんですが。しかし真珠を売ったのはたしかにあの男です。そうしてあの日のあの時間に何をしていたかという事の疑問になっているのも事実です」

「であなたはその男を犯人だと思っていらっしゃるんですの？」

「まだ何とも云われません」

秋月はそう云いながらも、百合子の指《ゆびさ》した雪子の足の位置をじっと見つめていたが、ふと、

「注意しないとこの石は……それも有り得ないという事はないんだが……しかし紛失した真珠の簪は……」と口の中で呟いた。百合子は何の事とか判らないながらも、ふいと顔を上げた丁度その時、ふいにお由が座敷の方から飛び出して来た。二人はさすがにぎょっとしてお由を見ると、どうしたのかお由の顔は真青《まっさお》になっている。

「幽霊ってほんとにあるものでしょうか？」

お由はいきなり云った。百合子は驚いた。

「幽霊ってほんとに出るものでしょうか？」

その時秋月は何と思ったか静かに云った。

「あなたは雪子さんの幽霊を見たんでしょう」

お由はその時初めてそこに見なれぬ男の居るのに気がついて、思わず一足後ろに下った。

「あなたは、きっと雪子さんを殺したのでしょう」

そう云う秋月の顔を、じっと見つめていたが、お由は突然わっと泣き出した。

「いいえいいえ違います！　決してお嬢さまを殺すなんて！　……ああ思うも恐ろしい！　……ただ私は、私はあの……」

　お由はふと口をつぐんだ。もう一口！　秋月も百合子も思わず片ずを飲んでお由の顔をじっと見た。

「いいえ違います！　私は殺すなんて事は……いいえなんにも……なんにも私は知りません！」こう云うとお由はいきなり足を返して再び座敷の方へかけ込んだ。秋月と百合子はただ顔を見合せて、暫らく口もきかなかった。


　秋月にとって不思議がまた一つ増してきた。それはお由の態度である。それを色々に考えながら秋月は、電話番号帳を熱心に繰っていた。N―屋貴金属店でふと耳にした青―伯爵が青木伯爵である事は、誰にでもすぐ判る事である。

　既に充分に調べられて何等の関係も無いとは知っていながら、秋月には何だか気がかりに思われた。

　電話をかけてみると伯爵は不在だと女中らしいのが云った。それでは奥さんをと秋月は云って、暫らくすると伯爵夫人らしい声音が細い電線を通じて聞えてきた。がどういうものか、夫人の声がひどくあわて切っているのを秋月は知った。

「あなた秋月さん？　……秋月の圭さん？　いつ放免になったの？」

　秋月ははてなと思った。未知の夫人からこんなに親しく呼ばれる事は思ってもみない事だ。まして放免などとは……。ふと秋月はある事を思い出した。秋月の心はおどった。

「丁度昨日」秋月は小声で云ってみた。

「まあよかった。だがあの事は何もかも秘密にしていて下すった？」

「いいえ何もかも云ってしまいました」

「まあ！　では私とあなたの関係も？」

「ええ云いました。それから七月二十一日の午後九時の事も」

「まあ！　公園で会った事も。では真珠の事は？」

「勿論云わなければなりませんでした」

　秋月の心は飛び立《あが》った。何もかも秘密が判る！

「じゃあ私の真珠を贋物《にせもの》にしておいて、あなたにあげてしまった事まで？」

「ええ何もかも。多分明日の新聞にはそれがすっかり発表されるでしょう」

「え！　明日の新聞に！　私は……私は……どうしたらいいだろう。明日の新聞に総てが発表される！　私はこうしては……」

　がちゃりと電話が切れてしまった。秋月の口の辺りにはかすかに微笑が浮んできた。だが突然秋月は立ち上った。口の辺りの微笑はいつの間にか消えている。表通りへ飛び出すと丁度百合子がやって来た。秋月は何も云わずに百合子の手を取ると、すぐ近くのタクシに飛び乗った。

「O—町の青木伯爵邸へ！」

　伯爵の邸はじきだった。自動車がまだエンヂンをとめない先に、秋月はその大きな門をくぐって行った。

「奥さんは？」

　取次に出た女中に秋月はいきなり云った。

「ほんの今方散歩して来るからと云って一人で出られました。

　秋月は大声で叫んだ。

「しまった！　おそかった！」

　だが別に後を追っかけようともしないで、秋月は自動車を帰して、やがて百合子と並んで歩き初めた。その時になってやっと百合子は自分の用事を思い出した。

「秋月さん、あの紛失していた問題の真珠が出てきましたのよ」

「え？　真珠が？」

「ええ、それも元の簪のまま。姉さんの箪笥の中にちゃんとあったんですよ」

　秋月は驚いた様子であったが、

「でお由さんの様子は？」

「ええ昨日までは何だかそわそわしていましたが、今日はすっかり元気になっていますわ」

　秋月ははたと手を打った。

「それですっかり判りました」

　その夜百合子は、青木伯爵夫人が自殺したという号外を手にした。

　秋月が友人に送る手紙にこう書いた。

「その夜は暗夜《やみよ》であったので、雪子さんはそこの大きな飛石につまずいたのだ。それは私が雪子さんの足の位置を聞いた時すぐそう思ったのだ。つまずいて倒れたその拍子に、頭にさしていた例の簪が雪子さんの頭に深く突き立ったのである。誰も犯人でない。呪われし真珠が殺したのである。お由が二度目に家人と一緒に庭に出た時、足許の落葉の間にその簪が落ちているのに気がつくと、急に慾が出てそれをそっと拾ったのだ。そうして問題の真珠はその姿をかくすと同時に、同じ大きさと同じ光りを持ったも一つの真珠が現われてきた。真珠がN—屋に売られている事を知った時、私はすぐN—屋を訪れてみた。そこで見出した同じ秋月圭吉の名刺。だがそれにかすかな白粉《おしろい》の香《にお》いのあるのを知った時私の頭にはすぐ俳優秋月圭吉氏が思い浮んだのである。秋月氏が何故《なぜ》総てを自白せなかったかと云うに、伯爵夫人との醜関係があったからである。売られた真珠もたしかに夫人の手から受取ったものに違いなかった。それをふとした電話から私はその秘密を知った。一方の真珠の問題が解決されると、勢い雪子さんの事件も自然に解決されたわけである。しかし雪子さんを殺したのと同じ今一つの真珠は到頭夫人を犠牲にしてしまったのである。同じ大きさと光りを持った二つの真珠は、ここに二人の女を犠牲にした」

そうして最後にこう書いた。

「私は恋人を失った。しかし私はまた新しい恋人を得た。私は幸福である」

美の誘惑

百合子さん。その後は御不沙汰いたしました。相変らず御健全の由《よし》御喜び申上げます。

それはまだ一ケ年とたたない以前あなたはあなたの姉さんを殺した呪われたあの真珠を殆んど捨てるような値段で売り払っておしまいになった事をまだ御記憶だろうと存じます。忌《いま》わしい思出《おもいで》で恐ろしい血の色に彩られたあの真珠……しかし一方にはあの真珠の湧き起した事件のために、ふとあなたと私との心が相触《あいふ》れ遂々《とうとう》婚約まで成り立ったという私達にとっては忘れられないあの真珠はそれから暫らくの間A―宝石商の店頭にあの大きさと光沢を誇り顔に並べられていたのを御記憶だろうと存じます。それがここ数ケ月以前ふいにどこかへ姿を消したのでどこへ買われて行ったのだろうとあなたと二人でよく語り合った事をも御記憶だろう、と存じます。

その真珠。それを私は今日ふとした事から発見いたしました。

私の友人で永井という代表的な楽大家が一人ございます。友人と云っても年齢から行けば私より三ツばかりも兄さんで大学を三年ばかり前に出ると今はある商事会社に出ております。楽天家として持てはやされていた永井はまたその妻君の美しい事に依って有名でした。

鼻すじの通った口許の可愛らしい目のぱっちりとした――実に梅子さんは（名を梅子さんと云います）美人でした。誰が行っても零《こぼ》れるような愛嬌を漂わせて如才なく歓迎してくれました。永井との間に聞くも華やかなローマンスのあった事はここへやって来る誰でもがみんなよく知っている事なのです。今はたった二人それに女中を加えての三人がN―町の立派な邸に巣喰ってかなり贅沢にまたとなく楽しいその日その日を享楽しているのです。永井は親から受けついだ財産をかなり持っていると世間の評判ですが内輪はどうか分りません。

問題の真珠はその永井の妻君の指に輝いていたのです。

私はすっかり驚いてしまいました。思わずあの事件の事が口の先まで出たのですが楽しい二人をこんな事でおびやかすのも面白くないと思ってそのまま言葉を飲み込んでしまいました。
何か変った事でも起きなきゃいいがと私は心に思いながら今下宿に帰った所です。ではさよなら。

秋月より

あれから二度ばかり永井を訪ねました。あの真珠の事が妙に頭を去らないからです。でもまだ何事もなくそれはやさしい女《ひと》の指先に輝いております　秋月

二伸　明晩アンナパヴロワを見に行きませんか。

百合子さん！

遂々《とうとう》おっ初まりました！　あの真珠は再び血の世界を現出いたしました！　永井の妻君梅子さんが今朝何者かのために毒殺されたのです！　驚いてかけつけた時、私の前にはあの楽天家の永井がまるで幽霊のようにふらふらと現われました。顔色と云ったらまるでありません。私の顔を見るといきなり玄関にぺたりと坐って突然おんおん泣き出してしまいました。

「梅子が死んだ。梅子が死んだ……梅子が……梅子……」涙の間から出る言葉はみんな梅子です。私は思わずもらい泣きしてしまいました。それもそのはずでしょう。世界に一人よりない愛する妻を亡くした男の悲しみ……あなたの姉さんに死なれた時の私の心にくらべてみれば私は永井の心が実に思いやられました。私はただ永井のために泣いてやりました……秋月

大急ぎでこれだけ書いた。以下次便

梅子さんの死はたしかに他殺です。どの方面から考えても梅子さんには自殺する理由がありませんから、毒薬はモルヒネで梅子さんが今朝飲んだ牛乳の中に混ぜられていたのです。探偵は八方へ飛びましたが証拠は何一つあがりません。牛乳の中に毒薬が入っておりそれを飲んだ梅子さんが死んだという事は事実ですけれどもそれは誰によって混ぜられたかという事になるとまるで雲をつかむようなのです。

牛乳が梅子さんの腹の中に収まるまでの径路について考えてみるとまず第一に牛乳配達夫の事が思い浮びます。第二は女中のお花の事、第三に永井、第四に梅子さん自身が考えられます。第四の梅子さんが自殺でないとし第

三の永井が最愛の妻を殺すべきでないとするると残るものは第二のお花と第一の配達夫です。第二のお花はもうこの家《うち》に二ケ年近く居る女で永井も梅子さんも共に心からこの女を信用していたんだそうです。会って見ると柄の小さい目のしょぼしょぼしたいかにも人のよさそうな女で気のつかないその代りにはこれほど毒にも薬にもならない女はないと梅子さんも終中《しじゅう》云っていたんです。で第二のお花もまず除《の》けると最後はこの家に問題の牛乳を運んだ配達夫です。牛乳をしぼり牛乳を詰めた多くの人の事は……自分のしぼった牛乳自分の詰めた牛乳がどこの家へ運ばれるか予知する事の出来ない以上……まず念頭に置かないでも差支えないでしょう。配達夫は今最も大事な嫌疑者として調べられておりますからやがてその真相が分るだろうと思います。秋月

段々調査が進むにつれて色んな事が耳に入りました。永井の家の内輪は表面に現われている幸福さと反比例にみじめであったらしいのです。ああしてかなりな邸に構え毎日贅沢に暮らしている一方永井はかなり大きな借財を背負っている事が分りました。もっともそれを永井は梅子さんには全く秘密にしていたらしいので梅子さんはそんな事はちっとも知らずにただ死ぬ一瞬間までも幸福であったのでした。

永井はまた梅子さんの名義で保険に入っていてその金額が何でも随分大きな金額である事をも私は今になって初めて知りました。

永井は実際見るも気の毒なはどやつれ込んでおります。時々なぐさめに寄る二三の友人《ともだち》の顔を見てもあの楽天家の永井が口一つきかないで何だか一心になって考えているのです。どうかすると気が変にでもなったように突然口の中で、「梅子許してくれ！」と云うかと思うと「そんな事があるものか！　馬鹿！　馬鹿！」と大きな声で叫んだりするのです。

何だか永井が可哀そうに思われるのと例の犯罪に対する好奇心が手伝って私は今日もこれから永井を訪ねてみようと思っている所です。秋月

百合子さん！

私はすっかり驚かされてしまいました。今日永井を訪ねてみるとただ一人女中のお花が居るばかりでどこへ行ったのか永井の姿がありません。どうしたんだと聞いてみるとお花の言葉はこうなのです。

「旦那様は今日遂々警察に引かれて行かれました」

それが驚きでなくて何でしょう！　あの永井が警察へ！　しかも愛妻を殺した嫌疑のために！　何という皮肉でしょう。あの楽天家の丸い顔を目の先に思い浮べてみると私は思わず暗い心持ちになってしまいました。ぼつぼつ話すお花の言葉を続けてみるとこうなのです。

梅子さんが死ぬ数日前朝お花が何気なく台所へ行って見るとそこに永井が一人で何かしていたのです。お花を見ると永井はどうしてかひどく狼狽して大急ぎで両手を後ろへかくしたんだそうです。その右手にはその朝配達された牛乳と左手には何だが紙に包んだ薬のようなものを持っていたと云います。お花がけげんそうにそれを眺めやると永井は妙にあわてた声で「奥さんに黙っておいでよ」と云いました。お花もその時はまた例の旦那様の悪戯《いたずら》だろう位いに思っていたのです。それがまたあの日の朝再びお花の目に映ったのだそうです。その朝お花は玄関の門を明けるのと一っしょにそこに取つけてある牛乳入の箱から牛乳を取り出すとそれを持って家へ入って来たのですがそれがどうかした拍子に牛乳を玄関の踏台の上に置き忘れてきたのです。でそれを思い出して玄関まで出て見るとそこに永井が以前に見たと同じように右手に紙包みの薬品を持ち片手に牛乳の瓶を持っていたのでした。そうした事をお花は最初警察の方へは黙っていたが、段々問いつめられて根が正直者のお花なので遂々これを口にしたのでした。そのために今日永井が引かれて行ったわけなのです。

こんな事をお花から聞いていた時突然耳のはたで「郵便！」とどなられたので私は思わず振り返って見るとそこに郵便配達夫が立っていました。お花が受取った書状を手に取って見るとそれはB―保険会社からの書状です。その保険会社の文字を見た時私は思わずぎくりとしました。梅子さんの死と保険金と永井の借財と……こう組み合せた時私は永井が時々口の中で呟いた「梅子、許してくれ」という文句を稲妻のように思い出しました。……

私は今下宿に帰りましたが何だか頭がぼんやりしてしまっております。あの楽天家の永井が金のためには自分の最愛の妻をも殺そうとする……こう考えると人間というものが、みんな恐ろしい悪魔のように思われてきました。秋月

御手紙たしかに拝見いたしました。あなたも私同様永井の犯罪に対して疑いを抱いていらっしゃる事も承知い

たしました。しかし悲しい事に永井はもう何もかも自白してしまったそうです。

あの朝永井は梅子さんの牛乳にたしかにモルヒネを混じたと云っています。それまでに例の永井の悪戯で二三度所謂嚔《くさめ》の出る薬を玩具屋《おもちゃや》から買ってきて梅子さんの牛乳に入れて飲ませたそうです。その日の朝もそうした冗談半分の心持ちで嘗《かつ》て医者から睡眠剤として貰ってあったモルヒネを牛乳に加えたのです。夜中ふと目覚めた時梅子さんの寝顔の余りに美しかったのを歯ブラシを使いながらふと思い出してもう一度眠らせてみたいという軽い心持で永井はモルヒネを用いたのです。ところが突然お花が顔を出しました。永井は驚いて顔を上げる拍子にそのモルヒネを瓶の外へすっかりこぼしてしまったのです。で今一包の薬を再び牛乳の中に加え込んだのですけれどもこぼしたと思った薬はきっとその大半以上は確実に牛乳に混じられていたのに違いありません。それが重大なる過失でした。

証拠のモルヒネの紙包は永井の衣類の袂の中から発見されました。永井の犯罪はもう疑う余地もありません。

秋月

百合子さん。

あなたもこの事件に対してかなり興味を持っていらっしゃいますね。そうしてあの永井の犯行を何とはなしに否定していらっしゃる御様子ですね。私もすっかり同感です。しかしあれだけの証拠があり自身の口から自白までしている以上そこに奇蹟の起きない限りは今の所何とも致方《いたしかた》がありません。

おたずねの事勿論私も如才なくかぎまわっておきました。やはり事件の起きる時まで誰一人怪しい者の門を入った形跡はありません。牛乳の箱は御承知の通り錠のおりるようになっておりその箱は調査の結果絶対に最近取り変えたという様子はありません。やはり永井の過失でしょう。云いかえれば梅子さんの美しい寝顔の誘惑でしょう。そう……「美の誘惑」とでも云ったらいいでしょうか。秋月

永井に対するあなたの同情が意外にはげしいのに驚きました。今私はそれを嫉妬しているのではありません。私とあなたとはほんのこれっぱかしの嫉妬でも起し得る余地の無いほど信じ合っているのですから、ただ私はあなたのあの手紙によって決心したのです。あるいは総て

が無駄に終るかも知れませんがとにかくこの事件をもう少し詳しく調べてみようと思います。秋月

　お花は感心に永井の罪の決定するまで留守を守っていてくれます。私は家の中をすっかり調べてみましたがそれはやはり徒労に終りました。犯罪の動機からみて私は梅子さん所有のものは総《あら》ゆるものを調べましたが梅子さんの周囲《まわり》は梅子さんの貞淑さを裏書きするばかりで永井以外の異性の香《にお》いは実にこれっぱかしもありません。永井についても同じように欠点はありません。恋し合って家出してまで一っしょになった二人なので実にそこにはただ二人の世界があるばかりでした。

　お花の疑う廉《かど》の無い事は以前にも書いた通りその朝怪しい者の家へ入った事のないのも以前に書いた通りです。実際私は手も足も出なくなりました。

　私はそれから玄関から門までを犬のように這いまわりましたが犯罪のあってからもう半月の余もたった今日そこに怪しい足跡を発見するという事などはどうしたって出来る事じゃありません。私はすっかり嫌になってしまいました。犬のように足跡をさがしながら知らぬ間に門まで来て何の気なしにひょいと頭を上げるとそこに牛乳受箱と並んでいる郵便受の箱にいやというほど頭をぶっつけた時など実際腹立たしい位いになりました。私は苦《にが》笑《わらい》しながら実際こんな事はやめてしまおうと独言《ひとりごと》ちました。

　しかしまだ全然これを断念したのではありません。

　私はこれから梅子さんの出生地のD—市へ出かけて行こうと思います。梅子さんの娘さん時代における異性との交渉を知るためになのです。秋月
　このハガキはD—市の駅で書いております。予想して行った通りここにも私を喜ばせる何物もありませんでした。秋月

　下宿へ帰って御手紙を拝見するとあなたは関西の方へ御旅行なさったそうですね。御出発の日から指を折ってみると丁度今日あたりお帰りの頃だと思いますから御手紙を差上げます。
　D—市の梅子さんの家は随分大きな金物屋です。名望家で財産家でこの町では殆んど誰も知らぬものはないほどです。そこの姉娘に恋され遂々家出させてしまったほどの魅力をあの丸い永井がどこに持っていたかと思うと

むしろ不思議です。

梅子さんの美しさは狭いここでは小町と云われるほどの評判になっていました。稽古帰りの桃割れに結った姿など実に凄いほどだったと私のたずねた近所のばあさんは云っていました。この町の青年達が若い血をおどらせたのもむしろ当然だと思われます。

しかし梅子さんのおとなしさと家庭の厳格さとによってその中の誰一人として梅子さんに指一本出し得た者の無いのは事実でした。垣根の向うに咲いた美しい花のようにそれ等の人々はただ眺めていたのに過ぎません。ましてあの永井とのローマンスがなり立ち遂にそれに花が咲き曲りなりにも実をつけてからはそうした総ての青年はもうすっかり諦めてしまいました。そうしてそれを驚きの瞳を持って眺めていたのですがそれも梅子さんの姿がこの町から無くなると同時に段々忘れられて行ったのです。

私のD—市出張も以上の通りで全く無駄に終ってしまいました。秋月

百合子さん。

あなたからの御手紙で私はそれをもう一度調べてみました。永井の所へ来たというR—保険会社の書状はたしかに書留ではありませんが、しかしそれが一体この事件に何の関係があるのでしょう。秋月

百合子さん！

あなたは何という瞳を持っていらっしゃるのでしょう！　あなたは何という頭脳を持っていらっしゃるのでしょう！　筆を持って紙に向って手紙を書いた私自身すら思ってもみなかった矛盾をあなたはどういう瞳で見通したのです。直接永井の家を訪れ、わざわざD—市まで出かけて行った私が考えてもみなかった人物をただ私から送る手紙の中のほんのちょっとした矛盾からあなたはどういう頭脳で感じ得たのでしょう。あなたの御手紙を拝見した時私は思わずはたと手を打ちました。私は今まで何故そこに気がつかなかったのか。

とにかくそれは一つの大きな光明です。私は急に気強くなりました。すぐこれからこの方の調査にかかりましょう。秋月

何もかもが思った通りに運びます。思ってもみなかった人物の犯罪が薄紙を取るようにはっきりして行きます。

秋月

もつれた糸は面白いほどほぐれて行きます。いずれ次便にてくわしく。

調査のためD―市へ行く汽車中にて……秋月

犯罪の動機もほぼ分りました。妙な性格を持った男が妙な動機からこの犯罪を遂行したのです。それはどう名づけたらいいのでしょう……いつか私はあなたに「美の誘惑」という文字を書いた事がありましたね。「美の誘惑」やはりそう云うより外にないようです。いずれまた

――

D―市より帰る汽車中にて……秋月

今やっと下宿に帰りました。何もかもうまく行きました。永井も明日あたり帰宅を許される事でしょう。

私は「お花と話している時郵便配達夫がやって来た」と書きました。私は「門の所でいやと云うほど郵便受の箱に頭をぶっつけた」と書きました。書留でない書状を門に郵便受箱のあるのにも不拘《かかわらず》台所まで持って来た。それは何のためだったろう？　そこに何故私は気がつかなかったのでしょう。今になってお花も云っています。今までこんな台所までわざわざ持って来てくれた事など一度だってありゃしませんでしたと。その一事がこの事件のただ一つのキイでした。そうしてそれが今は総てを解決したのです。

私はあれからすぐ永井の家へ行ってみると、事件のあった日の朝たしかに一通の書状が来ております。永井に面会してそれをたずねてみると永井はその朝例のモルヒネを混じ終った時その手紙を玄関で郵便配達から直接受取ったのだと云っています。

郵便局へ行ってみると一度顔を見知っているので例の郵便配達はすぐ分りました。何だか妙な性格の男で常には変にぼんやりしていてみんなから「薄馬鹿だ」と云われているほどですけれどもどうかすると非常な冒険な事でも自分の思った事ならばどうしてもしないではおかないような男です。それに一方少し惨忍性を帯びている様子でよく虫等を殺しては不思議な満足を覚えていたと云います。彼の留守を見計《みはから》って彼の借りていた、二階を訪ねて見るとそこに一本の牛乳が牛乳の入ったまま無造作に放り出してあるのがすぐ目に映りました。その牛乳と事件のあった朝わざわざ……全く不必要であるのに……

玄関へ入って行った事実とで証拠は最早充分です。殺害の動機さえ分れば総てが解決されてしまいます。しかしそれもじき分りました。犯人は梅子さんと同郷であったのです。子供の時からこうした変人であったのと家が極く貧しかったのとで梅子さんとの関係は全く表面には現われていませんけれども人並でない……彼の恋は人並でなく……殆んど病的なほど……はげしかったにちがいありません。時々「あの女をきっと女房にして見せる」と、知人に云ったという事はその頃近所の笑話しになっていたそうです。そうして梅子さんがこの町に居なくなると同時に彼の姿も無くなったのです。思うに梅子さんを見てからの彼の人生はただ対梅子さんの人生であったのです。で自分の恋人を奪った永井が彼にとっては親の敵《かたき》以上に憎かったのに違いありません。それに彼の残忍性が手伝って遂にこうした犯罪を構成したものと思われます。あの朝多量のモルヒネを混じた牛乳を永井の手紙を見ている隙《ひま》にそっとそこの牛乳と取り変えてきたのでした。

私は「怪しい」人は入らなかったかと聞きました。「怪しい」足跡は無いかと私はさがしまわりました。その「怪しい」がいけなかったのですね。

梅子さんは遂々自分自身の美しさの犠牲になってしまいました。百合子さん。美と悪とはやはり隣り同志なのでしょうか。さよなら。秋月

財布

その日は何もかもが山本君の癪にさわった。

電車が動いているのも癪にさわれば、人が歩いているのも癪にさわった。淋しければ淋しいだけに、にぎやかなればにぎやかであるだけに、山本君には癪にさわった。

山本君は今日、何でもない事に依って——ただ上級の者に、楯ついたというだけの理由で以て見事に会社から首を切られてしまったのである。月給は勿論前借《ぜんしゃく》していたし、その前借していた月給も今の山本君のポケットには最早、その片影《へんえい》をも止めていない今日、突然に馘《くび》られて「一昨日《おととい》おいで」と突き出されたのが、山本君に何もかも癪である事の原因ではあるのである。

家には山本君の可愛いい女房が……そうして山本君と同じようにのんき者の恋女房が、金は無くとも、明日の米に差支えようとも、至って平和に、にこにこと帰りを迎えてくれる。それを思うと山本君は尚更に世の中の総てが癪にさわってならないのである。

山本君は今電車に乗っている。電車はこの街一番の大通りをまっしぐらに走っている。乗客はかなり満員で、男も女も老人も子供も、楽しみも悲しみも、総てを一つに押しつめてただひた走りに走っている。その真中に山本君は今にも爆発しそうな癇癪玉をじっと押さえて、塩鮭のように釣革にぶらさがっているのである。

花の四月は昨日ですんだ。今日は若葉の五月である。肩の辺りが八分通り羊羹《ようかん》になっているサージの服では、今日辺り少し急げばじっとりと汗が出る。そこで山本君はぐるりと車内を見渡した。

第一に目に入ったのがすぐ自分の前に立っていた若い女の後姿である。女は荒い立縞の上物《じょうもの》のセルを着流している。第二には、すぐその右側に腰を下した、こましゃくれた顔の女の子が目に入る。それは肌ざわりのよささうなネルの着物をまとっている。その向うに立っている五十ばかりの紳士風の男は、仕立下しの軽そうな合服を、きちんと一分のすきもなく着こなしている。そうしてその向うには……遂々《とうとう》そこで山本君の癇癪は爆発した。それはやにさがった、のっぺりとした顔の若者で、鼈甲《べっこう》縁のロイド目鏡を低い鼻先に乗っけている。ステットソンかボルサリノか、山本君には、その名前だけ聞いている所の帽子であろう。その白っぽい色の中折を少しあみだに、そうして少し左の方へ傾けてかぶっているのが、いかにもきざである。更にそのオーバーに至ると、運動に鍛えた山本君を手を力一っぱい広げたほどの大柄である。そうしてその次に男のネクタイに目がついた時、実際山本君は自分の胃袋から酸味が鼻をついて出て来るようにそう思った。それは真赤なネクタイである。血のような真赤なネクタイ。ダリアのような真赤なネクタイ。

　そうして女の湯文字を思わせるような真赤なネクタイ……。

　山本君は、いきなり人を押しわけて車掌台に出て来ると、そのまま電車から飛び降りてしまった。飛び降りるには飛び降りたが、足が地についたその瞬間、山本君は思わず腹の中で「しまった！」と叫びを上げた。電車の速力が山本君の想像以上に早かったのに、山本君は更に気がつかなかったのである。山本君はいやと云うほど砂煙りを上げて、大地の上に身を転がした。

　やっと再び立ち上がって、気がついて辺りを見まわすと往来の人の視線が総て山本君に向って集合しているのを、山本君は発見した。さすがに山本君はその時思わず顔を赤らめて、急いでこそこそと人通りの中に姿を入れた。膝節がちくちく痛い。見ると、もういい加減すれ切っている膝頭が見事に破れて、薄黒いメリヤスのズボン下がはみ出ている。その下に少しわちねちする感じは、きっとすりむいた所から血がにじんでいるのらしい。山本君の頭にその時、突然やってきたのは、今まで不思議にどっかへ姿を消していた癇癪玉だ。山本君は腹の中で呟く。「畜生！」

　山本君は電車から飛び降り、砂煙りを立ててころがって、膝頭からメリヤスをのぞかせて、きまり悪そうに赤い顔して急いで人込の中に走り込んだ自分自身を思い出すと、そのいかにも滑稽であっただろう所の、自分自身の様子に笑う所か、悲観する所か、ただむしゃくしゃに腹立たしくなってくる。ましてその山本君に集った大勢の、嘲笑に満ちた視線と云ったら！

「畜生！　電車のやつ！」

　山本君は、電車が馬鹿力で走っていたのが、原因だと思うと、その運転手が無性《むしょう》に癪にさわってしかたがない。もう一つそもそもの最初に山本君を飛び降させ転《ころが》らかせ、そうして赤面させた直接の原因が、あの若い男の赤いネクタイだと思うとその赤いネクタイが……いや総ての世界のネクタイが……いや総ての世界の総《あら》ゆる赤という色が……山本君には癪で癪で堪えられなくなって来た。生憎《あいにく》、そこにはその赤色が余りにたくさんあり過ぎた。それと一っしょに山本君の心はよけいにはげしくいらいらする。

その時、ぱっと一時に電燈がついた。色の世界が、忽ちのうちに、今度は光りの世界を現出する。山本君の腹の調子は、その電気と一っしょに漸く飢《うえ》を訴え初める。

人がまるで、うじ虫のように、その大通りには動いていた。動いていたのではなく、それはうごめいていたと云った方がいい。いや、うごめいていたと云うより、泥に酔った鮒のように、喘ぎ喘ぎそれが一団となって、押し流されていたと云った方がいいかも知れぬ。それほど多勢の人達が、その大通りには一っぱいになって歩いて行く。

その人の波の一人となって、やはり山本君もしかたなく歩を進めて行った。決して、山本君は歩きたくもなく、また歩いて行くという意識もないけれども、人の波は山本君に決して自由を許さない。ただ容赦なく、無性に無暗《むやみ》やたらに、山本君を間にはさんで流れて行くのである。

赤い色、青い色、白い色、黒い色をただ一つに押しつづめて、硝子《ガラス》の中に色彩のリズムを織り出した呉服屋のショウ・ウィンドー。美味《うま》そうなオレンヂ、淋しそうなバナナ、涼しそうなリンゴなど並べた果物屋の店。ステットソン、ボルサリノ、バタースバイの大きいの、小さいの、ゆがんだの、四角いのと、所狭く陳列した帽子店。マダム・バッターフライと呂昇《ろしょう》の紙治《かみじ》と虎丸《とらまる》の不如帰《ほととぎす》と宝塚の少女歌劇とが、大きなシンホニーを作り出す蓄音器屋の店、気早にアイスクリーム上製と書いた横側に、一品三十銭と書きつけた均一洋食店、金壱千円也の正札の前に据えられてるダイアの光りのまばゆいような宝石店……。

山本君の瞳の前には、そんなものが活動写真のように現われては消えて行く。消えては現われて来る、それ等を殆んど無意識に、山本君は眺めながら、やはり人の波の一人になって、先へ先へと流れて行く。どこまで行ったらこの波は尽きるのか、山本君にはまるで見当さえつきそうにはない。

　そのうちに山本君は自分のすぐ前に、一人の太った洋服の男が、行くのを、何の気もなく注意していた自分自身にふと気がついた。ちょっと見ると、どこか今日自分を馘《くび》にしたあの重役のH――に似ている所のあるのが、山本君の注意を引いたのかも知れない。しかし、それはどうかすると似ているようだ位いのもので、全く別の人間である事は、山本君には一番最初から分っているはずである。だが、やはり山本君の瞳は、その太った洋服の男から外《ほか》へは行きそうにない。

　こう書くと、山本君はその時一心に、その肥った男を眺めていたように思われるけれども、山本君は決してそうするつもりでそうしていたのではないのである。二人の距離は、ほんとに二尺とは無い程度に近かった。山本君が無意識に上げた瞳は、偶然にも……いや偶然ではなく必ずその肥った男の背中にぶっつかったわけである。その必然的な無意識が、やがて山本君の頭には、かすかながらも、意識的になって来たのであるわけなのである。

　かすかながらも、それがやがて意識に上って来たのを知ると、山本君はその意識に引きずられるように、知らず識《し》らず、その太った男の一挙一動に目をつけ初めた。

男はぶらりぶらりと歩いて行くのが、いかにも遊び人らしく、屈託もなさそうな様子である。時々はきれいな、貴金属店の窓の前に立って見たり、時には用も無いのに、女物の呉服を眺めたりする。その度に山本君もやはりその男の後から貴金属を眺めたり、呉服物の前に立って見たりしたものである。

　それから二三町《ちょう》は、男の後から山本君は、ただぶらぶらとくっつくようにして歩いて来た。そのうちに男はふとある一軒の店の中へ、つかつかと入って行った。そこは、カバンやら靴やら財布やらを、きれいに並べた店であった。山本君もやはり同じように、そこの店先に立ち止って、男の様子を眺めていると、男はやがて陳列窓から鹿皮の財布を一つ取り出した。そうして何かそこの店員に一言二言云ったかと思うと、ズボンのポケットからかなり古びた皮の財布を取り出すと、幾程《いくら》かの銭を取り出す。

　その時、山本君の瞳に痛いほど強く、飛び込んで来たある物があった。それは見事な鹿皮の弗入《ドル》ではない。男の左手にはめた指輪のダイアの光りでもない。陳列窓の一番上に並んだロータ―・キットの短靴でもない。ましてそこの店員のてかてか光る頭でも勿論なかったのである。山本君の瞳に痛いほど強く飛び込んで来たのは、男の持った古びた皮の古財布である。いやその古財布の、ふっくらとふくらんだ恰好である。いやその古財布のどっしりとした重さである。いや、その古財布の中に数多くうずくまっているだろう所の、銀貨銅貨十円札五円札であったのである。金……金……給料……それがずしんと山本君の脳味噌には、非常に強いはげしい刺戟を、突然にぶっつけて来たのであったのである。

暫らくすると、二人はまた人の波を泳ぎ初めた。

しかし今度は太った男と山本君との距離は、決して同じようではなくなってきた。ある時は山本君の団子鼻が、太った男のオーバーにくっつくような事があるかと思うと、どうかして二人の間には一間《けん》ぐらいの距離が出来たりする、だがそれを二人の距離を皆んな加えて平均すれば、やはり以前と同じように、二尺の距離とは等式《エコール》である。要するに、山本君が相変らず太った男の後を追って行く事だけは依然として変らないのである。けれども、ただ山本君の頭にはあれから後、ある考えが……ある思いが……ある印象が——渦巻きのようにかけまわり初めたのである。そのために山本君と太った男との距離が零《ゼロ》になり、また一間になったのである。

山本君の頭に渦巻いているのは、例のふっくらとしたずっしりと、重い古びた皮の古財布に外ならない。いや、その中に数多くあるだろう所の、金貨銀貨銅貨白銅紙幣であったのである。

それが山本君の頭の中には、火花を散らして稲妻のように、瞬時も休む事なくかけめぐっているのである。

「金……給料……免職……失業……女房……免職……給料……金……銀貨……銅貨……紙幣……古財布……」

山本君の頭の中にはやがてまた、今日自分に向って免職を云い渡した重役H——の顔が思い出されて来る。鼻のあぐらをかいた、目の細いちょろちょろ髯を貯えた丸いお盆のようなH——の顔。そこへまた電車の中で見た赤いネクタイがからみつくとそこへまた電車の車掌のいかつい顔がこんがらがって来る。そこで、山本君の頭の中には例の忘れかけた癇癪玉が、またむくむくと頭をもたげて来た。

「畜生!」

しかしその時、山本君はその「畜生」を終りまで云ってしまうわけには行かなかった。「チク」とこう云って、後の「ショウ」を思わずぐっと飲み込んでしまわないわけにはゆかなかった。何故か? 何故でもない。山本君はそのとたんいやと云うほど後ろから力まかせに、押されたからである。山本君は思わずよろよろとよろめいた。生憎《あいに》くその時、山本君と太った男との間には、期定の二尺の距《へだた》りしかなかったので、よろよろと、よろめいた山本君は、思わずつと右手で太った男のオーバーに身体《からだ》を支えなければならなかった。そうして山本君は、そこでやっとの思いで踏み止まった。

「馬鹿奴郎《ばかやろう》!」

山本君は振返ってこう誰という事なくどなりつけようとしたけれども、その瞬間、山本君は何とも知らず、身内がひやりとしたように感じられた。気がつくと、山本君の手は知らぬ間に太った男のオーバーのポケットの中に入っていたのである。そうして、そこには、例の財布がずっしりと、ふっくらとして横わっているではないか!

山本君は思わず息を飲んだ。そうして、それを無意識につと摑んでみた。それは、例によってずっしりとしてふっくらとしている。とたん肥った男は、つと身を引いた。人に押された山本君の、そのまた山本君に力一っぱい押しつけられて、太った男は苦しくなったのに違いない。

だが、太った男がつと身を引くと同時に、山本君の手は自然とオーバーのポケットからすぽりと抜けた。「おやっ」と思ったが、もうおそかった。山本君は最早握った物を離す事が出来なくなった。ふっくらとしたどっしりとした感じが、山本君の右手の中には、そこで完全に取り残されてしまったわけである。……

それからの山本君は、まるで夢中であった。どこをどう歩いて、どこをどう曲ったのか、山本君は更に知らない。ただ知っている事は、淋しい方へ淋しい方へと、無意識のうちにぐんぐん走るように進んで行った事だけであった。

それでも感心にそれから、暫らくして、ふと気がついた時には、山本君はちゃんと自分の巣の前に来て立っていた。山本君はいきなり、その格子戸をがらがらと……いや、すべりの悪い格子戸をがたりがたりと押し明けると、一気に二階の書斎の中まで突進した。

「おや、お帰りなさい」

ワイフが音を聞いて飛んで来て、こう云ったが、山本君はそのワイフの顔を、まともに見る事が出来そうにない。女房はいつもの通り、微笑んでいるだろうと思うと、もうじっとはしていられない気持ちがした。

山本君は、そこでいきなり自分の右手の中の、ふっくらしたずっしりとした感じを、大急ぎで机の抽斗《ひきだ》しの中に移し変えた。移し変えはしたけれども、山本君には後悔と恐怖とが真黒になって、襲いかかって来るのをどうする事も出来なかった。山本君は立ち上ってみた。山本君はそれから歩いてみた。それからまた山本君は坐ってみた。今度はやけに頭を振ってみた。しかし真黒な魔物は相変らず山本君を捕えてはなしそうにない。遂々山本君は物をも云わず再び表へ飛び出してしまった。

それから、山本君はただ無性に歩きまわった。常に何者かに追いかけられてでもいるかのように、山本君はただ無性に歩きまわった。歩きまわりながらも、山本君は心に、いつも何かにおびえ切って、どうかすると人影に驚いて駆け出したりした。

それから何時間過ぎたか知らない。再び山本君が自分の家の前に来た時には、山本君はもうすっかり疲れ切っていた。身も心も山本君の足にはいた靴のように、すっかりとすり切れてしまっていた。しかし山本君はそのまますぐ自分の家の敷居を越えるのが、何とはなしに恐ろしく躊躇された。そこにはあのずっしりと重いふっくらとふくらんだ感じが、二階の書斎の机の抽斗しにあるはずである。それに向《むか》うのが、山本君には限りなく恐ろしく、限りなく苦しかったのである。

事実は、たしかに偶然ではあったろう。けれども、山本君の右手が太った男のオーバーのポケットから、金の入った財布を無断で取り出したという事は、どうにもならない事実である。例いそれが故意でなく、偶然であったとしても、例の古財布が山本君の身近くにある間は、山本君はいつまでも恐れもし、また苦しまないではいられないのである。

しかしだが、山本君は自分の家の格子先に立ちながら、こう考えた。

「渇《かつ》しても盗泉《とうせん》の水を飲まずだ。そうだ。あの金には絶対に手をつけない事にすればいい。

飯を食わずに女房と二人で日乾《ひぼ》しになって死んでしまってもあの金には絶対に手をつけない事にしよう。そのうちには、またいつかあの太った男と出っ会《くわ》す事がないとも限るまいから……」

そう考えると、山本君はそれでもちょっと気が休まった。そこで、つと格子に手をかけると、それを押しあけて、中へ入って行った。

と飛び出して来た細君は、やはりにこにこと微笑んでいた。山本君はその顔を、出来るだけ見ないようにしながら、黙ったまま台所へ通る。見ると、そこには二つの小さな膳が向き合って、人待ち顔に据えられてある。

　だが、その小さな膳と一っしょに、山本君の瞳の中に飛び込んできたのは、膳の上に悠然と乗っかっている、一匹の肴《さかな》である。それは小さいけれども、たしかに頭のついた、しかもはっきりと鯛であるのを知ると、山本君は思わずどきりとした。しかしそれよりもなお驚いたのは、それと並んで置かれてある赤い色の艶々と光っている山本君の一番好きな――それでいてめったに口にする事の出来ない――鮪の刺身である。いや、それ所か更に山本君を驚かせたのは、細君がやがて茶碗に盛って差し出したのが、驚くべし、それは赤飯であったではないか！

「？」

　山本君は思わずワイフの顔を見た。「もしや」という不安が山本君の心には痛いように喰い込んできた。しかし女房の顔は相変らず幸福そうに輝いている。

「どうしたって事だ？」

「お祝いですよ」

　山本君が今日会社を馘になったという事は、女房はまだちっとも知らないはずである。例いまたそれを知っていたとしても、馘を切られて祝う奴も無いはずである。

　山本君は首を傾けないではいられなかった。

「二階の書斎の机の抽斗しから、幸福が湧いてきたのよ。あんな大金が机の引出しに放り込んであったのを、あなた今日まで知らずにいたなんて、よほどお馬鹿さんね」

　女房はどこまで行っても、幸福そうである。山本君はそこで思わず飛び上った。

「え？　机の抽斗しの中の大金？」

　山本君の頭には太った男のオーバーの事が稲妻のように飛び過ぎて行った。どっしりとしたふっくらとした古びた皮の古財布！

　山本君は思わずといいきをついた。さっき格子先で決心した事も、今は全く水泡になってしまったわけである。渇しても盗泉の水を飲まないはずの決心が、またたく間に、くずれてしまったのを、山本君は悲しんでいいのか、怒っていいのか分らないような気がした。貧乏はしていたけれど……無鉄砲のお坊ちゃんではあったけれど……。とにかく山本君は今日まで世間に立って、決して恥ずべき行動だけは取らないで暮してきた。しかし遂々今日になっては……。

「ああ」山本君は思わずまたといきをついた。

それを不思議そうに眺めていた細君は、

「おやどうしたの？　そんなに驚かなくってもいい事よ。いつかあなた、ライオンの懸賞で勧業債券を一枚お取りでしたわね、それが今日新聞で見ていたらね……当ってたんですよ」

「なにが？」

「五百円！」

山本君はまた飛び上った。何が何だか分らなくなってしまった。あの勧業債券が五百円当った！　ではあれは……あの古財布は？

山本君はいきなり二階へかけ上った。そうして、机の抽斗しを、力まかせに引き明けて見た。

そこにははっきりと、財布が一つ入っているのを、山本君は発見した。しかしそれは古びた皮の古財布ではなかった。太った男が、新しく買った鹿皮の財布であったのだ、山本君が急いでその財布の口を開いた時、中には古綿と紙屑がふっくらと一っぱいにつめ込まれていたではないか！

蒔かれし種――秋月の日記

×月×日。

蒸暑い日だ。じっとしていても汗の玉が背筋の所を線になって流れ落ちる。

午前中種々《いろいろ》な雑誌を拾い読みする。百合子さんとの結婚について出しておいた手紙の返事がまだ来ない。もっとも出したのが一昨日《おととい》だったから来ないのが本当かも知れないが……。午後ぶらりと外へ出た。そうして草川の下宿へ寄って見ると、奴《やっこ》さんもやはり退屈そうにあくびをかみしめかみしめ何か読んでいる。俺と同じように彼はこの休みにも国へ帰らないで、狭い下宿にくすぶっているんだそうである。例によって彼の宿命論を拝聴させられる。所が妙な事に、彼の宿命論は今日に限っていつもの口先ばかりでなく、心から他人《ひと》を感じさせないではおかないような熱を持っていた。俺はそれが何に原因しているのか知らないが、しかし話はそのうちに俺の得意の探偵に関する方に転じてきた。待っていましたとばかり、俺は例の「呪われし真珠」事件や、「美の誘惑」事件を唾を飛ばして弁じ立ててやった。そのうちに草川の奴、どう思ったか、突然立ち上って窓から外を指《ゆびさ》してこんな事を云い初めた。

「例えばあの電柱にかなり珍らしいマークの広告が出ている。あれについてもやはり君は調査の価値があると云うだろうね」

これは俺が探偵にはどんな些細な事をも注意しなければいけないと云ったのに対して、草川が云ったのである。見ると、なるほどその電柱にはかなり珍らしいマークの広告が出ている。それは、

四ツ葉のクローバーの真中に一本の矢が突き立っていて、その下に「クローバー石鹸」と書きならべてはあるけれど、石鹸のマークにしては余り似つかわしくないマークである。それに幸福のシンボルたる四ツ葉のクローバーに矢の突き立っている――早く云えば、幸福を破壊

するという意味にも取れるこのマークはかなり不気味にさえ思われる。戯談事《じょうだんごと》でなく、全く不思議なマークだと、俺も心から云った。そうして、それがただ単に石鹸のマークであったにしても、とにかくそれを……その出所《でどころ》とその理由とを調査してみても別に徒労ではないと俺は思った。そこで俺は草川に明日の午後までに何等かの報告をなすべき事を約束した。

草川の下宿を飛び出すと、すぐその足で電柱広告取扱所へ行ってみた。そこは草川の下宿とは反対側の町のはずれであったので、そこへ着いたのはもうすっかり暮れていた。社員も大方は帰宅後で年取った小使がたった一人居たきりで更に要領を得なかった。しかし俺はそこでふとある事を耳にした。俺が帰ろうとした時小使が独言《ひとりごと》のようにこう云ったのである。

「N—町の電柱には何が書いてあるんだろう。あれを見て誰が出したのだと云ってきた人がこれで三人目だ」

妙だと思ったので、俺は小使に聞いてみたが、一人は女で非常な美人。年齢は四十そこそこで服装《みなり》はかなりいい。もう一人は若い男で目のぎろりとした労働者風の者という事以外には何にも分らなかった。

とにかくあの電柱のマーク——四ツ葉のクローバーに矢の突き立った——は、確に興味をそそる。

×月×日。

九時になるのを待ち兼ねて広告取扱所へ飛んで行く。所長に会って来意をつげると、所長は何と思ってか、じっと俺の顔を見つめていたがやがておもむろに口を開く。

「あの広告について同じようなお尋ねにこれで三度出会いました。ところがあの広告主については私の方でも分らないのです。御参考にその依頼書を御覧に入れましょう」

所長の出してくれた依頼書を見ると封書から文面の全部が日本字のタイプライターで打たれてある。そうしてその発信人の住所も氏名も更に無い。それを丁寧に所長に返すと所長はまた言葉を続けて、こんな事を云う。

「御覧の通り発信人の名前が更に分らないのです。消印はT—区になっていますが、こんなものは余り信用も出来ませんからね。丁寧な依頼文と充分な広告料とを受取った以上とにかくすてておけないので、あそこへ出すには出させましたがね、それからあれを見て尋ねていらっしゃった初《はじめ》の方は女の方で年齢は四十そこそこでしょうか服装《みな》りもいい美しい方でしたよ。どこの誰ともおっしゃらないでとにかくあの広告主は誰だとおたずねですけれども、以上のような始末なので、そう申し上げるといかにも失望したという御様子で御帰りになりました。二人目に見えた方は年齢は二十四五の若い男の方で、土工か何からしく目の少しくぼんだちょっと見ると西洋人のような顔の色の浅黒い人でしたがやはり同じように所も名前もおっしゃらないんですよ。そこへ来て第三人目があなたなんです。あなたはそうして御所《おところ》も御姓名《おなまえ》もおっしゃってですがとにかくあの広告はたしかに変ですね」と所長は云う。

帰り際に俺がその二人の中《うち》の一人だけでも様子が分ったらすぐ聞かせてくれと依頼すると所長は快くうなずいてくれた。すぐその足で草川の所へ行こうかと思ったが、考えてみると彼に報告すべき何等の手懸りも得ていないのを思うと約束を履行しないのが甚だ残念ながら下宿へ帰る。午後無為《むい》。九時床に入る。

×月×日。

午前中何もしないで暮らす。例によって空想を逞しゅうする。百合子さんが俺の妻と呼ばれるようになった未来の楽しい絵巻物を繰り披《ひろ》げてみる。午後広告取扱所から電話がかかってきた事を女中が知らせてくれた。今か今かと待っていた所なので階段を二段位ずつ一度に飛び下りるような勢いで電話室へ飛び込む。電話の声は所長である。

「今日また例の婦人の方がいらっしゃったのですよ。それでね、お帰りの時にそっと給仕を後からつけさせたのですよ。そしたら驚いた事にはU—町の……多分御承知でしょうが……山田さんという富豪の家へ這入《はい》られたんだそうです。近所で何とか聞いて来るといいのに子供の事ですからそのまま帰ってしまいましたがね。とにかくあの御婦人は山田さんと何等かの関係がある事だけは分りましたからちょっと御知らせします」

要領は以上である。俺は受話器をがちゃりとかけるとすぐ帽子をつかんでいきなり外へ飛び出した。山田というのはこのT—市においても屈指の富豪である。何でも以前はかなり身分の低い者であったのが戦争でうまく今の財産を作り上げたという事だけはちょっと聞いている。その住居もこのU—町であるという事だ。俺はすぐにそのU—町に歩を運ぶ。

なるほどとうなずかれるような立派な邸宅が当の山田家である事を俺は直ぐに発見した。どこか近所に家内の様子をよく知っているようなものはないかと思ってぶらぶらとしているうちに、一軒の氷水屋のあるのに気がついたので、俺はすぐそこの薄穢《うすぎたな》い縁台の上に腰を下す。

そこで聞きほじった事は次のような事である。

「山田さんという方は昔は何でも車力か何かなさっていらっしゃったんですって、それからちょっとした資本で商売をお初めになったのだそうですの。そうしてその一方で定期とかをなさったのが、うまく当ってそれから染料屋か何かお初めになったのですがね。それがあの戦争が始まると一緒に何でもどんどと買い占めて、それで一度に成金《なりきん》になってしまったんだそうです。今の奥さまはまだその小さい染料屋時代に芸者をなさっていたという噂ですがね。

何でも今度で三人目の奥さまとかって……御主人はなかなかの女好きだという評判でしてね。今じゃ、お妾が二人とかあるって話ですよ。御子供衆は先の奥さまのが二人あったのですが、一人はこの頃亡くなりましたし、後の一人も何でも肺病か何かだという話ですけど、今の、奥さまはもう五十近いでしょうがちょっと見ると四十そこそこに見えましょうよ。そりゃあ美しい方です」

氷水屋のおばあさんは以上の話を約一時間もかかって語った。金時が二つにイチゴが一つ。レモンを二つと……おかげですっかり腹がだぶだぶになってしまう。とにかくおばあさんの口から察すれば問題の女性は山田の細君に違いない。その細君の身元に対しては以前芸者であったという以外に更に分らぬ。

下宿へ帰って見ると机の上に電報が一通乗っている。国からの電報である。開いて見ると結婚について話があるからすぐ帰れという文言である。女中を呼んで時間表を調べてみるとこれから丁度支度をして出かければ今夜の夜行に間に会うはずである。帰る事に決心して買物に出る。

荷造りもすっかり終った今、日記を書く。

(今夜乗ると明日の朝国へ着くはずだから寝台券を一枚奮発して寝て行くつもり。だから今の日記は午後七時に書く)

×月×日。

今日は何から書いていいのか分らない。それほど幾多の事件が身辺に湧き起った。順序を追うて書きつける事にする。

何だか騒々しい様子にふと目を開く。夜が明けたかと思ったが外はやはり暗く汽車はやはり勢いよく走っている。何だろうと耳をすますと一人の男が驚いたように大声で云う。

「すっかり死んでいるよ！　もう冷たくなっている！」

俺は自分で自分の耳を疑った。俺の神経は全くぴりりとした。と今度は車掌らしい声で、

「それあ大変だ！　死んでいるって？　どうしたんだろう！」

首を出して見ると後ろ向きに一人の紳士が立っている、それと向い合って車掌が一人立っているけれども見ると車掌の顔はもう真蒼《まっさお》である。

「どうしたんです！」

「ここに居る女の方が……御婦人が！　死んでいらっしゃるんです！」

俺は思わず飛び出した。それからの騒ぎが大変なものだった。

婦人の死は一見して他殺である事が分る。一寸位の幅のもので、力にまかせて絞め上げたらしく首のまわりに明らかに痕《とど》を止めている。同じ車に乗り合せたものは俺を加えて全部で六人。驚いた事にはその中に青木伯爵の交っていた事である。しかも彼女の死の最初の発見者がその青木伯爵であったと云う。O―駅へ来た時我々の乗っていた車輛は列車から離された。そうして我々六人はそこの署長に依って審問される事になった。

医師の診断に依れば婦人は死後約一時間半経過していた。発見された時間から指を折ってみると丁度夜の十二時前後……場所はA―駅とF―駅との間においてなされたものと考えられる。それから我々の列車の位置から思いめぐらすと、車輛の後部は郵便車につながり前部は普通二等列車につながれている。だから外部から出入した者は必ず二等車から来なければならないのではあるけれどもそれについて車掌は十二時前後において二等車から寝台車へ行った人は一人も無いと言明している。それにもう一つ、午後十時後……所で云えばH―駅からこっちはその寝台車には、一人も乗降《のりおり》の客は無かったとも云っている。

乗客の審問は順々に進んで行ったが、やがて第四番目の乗客になった時、彼はぐっと膝を進めた。株式関係の男らしくちょっとでれりとした様子の若い好男子である。自分の姓名はO―市の株式取引所仲買人で牛尾田定吉《うしおださだきち》と云うのだと名乗りを上げてから、さておもむろに口を開く。

「丁度十一時半頃でしたでしょうか。何気なくふと目を開《あ》くとすぐ隣りの寝台の方で男と女とが何だか盛に云い合っているのが聞えてきました。どうしたんだろうと思って耳をすますと男の方は大変に怒っているような口調で何とか云っています。とにかく列車の音でしかとは聞えませんでしたが何でも復讐をしてやるとか何とか云っている様子でした。それに対して女は涙声で一生懸命に何か頼んでいる様子でしたが、男の怒りは却々《なかなか》解けそうにありません。そのうちに私は酒の酔が出てまたうつらうつらし始めたんでしたが、男が『殺してもあきたらない』とか『殺してしまった方がよかった』とか云っているのを夢の中で聞きました……」

その時署長がその男の声をまだ覚えているかと聞くと、彼はちょっとためらったが、やがて小声になってぐっと身をかがめるようにしながら、

「今になってそう思うんですがね。その時の女の人は――無論外に女の方は居ないんですから殺されなすった方に違いありませんが男の方はどうも……」と云いながらなお一段小声になりながら「あの方じゃないか知らんと思うのですが」と云いながらそっと向うを指した。指したその指の方向に目を転じた時、俺は実際驚いた。

そこにはあの青木伯爵がじっとうつむき加減に腰を下しているではないか。思いなしか伯爵の顔は幾分蒼味がかかって額の所には深い皺が刻み込まれている。

第五番目に俺は訊かれた。俺は総てをはっきりと説明した。最初俺が俺の姓名を名乗った時、幸せにも署長は俺の名を多少記憶していたとみえて、

「ああの『美の誘惑』『呪われし真珠』事件の秋月さんでしたか」とこう云った。そうして丁度友人に対するように私の意見などをたずねたりした。しかし勿論俺はまだ何等自分としての意見を持つほどの材料を得ていなかった。俺は反って署長に被害者の身許が判ったかと聞いてみた。所が被害者の身許を聞いた時俺は再び驚天《ぎょうてん》した。実際どうしてそれが驚かないでいられようぞだ。被害者は山田いと子! T―市の富豪山田春雄氏の細君であるという! 俺は実際運命というものがいかに恐ろしい力を持っているかを感ぜずには居られない。初めは遊戯半分に手を染めたクローバーの事件が今はこうして俺の隣りまで恐ろしい姿を見せて、現われてきたのを、一体何と云って説明したらいいのか? しかし署長が俺を知っていてくれたという事は俺にとってたしかに一つの大きな光明であるに違いなかった。最後に署長が青木伯

爵に質問をし始めた時にも、やはり俺はそこにいる事を許されたのである。訊問はこんな調子で始まる。

「あなたはたしかT—市にお住《すま》いの伯爵青木良之助氏だと存じますが」

「そうです」

「失礼ですが、どの駅から御乗りになり、どの駅でお降りになるはずでしたか？　また何の目的で御旅行なさるのか御答え下さい」

「乗る事はこの列車発車駅T—駅から乗りました。降りる土地はB—駅で乗換えてM—駅まで行くつもりです。私はこの夏を利用して墓参旁々《かたがた》故郷をたずねてみたいと考えましたので……」

「……最早御存じではございましょうが、昨夜同列車のしかも同車輛において変な事件が起りました。聞く所によればその最初の発見者はたしか伯爵あなたであったように存じます」

「たしかに私が発見しました」

「どういう順序でそれを御発見になりましたでしょうか？」

「別に順序もありません。私がうつらうつらとしている時、何だか隣りの寝台で非常に激した男の声と、婦人の声がしていましたので、小用に行く時何の気なしにそこをちょっと覗くと……もっともカーテンが少し開いていたので……女の方の様子がどうも変なものですから、思い切ってカーテンを押し開いて見るとあの始末です」

その時ちょっと署長は俺の方へ瞳を向けた。その署長の瞳は伯爵の解答をまるきり信じてはいないという意味をあけすけに俺に語った。しかし俺はまだ伯爵の言葉を信じていいのか信じて悪いのか判断もつかないので別に何等の解答もしないでいる。審問は続く。

「ではその時女と話していたという人の言葉の様子をあなたはまだ御記憶でしょうか」

「ぼんやりと聞いていたばかりですからはっきりとは覚えていません。何だか若い人であったように思っています」

「同じ列車に乗り合せていた者が六人ありますが、その中にその音声だったと思われるような方はありませんか？」

「ないようです」

署長の瞳はまたちらりと俺の方を向く。

「ではもう一つ——伯爵は被害者の身許について何等か御存じはないでしょうか？」

「ありません」

「姓名も人物も?」

「更にありません」

署長の瞳はその時妙に鋭くなった。勝ち誇ったような両の頬には――かすかな微笑さえ上ってくる。俺は不思議な署長の表情を見ながら何の気なしに伯爵の方へ眼を転ずると、驚いた事に伯爵の顔は全く血の気が無くなっている。俺は直感的にそこに何等かの秘密があるなと思った。署長の声ははっきりと響く。

「伯爵、失礼ですがそれに相違はございませんでしょうね?」

それに対する伯爵の答えはただかすかに首を縦に動かしたのに止《とどま》る。性も根も尽きてしまったように伯爵はがっくりと身を前にのめらした。その時署長は静かにポケットから何物かを取り出した。見るとそれは赤い血のようなルビーの入った一本のネクタイピンである。

「それでは伯爵、これを御存じありませんか?」

伯爵は顔を上げてそのネクタイピンを見た。しかし凡てに対して全く無関心のように、

「私のネクタイピンです」

と云う。

「伯爵、それがあなたのものであるとすればあなたは何等かの弁解をなさる必要がありはしますまいか? 何故なら、それは被害者の寝台の上に落ちていたものですぞ?」

署長の言葉は俺の神経にぴいんと来た。しかし伯爵の神経はまるで他人事《ひとごと》のように静かである。

「何か御答弁が願いたいものです」

「何も申す事はありません」

「しかしあなたとは御交渉のないあの被害者の寝台の上にどうしてこれがあったでしょう?」

「……もしかしたら私があの事件を発見した時に落したかも……」

「いいえそれは違いましょう。あの折車掌の言に依りますれば伯爵はたしかにネクタイを結んではいらっしゃらなかったはずですから」

「……では私の落したのをあれが……あの女が……偶然に拾って持っていたのかも知れない……」

「今の所ではそうとも考えられません。何故ならそれは被害者が持っていたのではなく被害者の足下《あしもと》に落ちていたんです。どうしても何等かの目的で被害者の寝台へ入って行った者が落してきたものであるに違いないので

す」

　遂に伯爵は黙ってしまった。口の中で何かぶつぶつと呟いてはいたが、俺達には何も聞きとれなかった。署長は全く満足したという風でじっと伯爵を眺めている。

　しかし俺はただそれだけで伯爵を有罪だとは思われなかった。

　だがそこに何等かの秘密が伏在するのを否むわけにはゆかなかった。

　とにかく訊問はこんな調子で終った。無論伯爵は第一の嫌疑者として残された。その他の者は旅行をつづける事を許された。そして俺はひとまずこのO―市に足を止める事にした。故郷へは電報で二三日おくれる事を通知しておく。

　×月×口。

　朝飯をすますと俺は死体仮置場へ出かけて行った。署長の計らいで凡てが都合よく運んだ。医者でないからよく分らないが、たしかに絞殺らしい。首に残った痕をしらべて見ると幅が一寸位のもので絞めたらしい。そうしてそれは力一ぱい絞めつけたものらしく血が滲んで青黒く残っている。こんなに強く絞めた事から考えてみると、犯罪に対して全く無神経な者だと俺は思った。何故ならただ殺人を目的とするならこんなに強く絞める必要がないからである。そうしてもう一つ気づいた事は犯人は犯行の際、非常に興奮……それは悲嘆の余《あまり》か憤怒の結果か知れないが、多分は憤ってであろう――という事である。何故ならこれだけの痕を残すほど絞めつけるには殆んど人間の力以上の力が必要であるからである。それから俺はその首の後ろの部分に少し血のにじみ出しているのを発見した。これは何に依って生じた傷か知らないけれど、とにかく記憶しておく価値があると思った。

　帰りに署長を訪ねてみる。犯人は最早伯爵に違いはないという署長の口振りである。少し早計ではないかと俺は思ったが今までの事情並びに物件証拠によれば俺だってそう考えたくなる位だ。伯爵所有のネクタイピンが被害者の足下から発見されるし、伯爵と被害者とが話していたのを聞いたと云う人物まで居るんだもの。更にそれに対して伯爵の答弁は頗るあいまいである。嫌疑のかかるのは無理もないことである。

　午後、伯爵と面会してみたいと思ったが都合が悪くて許されなかった。寝るまで種々と今度の事件を初めから繰り返し繰り返し考えてみる。そうして思い出して例の草川の所へ手紙を書く。あのクローバーの広告が、目に見えないチェインによってこんな所までつながれているのを知ったら、草川の奴どんなに驚くことだろう。

夜、署長――山口氏と云うんだそうである。だからこれから山口氏と呼ぶ――の私宅を訪ねて、伯爵の身分を聞いた。俺はその伯爵の生い立ちや境遇やを書き止めておく必要があるけれども今夜は面倒になったから明日の分にする。


×月×日。


今日の日記には伯爵の素性を書かなければならないが、それよりも先に午前伯爵に面会した事から俺は書こう。

俺は伯爵に面会した。文字通り面会したには違いない。しかし俺はそれに依って何ものをもつかむ事は出来なかった。いや摑む所か、その面会から俺はこれっぽかしのヒントさえ与えられなかった。何を云っても、何を訊いても伯爵は強情に押し黙っていた。たまに口を開いてもただ「そうです」とか「いいえ」とか「違います」とか云うだけである。そうして常にある一点をじっと見つめるように瞳を動かさないでてんきり俺の云う事を聞いてさえいない様子である。

俺は終いには、その伯爵の瞳の色を読もうとした。しかしそれもやがては失敗に終るべく余儀なくされたわけである。何故なら伯爵の瞳には俺の期待しているような後悔とか恐怖とかに似た感情は実に微塵も無かったからである。それでいて伯爵の瞳には悲しみに似たような、怒りに似たような、そうかと思うと、古い昔の甘い追想にひたるようないろいろな不思議な感情がごったになって流れている。根が内気だと云われている伯爵は、思うに一昨日からの不思議な事件の渦中に巻き込まれて、少しぼんやりとしてしまったものらしい。とにかく伯爵との会見はそんな風にして終った。

伯爵の生い立ちは極めて簡単である。Y―県のH―村の豪農の二男として彼は生れた。小さい時からどちらかと云えば内気な性質でそれでいて無邪気な、非常に愛すべき少年であった。H―市の中学卒業後東京へ出た。そして大学時代にも彼はやはり愛すべき青年で、恩賜《おんし》の時計を頂戴するほどの頭脳をも持っていたそうである。そうして遂に伯爵青木氏に認められ一人娘の愛婿《あいせい》として迎えられたのである。

これだけならば何んでもないはずである。が、そこに一人の女性を配し、そこに恋愛を生じさせたとしたら、俺達はそこに何等かの物を摑めそうである。

俺は百合子さんに手紙を書いた。そうして伯爵の青年時代における様子を調査してもらうように頼んでおく。女の身で若い百合子さんがそうした何十年以前のある男の様子を捜《さぐ》り出すということは、かなり困難なことであるとは思うが、百合子さんは完全にそれを果たしてくれるものと俺は信ずる。


×月×日。

百合子さんの返事はどんなに早くても明後日あたりでないと来ないだろう。それをこうしてむだに遊んで待っているわけにはゆかないと、床《とこ》の中に寝そべりながら考えて俺は思わず飛び起る。そして大いに活動しなければならないと考えながらうんと大きな欠伸《あくび》をしたら、第一番に俺の頭に来たのは兇行の行われた時間の事である。先日も書いたが、それはあの日の夜の十二時前後で場所はA—駅からF—駅の間である。ともかく今日そのA—駅とF—駅との間まで行って来ようと決心する。時間表を見ると丁度これから急いで行けば間に合う列車があるので、大急ぎで朝飯を宿の女中に命じる。こんな時に限って宿の奴は馬鹿に熱い汁と飯を持ち込むので閉口だ。


それでもやっとその列車に間に合った。

F—駅の近くになったので俺はしきりに窓の外に目を配った。しかし別にこれと云って俺の目を惹くものはない。それよりも俺はふとそこで耳を惹かれるある会話にぶつかった。

田舎の爺さんらしいいかにも人のよさそうなある老人に向って、若い会社員らしい男がしきりに知ったか振りで話しているその会話をふと小耳にした時、俺は何とも知らずちょっと心を惹かれた。

会社員は云う。

「そらあそこに川がありましょう。あの川が魔物でしてね」

爺さんが答える。

「そうですかい。あの川がの。そんな水なんか出そうには思われない川じゃにの」（田舎言葉はスケッチするには仲々むずかしい）

「そうですね。今じゃあんなに白い河原を見せて、小さなせせらぎがちろちろと唄っていますがね」（会社員は仲々形容がうまい）

「ほんとにな。鉄道線路を流すような……」

「そうですよ。幸い列車には被害はありませんでしたがね。でもこれでやっと昨日《きのう》から複線になったばかりですよ」

お爺さんはその複線という意味がはっきりと解り兼ねたらしい。でも、

「ああそうかの」と答える。

その時列車はピイと汽笛を鳴らすと急に速力がにぶくなった。車窓から首を差出すとなるほど多少そんな事があったかと思うように辺りが乱雑になって所々堤のくずれ落ちた所もある。少し隔った所を流れている何と云う川か、かなり大きな川を見るとさっき会社員の云った所謂「せせらぎがちろちろと唄っている」あんな川でもさて水が出るとなると恐ろしいものだと俺は会社員に至極同感する。今になって俺は思い出したが、何でも二三日前の新聞にこの辺が水のために多少被害があったという事が出ていた。列車に何等の被害もなく、また極く一小部分であったので六号活字で隅っこの方に危く載っかっていたのを俺は今になって思い出した。

そんな事を考えながらふと下を見ると汽車は出来るだけ速力を減じて、ほんとに虫の匍《は》うように危っかしそうに動いている。

「こんな速力なら俺がマラソンで走った方がずっと早いだろう」

俺は口の中で独言を云った。丁度その時、きらりと俺の頭に稲妻のように通り過ぎたものがある。と同時に、俺はいきなり立ち上った。

汽車がA―駅に着くと、俺は第一番に列車から飛び降りた。そうしていきなり駅長室にかけ込んだ。

駅長はややあっけに取られたように俺の出した名刺と、俺の顔とを交る交る眺めていたが、そんな事にはお構いなく俺はずんずん質問の矢を放ち始める。

「ちょっとお訊ねしますが、一昨々日から一昨日にかけてA―駅とF―駅との間は単線でしたか複線でしたでしょうか」

「水害のために単線になっていました」

「ではその単線の箇所を通過する時、列車は総て普通の速力でしたか？　それとも徐行していたでしょうか」

「単線の箇所は一二ケ所かなり危険な場所がありましたから徐行していました」

「どんな程度の徐行でしょう」

「さあ、どの程度と云って……まあ最徐行ってやつなんですがね。人間《ひと》が急いで歩く位のものでしょうか」

「今かりにある男が列車から飛び降りる位の芸当なら

楽に出来る……いや出来ただろうとあなたはお思いになりますか」

「そんな事は……そんな事をするような馬鹿もありますまいが……あれ位の速力なら出来ない事もありますまい」

「では、突然お話が変りますが、×月×日（事件のあった日）の夜は工事はなさっていたでしょうか。いや、昼間は無論の事でしょうが、夜……十二時前後にやはり工事は続けられていたでしょうか？」

「続けていました。あの当時は昼夜兼業でしたから。しかし、あなたは一体何のためにそんな事をお聞きなのです？」

「ええ、実はもう先刻御承知の事でしょうが、あの×月×日の夜の急行列車事件です。それについて、何とか手懸りを得たいと思いましたものですから」

それを聞くと駅長は急に表情を変えた。そうして急に言葉が丁寧になってきた。

「すると、あなたの御職業《ごしょうばい》は……」

「ええ素人《しろうと》探偵です」

自分はそう云って思わずにやりとした。俺は自分自身の云った素人探偵という言葉を急に滑稽に感じたからである。もっと何とか変った言葉が使えなかったか知ら。それにしても素人探偵なんて実に非芸術的だ。

しかし駅長にとって、探偵という言葉がたしかにある効果をもたらしたのは事実である。それがいかに非芸術的であっても相手に対して何等かの収穫を収め得たのは俺にとってもまた有難いわけである。そこで不用意のうちに使った素人探偵という言葉に対して、俺はにやりとしながらも感謝した。

「それは御苦労様で……」駅長は真面目くさって云う。

「いいえどういたしまして」

俺も真面目くさって云う。そうしてまたにやりとした。

（こんな無駄事を書くのでなかった。急いで次へ進もう）

「そこでですが、その時仕事をしていた工夫《こうふ》に一応会ってみたいと思うんですがどうでしょう」

俺は聞いてみた。しかしそれに対して駅長は、

「さあ」と云って首を傾げた。

「実はその工事最中に何か怪しい人物でも見かけやしなかったかと思うんですがね。とにかく列車がその徐行をしているような所なら工夫の一人や二人は居ただろうと想像するのですがね」

「ところがあの工夫は全部私の方で雇ったわけではな

いんでしてね。K―駅の鉄道局の方から、まわしてくれたんですから今すぐという事がちょっと出来兼ねるかと思うのです。もっともそれを指図していたのはここにいる男ですから、それに訊いてみれば誰々が来ていたのか判りますけれど」

俺はすぐにでも工夫達に会ってみたいと思っているんだが、駅長の言葉を聞くとそれも出来ない。ままよ、一日二日延びたって伯爵の罪が決定するわけでもあるまいからと、俺はいよいよ帰る事にした。何か怪しい人影でも見たと云う男があったらすぐ電報を打ってくれるように呉々《くれぐれ》も駅長に頼んでおく。駅長は快く承知してくれた。そうして最後にこんな事までつけ足した。

「私もルブランやシャロック・ホームズの一冊位は読んで、そういう仕事には大変な興味を持っておりますから、及ばずながら御尽力いたしましょう」

ルブランやシャロック・ホームズのように簡単に行けば仕合せだが、とにかく駅長はうまくやってくれるだろうと信用をする事にする。どうかホームズ以上にやってほしい物だ。

宿へ帰って机にもたれて百合子さんのことを考えていたら、もう夜になった。英気を養うためにぶらりと大通りを一まわりして来る。少し早めに寝る。

×月×日。

朝起きるとすぐ俺はT―市の例の電柱広告取扱所へ長距離電話を申込んだ。ところが仲々出ない。至急報で申込んであるのだのに十時になっても十一時になってもからない。こんな事なら汽車で行っても間に合うはずだと今更に文明の利器の不便さに業《ごう》をにやす。遂々《とうとう》そのうちに昼になってしまう。やっと一時になって通話が出来る。

ここでも新しい材料は更に無い。クローバーの広告についてはあれから別に変った事も起きないそうである。あの広告の出所をたずねて来る者もあれ以来無く、それにあの広告それ自身が、最早継続期間が切れているので別なのと塗り変えてしまったという話だ。これでT―市O―市間の長距離電話料金を棒に振ったわけである。

それから俺は山口署長を訪問した。何か変った材料が手に入りましたかと訊いてみると署長はにやりと頰笑んだ。その笑いたるや実に得意然たる笑いである。署長は語る。

「君は……（註山口氏は俺に対して君という言葉を使

う）青木の……伯爵の……青年時代の恋愛といったような物を調べましたか？　それさえ解ればこの事件もよほど簡単になるんですがね。そう、今調査中？　僕の方ではもうはっきりと握っているんですよ。被害者と青木との間にはやはり恋愛関係があったのです。何とか云いましたっけ……そうローマンスってやつですかね。そのローマンスが二人の間にはあったんですよ。それは何でも被害者が花奴《はなやっこ》と云った芸者で青木がまだ梅村という旧姓を名乗っていた大学生時代です。どちらが先に参ったのかその辺ははっきりしませんですが二人共随分熱は高かったそうで、校友の間で誰一人その噂さを知らない者は無く、花柳社会でも大分浮名を立てたそうです。

　ところが例の金の切れ目が縁の切れ目っていうやつですね。女の方から不意と寝がえりを打ったっていうわけです。さあそこで青木の煩悶は……その辺は若い君の方がよくお解りでしょう。何でもその頃はいつも刃物なんかを懐中して女をつけねらっていたんだって云いますよ。

　さて、これからは俺の想像なんですがね。それからまあ十何年過ぎたが、二人共随分かけ離れた生活を送る事になったようなわけですな。御承知でしょうが被害者の夫……山田春雄と云いましたか……。実はあの山田は今は被害者に対して更に愛を感じていない様子なんですよ。何でももう二人位は妾を持っている様子で、あの女など殆んど有って無きが如き状態……まあ早く云えば眼中に無いんです。

　被害者もつくづくあじきなく思っていたでしょう。所へ来て、あの列車の中で偶然先の情夫青木に出会《でっくわ》したというわけです。二人共きっと驚いたでしょう。感慨無量ってやつを二人共存分に味わったんですね。

　そこでです。私の思うのには例の被害者が青木に対して恋の復活を云い寄ったのじゃないかと考えられるんですがね。どんなものでしょう？

　一度は死ぬほど惚れていた男。しかも今は立派な有爵の紳士。自分は仮令《たとえ》富豪の家に居るとしても、例の有れども無きが如き状態。いつ何時お前にはもう用事が無いと放り出されるとも解りませんからね。そこで必然の結果として被害者が媚《こび》を含んだ瞳に、涙を流して見せたっていうわけだろうと思うのです。

　ところが一方青木の方では、恋の古傷がまだ充分に全快していなかったのですね。あれほどまでにはげしい苦痛を与えた女が今また図々しく泣声を並べているのを見ると腹立たしさが急にこみ上げてきたのです。まあ君がその時の青木伯爵の身になって考えてごらんなさい。きっと腹が立ちますよ。それに今は歴《れっき》とした紳士である自分に対して、そっとしまってあった古傷をつけつけと発《あば》き立てた女が無性《むしょう》に憎かったに違いありません。どうです君。そうは思いませんか。僕はきっとそうだと思うんですが……」

署長はそこで初めてちょっと口を切った。署長の言葉はとにかく浮き浮きしている。時代後れの妙な漢語を時々加えたりなどしてよほど得意らしい所がある。

「残る問題は兇器です。それと今一つはあの列車の被害者の座席から指紋でも発見したいと思うのです」

署長に別れを告げて外へ出ると俺は歩きながら考えた。署長の推理はたしかに整然としている。やはり俺の方が思い違いをしているか知ら。ネクタイピン——被害者との恋愛事件——そこから出発すれば、どうしても伯爵が罪人という事になる。

夜、百合子さんへ第二信を書く。

×月×日。

俺の頭にはやはり妙なものが、こびりついている。それは伯爵と犯罪とを対比する時、答案はいつも無罪と出る方程式である。困ったものだ。しかしそれを俺はどうする事も出来ないのだ。

百合子さんのと草川のと手紙が二通同時に来る。百合子さんのは依頼してやった調査の報告で昨日署長から聞いたのと同じである。やはりこれだけ調べ上げた百合子さんの腕はたしかに凡でないと感心する。草川の手紙には運命というものの恐ろしい事がくどくどと書いてある。よほど驚いたとみえて、事件をもっとくわしく聞かせてほしいと云っている。そうして今後の方針をも同時に洩らしてくれと書き添えてある。探偵などには興味を持っていない男なのに、今度はよくよく好奇心を引かれたものと見える。それもそのはずである。草川が何の気なしに指した電柱の広告が、こんな所まで糸を引こうとは夢にも思わなかっただろうもの。

今日は何も仕事をしないでしまう。とにかくいい事にしろ悪い事にしろ、何か新しい変化が来ない以上手を出す事も出来ない。

×月×日。

起き抜けに電報が来た。発信人はキタカワとある。北川なんて誰の事だか俺は知らない。

知らないけれども電報は何度見直しても自分の所へ来たものに違いない。俺は勇《ゆう》を奮って封を切った。ところが封を切ると同時に思いもよらぬ吉報が俺の瞳に飛び込んで来た。電文にはこうある。

「アヤシイモノヲミタトイウヒトアリイサイテニテ」

してみるとキタカワというのはあのA―駅のシャロック・ホームズ先生であったとみえる。それにしてもこれは思いもよらぬ発見だ。俺は身内がむずむずした。

電文にはイサイテニテとあるけれども、今の場合手紙を待っているほどの心の余裕を俺は持っていない。すぐにA―駅まで出張する事に決心して、汽車の時間を調べてみると九時に普通列車があって十時に急行列車が出る。そうして一時間おくれて出る急行列車がA―駅へは約二十分ばかり先に着く事になっている。そこで俺は十時の急行列車に乗る手筈をした。

ところがいよいよ宿を出ようとする時、生憎《あいにく》山口署長から電話がかかって来て是非御面談がしたいと云う。何でも大変な吉報を手に入れたという事だ。畜生！　俺の方にも吉報はあるんだと俺は心の中で叫んだけれども、署長の吉報も是非聞きたい。やむを得ず一列車延ばして先に署長を訪問する。

泣き面《つら》に蜂とはよく云ったものだ、こんな時には生憎が後から後からと重なるもので署長は生憎と留守である。「秋月さんがおいでになったらじき帰るから待って居てもらうように」という署長の伝言を、一人の刑事が俺に伝えてくれた。しかたがないから待つ。遂々昼まで待ってしまう。

署長は帰って来るといきなり、

「いいものを御覧に入れますから一緒に御出《おい》でなさい」

と云ってずんずんと外へ出て行く。しかたがないのでまた後からついて行く。伴《つ》れられて行った先はZ―町の中央警察署の指紋室である。

そこへ行くと山口署長は、

「これを御覧なさい」

と云って二つの指紋をさし出した。手に取って見ると二つ共同じ指紋である事は素人の俺にもすぐ解る。俺はその説明を求むべく山口署長の顔を見上げた。署長の顔はその時いかにも愉快に輝いて、ふっくらとした二つの頬にははち切れそうな微笑が浮んでいる。署長はその指紋がいかにも得意なのだと俺は思った。署長はやがて口を開く。

「その君の右手に持っているのが青木の指紋です。左手に持っているのが今日初めて被害者の居た寝台の上から発見したものです。極めて微かについていたので、やっと今日僕が行って発見したんですよ君。どうです。また一歩解決に近づいたわけですな」

　俺は心の中で考えた。少々は驚いたと云ってもいい。そうして少々は困ったと云ってもいい。こうしてまた一つ発見された事柄は伯爵にとっては不利な事柄である。それと同時に俺にとっても……第六感によって伯爵が無罪だと信じている俺にとっても余りうれしい物ではない。しかしこうして眼前に動かすべからざる物件を突きつけられては、俺はどうする事も出来ないではないか。俺の心はあせってきた。ぐずぐずしていられる時ではない、と俺は心の中で繰り返した。俺はやや急《せ》き込んで署長に訊いた。

「それで青木さんは総てを是認したのでしょうか」

　すると署長の顔はちょっと曇った。

「ところが云わないんです。何を訊いても、口を開かないんです。それでいて最後には『私は決して、あの女を殺しはしない』というおきまり文句です。そうしてその次には『殺したって差支えない女ですけれど』と云うんですよ。まるで循環小数のように同じ事ばかり、くるくる繰返してほんとに嫌になってしまいまさあね」

　俺はほっとした。そしてすぐ署長に挨拶をして立ち上った。外へ出ると歩きながら考える。

「署長の方には今少なくとも四ツの動かない証拠を握っている。第一は例のネクタイピンである。第二には伯爵と被害者との恋愛関係である。第三には今日の指紋である。第四には伯爵と被害者との会話を聞いた男のある事である。そのうち第二は必然性が無い。何故ならそういう関係にあったとしても伯爵が被害者を必ず殺すと云う事は出来ないからだ。それから第四も取り除《の》ければ取り除けられない事はない。何故ならあの乗客は事によると別の男の話し声を伯爵のと聞き誤ったかも知れないからだ。この二つを取り除けるとしてもまだ二つは残る。この二つは今の所伯爵が少なくとも被害者に近づいたという事を証拠立てている。一方俺の方はというと今更に悲観しないではいられない。

　時計を見るともう二時である。これからA駅まで行けば夕方だ。ひとまず宿へ帰る事にする。

　宿へ帰ると女中が、

「御来客ですよ」と云う。俺は小首を傾けないではいられない。

部屋へ行ってみるとなるほど来客がある。所がその来客たるやだ。余りに俺とは縁もゆかりも無いので少々驚いた。来客は半纏《はんてん》着の男である。年は四十そこそこだろうか、コール天のズボンを穿《は》き、親指の所に小さい穴の開いた靴足袋を窮屈そうに尻の下に組んでいる。

男は俺の顔を見るとおずおずと腹掛の丼《どんぶり》から一通の書面を取り出した。その書面を手に取って裏を返した時、俺は思わず頬笑んだ。裏には北川生とある。それですっかり解ったのである。

以下二人の会話を書き記《しる》しておく。男は足立君というんだそうである。

「どうも遠方からわざわざ恐入《おそれい》ります」

「どういたしまして。決してわざわざ来たのではございませんので。このO—市に叔母が居て、それが病気なものですから見舞旁々……」

「それはそれは。で早速ですが、そのあの……あなたが工事をなさっていた時に怪しい人影を見たとおっしゃるのですね」

「そうなのです。丁度夜の十二時頃でしたか……あの列車があそこで徐行をし始めた時、一人の男が最後の寝台車から飛び降りたんです」

「それは無論間違いない事でしょうな」

「ええ勿論ですとも。丁度そこはシグナルの下の所でしたから、私ははっきりと見たんですよ」

「はっきりと見たんですって？　それではその男がどんな風をしていたか説明出来ましょうか」

「出来ますとも。そいつは飛白《かすり》の単衣《ひとえ》を着ていましたよ。頭には鳥打帽子をかぶっていましたっけ。背の少し高いやせぎすの男でした」

「それであなたは黙っていましたか、それとも声をかけましたか？」

「声をかけました。私が大きな声で『こらっ』と云いますとね、その男は私がそこに居る事を知らなかったとみえて驚いて振り返りました……」

「というと、その時あなたは一人限《き》りでそこに居たんですか」

「そうです。他の奴等は一町《ちょう》ばかり先の方で仕事をしていましたからね」

「そうですか、それでその男の顔は……」

「それもはっきりと見ました。目の少し落ち込んだ鼻のとんがったちょっと見ると西洋人のように……」

「あちょっと待って下さい」

俺は突然足立君の話を遮った。俺は今西洋人のような顔という文句を聞いて何だか見たような顔だと思ったからだ。しかしちょっと考えてもすぐには思い出せないので再び足立君の話をうながす。

「それから?」

「……西洋人のような顔でしたよ。さっきも云ったようにそこは丁度シグナルの下で明るかったものですから私ははっきりと男の顔を見たのです」

「それでは今その男に出会えばあなたはすぐその男を見分ける事が出来ますか」

「たしかに出来ます」

まあ以上の通りの会話である。俺は心の中で感謝した。これでとにかく一つの有力なる証拠を握ったわけである。二人はそれから少時《しばらく》雑談を交えていたが、やがて夕飯時になったので足立君に夕飯をふるまう。足立君はしきりに恐縮していた。が、俺にとっては足立君は夕飯位では済まされない。俺は更に日当をつけるから当分こちらに居てもらいたいと申出たが、足立君は逗留の事は承知したけれども日当の事は断った。

夕方草川の所へ手紙を書く。足立君の事などかなりくわしく書いてやる。

×月×日。

俺が一つの有力なる証拠を握った事は事実である。しかしただそれだけだ。俺はその握った証拠をどういう風に利用していいのか知らぬ。

午前に青木伯爵に面会。午後山口署長を訪問。どちらも従前通りである。

夜になったら足立君がぶらりと訪ねて来た。

別に用事はないんだそうだが散歩のついでに寄ってくれたのだ。一緒に外へ出る。

大通りはまるで昼のように……全く文字通り昼のように明るかった。二人は人の波にもまれながら、あてもなく歩きまわった。ところが丁度その大通りの中でもまた一番人のこみ合っている所へ来た時、自分のすぐ前を一人の男が急がしそうに歩いているのを発見した。その男の後姿が目に入った時俺は思わず、

「おや?」と云って足を止めた。と同時に足立君が同じようにまた、

「おや?」と云った。(これは今になって思い出したが、その時足立君はたしかに「おや」と云って足を止めたと思う。何故足を止めたか何故「おや」と云ったのか、こ

の日記を書きつける時まで遂々訊かずにしまった。もっとも俺は日記をここまで書きつけてきた時、突然その事を思い出したのでそれまではすっかりそれを忘れてしまっていたのだ。明日は早速足立君に会ってその「おや」の意味を訊いてみよう）俺の前にはT—市に居るはずの草川がたった一人で人の波を泳いでいたのである。

「草川じゃあないか？」

俺は急いでその男の前にまわってぐるりと振返るなり、こう云って声をかけた。見るとやはり草川だった。

「やあ秋月かい」

草川はひどく驚いた様子でこう云った。

「どうしてここへ来ているんだい？」

俺は畳みかけて訊く。

「どうしたっていう訳は無いんだが……余り退屈だったからぶらりとやって来たっていうわけなんだよ」

草川はちょっとためらうような調子で云う。

「じゃあ何故すぐ俺の宿へ来なかったのだい。それでどこに宿《とま》っているんだ」

俺はまた……。

おや俺は大変な事を思い出したぞ。草川との会合の様子をこんなに冗々《くどくど》と書いている所の騒ぎでない。今こうして草川の顔を思い浮べながら筆を運んでいるうちに、草川の顔が余りにそれによく似ているのを俺は突然今思い出したのだ。目の少しくぼんで鼻のつんととんがった、ちょっと見ると西洋人の……そうだその「西洋人のような顔」！　そうだ。それだ。それを今俺ははっきりと思い出したのだ。

俺は一体どうしたらいいのだろう。何だか急に頭が変な風にこんがらがってしまった。だが足立君は昨日俺に対してたしかにこう云った。

「ちょっと見ると西洋人のような顔の男でしたよ」と。

西洋人のような顔、西洋人のような顔……。

草川は俺の親友である。俺のローマンスを笑わないで聞いてくれる者はあの草川ただ一人である。そうしてまた草川の相談を心から考えてやるのは草川にとって俺以外にはないはずだと俺は信じている。

ああ俺はまた思い出した。あのクローバーの広告の依頼者を広告取扱所へ尋ねて行った時やはりそこの所長は云った。

「ちょっと見ると西洋人のような顔の若い人でした」と。

クローバーの広告と草川と寝台車で殺された被害者と。青木伯爵……山口署長……足立君……。ネクタイピン……指紋……伯爵のローマンス……。俺と草川……親友……西洋人のような顔の若い男……。

俺は頭が狂いそうだ。もつれた糸は一体いつになったら解き得るのだ。

嗚呼《ああ》俺はまた思い出した。あの大通りで偶然草川と出会した時足立君ははっきりと、「おや?」と云ったに違いない。今になってみると、その「おや」は……、足立君は昨日きっぱりと云っている。

「どんな人込みの中でもすぐあの男を見出す事が出来ます」と。してみるとあの「おや」は……。

ああ俺は今その「おや」をはっきりあからさまに書く事は到底出来そうにない。誰でもいい。足立君の叫んだ「おや?」という言葉が草川の顔を見たためではないと否定してくれたら俺の心はどんなに嬉しいだろう。俺と草川とは親友だ。

何故草川は西洋人のような顔をしているのだろう。しかしあの広告取扱所所長の云った言葉は……足立君の見たと云う列車から飛び降りた男の顔は……そうして人込みの中で草川を見出した時足立君の叫んだ「おや?」という言葉は……。

俺はもう筆を続ける気力もなくなった。

×月×日。

明け方になって、やっとうとうととした。目を開いて、腕を伸ばして枕許の時計を取って見ると、もう十時を過ぎていた。

何だか少し考え過ぎて、今朝は頭がちょっと痛かった。だが少しでも眠るという事はかなり頭をさっぱりとしてくれるものだ。今朝になって考えてみると、昨夜は少々どうかしていたように思われる。あんな事をあんなに苦しんで考えないでもよかったろうにと多少馬鹿らしい気さえする。

暗合という文字が何故世界の辞書にはあるのだろう。他人の空似という言葉は何のために世の中に存在するのだろう。それを考えると実際俺は余りに狼狽し過ぎたようだ。広告取扱所の所長の見た西洋人のような顔の男と足立君の見たと云う西洋人のような顔の男と、草川の顔の西洋人らしいのとはあるいは暗合であったかも知れぬ。無論それを誰か他人の空似でないと確実に云い得る者があるだろう。ただ似ていたというだけで俺はあれほど苦しんだ。思ってみると、今更に俺は馬鹿々々しくなって来る。

今になってみると足立君の云った「おや」という言葉も何のために云ったのか判明しない。必ずしも、それが草川を見たが故に発せられたものと断定するわけにも行かない。俺は草川に会ったために足立君とはそのまま別れてしまったので、遂々「おや」の意味を訊かないでしまったが、それは訊きさえすればすぐ解る事だ。勝手にこちらでそうだと想像して、苦しんだのは愚《ぐ》もまた甚だしいわけではあるまいか。

で早速第一にそれを訊きたいものだと、十一時頃に家を出て足立君の泊っているその叔母さんの家というのを訪問してみる。仲々分りにくい家で方々で散々《さんざん》尋ねまわった末やっと正午頃《ひるごろ》その家の閾《しきい》を跨《また》いでみると生憎足立君は留守である。家人に訊いてみると今朝早く俺の所へ行って来ると云って家を出たのだそうである。すればこと俺の宿の距離から云ってもまだ俺の寝ているうちに来なければならないが、それとも足立君は途中でどこか道寄《みちより》をしているかも知れぬ。事に依ると俺の出た後へ行っているかも知れないと思ったので俺はまた急いで帰ってみる。帰るとすぐに女中に、

「来客は無かったかい」

と訊いてみると、

「無いようです」という返事だ。してみると足立君はまだやって来ないのだとみえる。

部屋へ戻って何の気なしに机の上を眺めると妙な物が乗っかっているのを発見した。手に取って見ると四角な紙片《かみき》れを縦に四ツに折った物で、披《ひら》いて見ると随分まずい字で、こんな事が書いてある。

「少し話したい事がありますから表まで来て下さい。足立様」

俺は小首を傾《かし》げた。手を鳴らして別の女中を呼んで訊いてみると、

「はい、あなたがお出ましになるとじきいつもの方がお見えになりました」

と云う。でもう帰ったのかと云うと、

「そうです。その方がお見えになってからまた少したつと一人の俥屋《くるまや》さんが秋月さんの所へ来ておいでになる方にこれをお渡ししてくれと云って参りました。でそれを、お客さまに御渡しするとそのままお客様は俥屋さんと一緒に御出ましになりました」

という返事だ。俺は妙な事だと思ったがまた昨夜のよ

うに慌ててしまっても仕方がない。何か足立君の知った人か何かだろうから足立君の「おや」の説明は明日の事にしておこう。

夕方草川がやって来た。ところがどうしたのか草川の奴馬鹿に元気が無い。

「どうかしたのかい?」と訊いてみても、

「別にどうもしやしない」と云う。俺は草川の顔を見ると同時に昨夜の不愉快さを思い出したが、そんな事は口にするわけにもゆかないけれど、自然と何だか気が重くなって来た。しかしひどく、しょげ切っている草川の様子を見ているうちに反って俺の方から慰めてやるような位置になってしまう。それでも話しているうちには段々元気を恢復して来た様子で、

「別に変った事は聞かないかい?」などと訊く。

そこで俺が今日足立君が俺と行き違いにやって来た事から、妙な男が呼びに来た事を話して例の置き忘れて行った手紙を見せてやると草川は大変驚いた様子で、

「これを借りて行ってもいいだろう。俺も大分探偵という事に興味を持ってきたから一つこの手紙を研究してみたいから」

と、その手紙をポケットの中に入れて持って行った。

×月×日。

午前に署長を訪問してみる。署長はいつになく馬鹿に忙《せわ》しそうだ。

「何か事件が起きましたか?」と聞いてみたら、

「ええまた殺人です。段々世の中が物騒になってきて閉口です」

といかにも閉口という表情を額に皺をよせて表現する。青木伯爵の方は新しい材料も出ず自白もなく、あのままで行き止っているんだそうである。

その足で足立君の家へ行く。やはり留守で昨日あなたの所へ行くと云って出たままだ帰らないと云う。何でも遠い親戚に当る家がまた一軒あるそうだから、そちらの方へ行っているかも知れぬという話だ。

宿へ帰るとまた妙な物を発見した。昨日と同じく、机の上に発信人の無い封書が一通乗っている。一思いに封を切って見ると中から出てきた紙片《かみきれ》にはこんな事が書いてある。

「君は事件から身を退《ひ》かなければならない。君がいつまでも事件から手を退かないとすれば……死だ!　第一の警告」

これを読んだ俺は少々ぼんやりしてしまった。何故って？　事が余りに小説的であるからだ。終いには俺は何だか少し滑稽にさえ思われてきた。コーナン・ドイルやルブランの世界なら知らぬ事。大正十三年の今日、こんな馬鹿げた手紙をよこすなんてよほどどうかしている人間だ。それで俺はそれをふいと放り出して頭を振ったら今度は百合子さんの面影が頭に来た。

ナジモヴァのサロメを見にゆくはずに約束しておいたのに草川の奴遂々来なかった。で八時を打つとすぐ寝てしまう。

×月×日。

俺は新聞をつかんだまま思わずはね起きた。

第二の事件が起ったのだ！　思っても恐ろしい事だ！新聞は足立君の死を報じている！　しかもそれは他殺だという。

何のための殺人？

俺は二度三度四度、繰り返し繰り返し読んでみた。足立君は何人《だれ》かのために鋭利な短刀を以て一突に殺されたんだという。

考えてみると俺はまだ足立君から「おや」の説明を訊いておらぬ。今の所、俺にとって足立君は全くかけがえのない大事な人である。この事件に一筋の光明を投げてくれたのは、実に足立君その人ではなかったか。

更に考えれば、足立君は俺のために死んでくれたようなものだ。云い換えれば俺が足立君を殺したようなものである。何故と云って俺さえ足立君を引き止めなければ、昨日あたり自分の家へ帰っているはずだからである。そうして、もう一つ想像をめぐらすなれば、事によったら夜行列車の事件と何か連絡がありはしないだろうか。

昨日のあの不思議な手紙からみても、あるいはそこに何等かの秘密があるようにも思われる。もしそこに秘密があったとすれば足立君は明らかにこの事件の犠牲になったのだ。実に可哀そうな事をした。俺は足立君の魂に対しても、是非この事件を解決しなければならぬ責任がある。

俺は直ちに山口署長を訪問した。昨日会った時忙《せわ》しかったのは恰度その事件が発見された時であったからと云う。

足立君と俺との関係を全く知らない山口署長は、俺が余りに種々《いろいろ》な事件を聞きたがるので今日は少々冷淡な態度を俺に見せる。勿論足立君の事件と夜行列車の事件とに何等かの関係がありはしないかというような事は、山口氏は一向考えていない様子である。

足立君の殺された事について知り得た事は次のような事である。

殺された場所は市外のD―という極めて静かな、昼でも人通りの少ない所で、殺人などにはうってつけの所である。殺された時間は一昨日の午後二時から四時までの間で、指を折ってみると足立君は俺の宿から例の男と一緒にここまで来た時が、丁度そんな頃である。やはり例の足立君を誘い出した男は第一の嫌疑者とみるよりしかたがない。兇器はかなり鋭い短刀のようなもので、足立君がうっかり立っているその背後《うしろ》から力まかせに突き立てたらしく、しかも見事に心臓を刺されて、一たまりもなく倒されたものらしく、その兇器はまだ発見されておらず、勿論犯人の目星など少しもついていないと云う。山口氏の意見では、この事件をそれほど複雑なものとは考えていないらしく、足立君の身分が鉄道工夫であるという所から、背後にはきっと女があるものとにらんでいる様子である。

「こういう種類の事件は比較的簡単に片づきますよ。必ず色情関係があるものですからね」

と山口氏は最後にこう附け足した。

しかし俺は……例の不思議な昨日の男の事を知っている俺は、決してそんなに簡単なものとは考えられない。それどころか、事件がいよいよ怪奇的になってきたのに、俺は少なからず驚きもし恐れもした。

宿へ帰るとまた発信人不明の封書が舞い込んで来ている。今度の手紙には、

「お前の生命《いのち》は明日一日である。事件を擲《なげう》つかそれとも死を選ぶか……。第二の警告」

とある。俺は今度は少し考えさせられた。消印を見るとG―区とある。昨日のを調べてみると発信局はやはりG―区の郵便局である。俺は二三度頭を振ってみたが、更に思い当るところがない。二つの手紙を比べて見ると、何だかわざと字体をくずしたように、二つ共かなり違った筆ではあるが、よくよく見るとやはり同じ筆蹟であるらしい。もう一つ一昨日の足立君が置き忘れていった手紙を見たいと思ったが、それは草川が持って行ってしまっているので、俺は昼飯をすますと草川の宿を訪ねてみようと宿を出た。

ところが予《かね》て聞いておいた宿へ行って草川君は？　と訊いてみると、

「昨日お帰りになりました」
という返事である。俺はすっかり驚かされてしまった。そんな馬鹿なはずはないと腹の中で呟いたが帰ると云ってカバンを提げてこの宿を出た事は……ともかく草川が昨日の昼からこの宿にはもう居なくなっているという事は事実である。

俺は少々狐につままれたような気がした。それと同時に、何だか草川がまだどこかこのO—市にたしかに居るという予感といったようなものがかすかに……ほんとに、それはかすかに俺の心の奥の方で動いたような気がした。

宿を出て俺はその大通りを右へ行って第一の角を曲った。その角には大きな洋館造りの建物があって、中央にはめ込んだ大時計がきっかり三時を指している。俺はその時計と自分の腕時計とをちょっと見較べたが、その時その大時計の下に黒くはめ込んだ横に並んだ大きな文字が目に入った。何の気なしにそれに瞳を走らせると文字は「G—区郵便局」とゴシック式に並んでいる。途端に、俺は例の手紙の発信局がこの「G—区郵便局」であることを思い出した。

俺は小首を傾げた。同時に俺の胸の中にある考えがきらりと稲妻のように通り過ぎた。G—区郵便局と草川の宿屋の位置と、草川と妙な警告の手紙と、この四ツが、俺の胸の中ではどういうものかふとごっちゃになったのである。

×月×日。

昨日の日記は尻切れ蜻蛉《とんぼ》に終っている。あれは草川を訪ねて帰ってから夕飯までの間に急いで書いたからである。夕飯から以後の出来事はまた夜になってから書き足そうと思ったのだが遂々それを書き足す事の出来ない事が出来上ってしまった。

昨日、あれから夜になると俺はぶらりと山口署長を訪問すべく宿を出た。山口署長の宅は郊外で市内電車の終点からまだ小《こ》十町も離れた所にある。その辺一体、もうすっかり住宅が建て続いているけれども、何と云っても新開地で門燈の数も少なく、一問《けん》も離れたら、もう人の顔の見分けも出来ないような所さえある。その淋しい暗い通りを、俺が歩いていた時に変な事件が持ち上ったわけである。

俺はぼんやりして歩いていた。すると突然一人の男が向うから急いでやって来たと思うといきなり俺の身体《からだ》にぶつかった。驚いて俺は思わず身をかわした。最初酔漢かと思ったが、さっきの急いだ歩き振りを考えると、決して酔漢ではなさそうである。次の瞬間、はっと思って懐中に手を入れてみた、掏摸《すり》ではないかと思ったからである。しかし蟇口《がまぐち》は依然として俺の臍《へそ》の辺りに暖くなってうずくまっている。

その時になって俺は急に右足の小指の辺りに非常な痛さを感じ初めた。驚いて足先をながめると、素足の足の小指の根本から真紅《まっか》な血が湧き出ている。湧き出た血は知らぬ間に黒い鼻緒を染めて四円で買った桐下駄の上にまで流れ出ている。

血を見ると急に痛さを感じてきた。俺は慌ててハンカチを出して、それで右足を押さえたまま思わずそこにしゃがみ込んだ。

暫らくして、俺はやっと一足ずつ引きずるようにして、今少し明るい所へ出ようとした時、俺は自分のすぐ側に一本の短刀の落ちているのを発見した。俺はその冷たい刃の光りが目に入った時、思わず身内がひやりとした。

やっと人力車を一台見つけて、それに乗って帰る途中、俺は事件が段々と恐ろしくなって来るのを思うて、初めて自分の生命《いのち》の危険というものを知った。しかし、と云って、今更この事件から手を引く事は俺の好奇心が許さなかった。事件がむずかしくなればなるほど、俺の心は反比例して強く解決を望んで行く。宿へ着くとすぐ医者が来てくれた。そうして手当をすると、痛さを忘れるために睡眠剤を調合してくれた。そのお庇《かげ》で今まで眠むっていたのである。

考えてみると、あの時は全く危険であった。

俺の想像に依れば、あの男は、きっと俺の生命を奪おうとしたものに違いなく手に例の短刀を握って、力まかせに俺の身体に向って、ぶっつかって来たのである。それを幸いうまく身をかわしたので、短刀は遂々俺の身体には触れなかったが、その代り、思わず取り落した短刀が生憎俺の足の上に落ちてきたのである。

この俺の推定に間違いはないと俺は信ずる。何故ならあれだけ広い町で、理由《わけ》なく他人にぶっつかるはずもなく、またあの短刀が偶然に俺の足の上に落ちてくるはずもない。まして俺がどんな男かと振り返った時、男は何のために力限り逃げて行く必要があったろう。

証拠の短刀は今俺の手許にあるがただ残念なのは暗いために、相手の男の様子が更に分らなかった事である。

(この日記を書いていると俺の頭にちらりちらりと草川の顔が表われて来る。何故だろう。

例の危険を予告してきた不思議な手紙の発信局と草川の宿の位置とが偶然に一致した時から何だかこの事件の中から草川を除いてしまうという事が俺には出来ないように思われる。しかし今の所俺はまだ草川を疑ってみるだけの材料も無ければ、疑ってみようという気も出て来ない）

傷は思ったより軽いらしい。少し足を動かしてみたが、そんなにひどくも痛まないようである。

この調子なら明日は無論活動が出来るだろうと思われる。

×月×日。

朝目を覚まして今日一日寝ていようかどうしようかと考えている所へまた例の手紙が来た。

「一昨日の夜の事件は、ただ君に危険を知らせたのに過ぎない。この手紙の真剣である事はそれで分ったはずだ。で死が恐ろしければ直ちに、この事件から手を引く事が必要である。

同時に君はこのO—市から去らねばならない。死か生か君はどちらを選ぶ？

——第三の警告——」

俺はその手紙が、やはりG—区郵便局である事を心の中に念じながら消印を調べて見た。万一それがやはりG—区であるなれば、そこに初めて草川とのチェインは自然と切れるはずだからである。

ところが俺は思わず吐息をついた、消印は今度はC—区郵便局になっているではないか。

俺はもうとても床の中でぐずぐずしているわけにはゆかなくなった。飛び起きると、幸い足の傷は思ったよりも痛まないので、勇を鼓《こ》して今日取るべき手段について考えた。俺の第六感は今最先《さいさき》に不思議な警告の手紙と草川とが、どこか目に見えない糸につながっているように感ぜられてしかたがない。俺は第一にC—区の旅館を調べ上げようと思った。

実を云えばそれを俺は限りなく恐れている。

草川が想像通りC—区の旅館において発見されるという事を、俺は今限りなく恐れている。しかし俺の心はそれと同時にまた限りなく解決を望んでやみそうにない。

その二つの矛盾した心を抱きながら、俺はやがて車上の人となってC—区の警察署へ急いで行った。

そこで聞いてみるとこのC—区にはただ僅に十軒に満たない旅館があるきりである。一軒々々歩いても、午前中には黒白《こくびゃく》の片がついてしまうと思うと、急に元気を出して教えられた宿をかたっぱしからまわり初めた。

丁度八軒目の旅館へ行きついた時、遂々俺は俺の恐れていた事に出会してしまった。俺は遂々そこで彼を発見してしまったのである。

そこはちょっと場末のかなり貧弱な旅館であった。赤ら顔のいかにも下品そうなそこの番頭はもみ手をしながら下卑《げび》た調子でこう云った。

「草川さんとおっしゃる方はたしかにお泊りでございます。一昨日のお昼頃ぶらりとお出《い》で下さいましたので。へい、ただ今はちょっとどこかへ御出ましで御留守なんでございますが」

再び車上の人となって自分の宿へ帰って来る途中、俺の心は決して愉快ではなかった。俺の疑問が明らかに解決されたのに違いはないが、それは同時に親友の草川に対する疑いが俺の心をいやが上に重苦しくしてしまった。

が、やっと宿へ帰りついた時には俺の心はもう、それどころではなくなった。あの大事な証拠品たる短刀がいつの間にかその姿を消してしまっていたではないか。俺は車の上でふと思いついた事がある。それは一昨日俺をおびやかした短刀が事によったらあの可哀そうな足立君の生命をも奪ったのではあるまいかという事である。俺は帰るとすぐに短刀を置いた机の上を見たが不思議な事に短刀は忽然と姿を消している。俺はどこか他の所へ仕舞い忘れたのではないかと、トランクから、カバンから、地袋から総ての所をひっくり返してさがしたが、短刀はやはりどこにも見つからない。女中を呼んで聞いてみると、

「紙に包んだ細長いものはたしか昨日机の上にあったように思われます。が、今朝お掃除をする時……今になってそうおっしゃれば……その時にはもう何も乗っていなかったようでございます」

「それではもしか僕の寝ていた時誰か来た様子はなかったかい?」

「はい別にどなたも……ああ昨夜でしたか。あのお友達の何とか云う……草……草……」

「草川かい!」

「ええその草川さんがお出でになりましたが……ではあなたはそれを御存じなかったのでございますか」

それを聞いた時、俺は実際どうしていいか分らないよ

うな気がした。俺は思わず「ああ」と大きなと息をした。俺の胸は破裂しそうである。悲しさと苦しさが俺の血を一時に凍らしてしまいそうだ。

草川だ！　草川だ！

だが、その一方では、こう云って自分自身を慰めている自分自身を発見した。心の一方ではこう云っている。

「草川が来たと云っても、彼が必ずしも短刀を持って行ったとは限らない。草川以外にだってこの部屋へ入って、短刀を持ち出す事の出来る者はいくらもあるではないか」と。

しかし俺の疑いが草川に対して漸く濃厚になってきたのは事実である。草川は何故に短刀を持ち去ったか？　それを考えると、俺は今更に決心しなければならなくなった。証拠湮滅《いんめつ》！

それは何という忌《いま》わしい言葉だ！　しかし明らかに草川の態度はその四文字をはっきりと画いている。足立君が置き忘れた手紙を持ち去った事と云い、今度はあの短刀を持ち去った事と云い、更に進んで例の警告の手紙と、草川とを結びつけた時、俺はいよいよ決心すべく余儀なくさせられる。俺は断然今日から……今から……午後二時二十五分から……草川を親友として認めないで、ただ一個の人間として……他人として……嫌疑者として……観る事に決心した。

すっかり初めからやり直さねばならなくなった。第一歩として、俺は百合子さんへ手紙を書いて左の三つの質問を提出した。

一、夜行列車の事件のあった夜、草川は下宿に居たか否か。

二、もし居なかったら何時頃に出て何時頃に帰ったか。

三、その行先は？

手紙を書き終ると、俺は久し振りに山口署長を訪問した。署長はこの頃俺の来訪を余り喜ばない傾向がある。それは最近に起った二つの事件――夜行列車事件と鉄道工夫殺害事件――とが段々と迷宮に入って行くのに少からずいらいらとしているからであると俺には思われる。しかしこちらでも事件は意外の方へ行っている。俺は何の気なしにこう聞いた。

「青木伯爵の方はどうなりましたでしょうか」

すると署長の答えは意外であった。

「証拠不充分で今朝出しました」

ぶっきら棒に云った署長の言葉は、かなり俺の心を打った。俺は思わず、

「え？　放免ですって？」と反問した。実際事が余りに突然だったからである。

「ええそうです」答えは至極簡単。

「どうしても是認をしないのですか？」

「ある程度までは是認をしましたがね……」

「それではあの乗客の一人が聞いたという伯爵の話し声は？」

「ただ単にあの女と突然の会合を話していたのだと云うのです」

「その時についたと云うんです」

「ではあの指紋は？」

「恋愛問題は？」

「そんなものなんぞ何にもなりやしません」

「ネクタイピンは？」

「それだけが今ちょっと疑問になっているんですよ。がそれも話を終って帰る時偶然忘れてきたのか落したのだろうと云うんです」

「それで兇器は見つかりましたか？」

「それが見つかればいいですがね。見つからないので証拠不充分でさあね」

署長はこう云うと、いかにも腹立たしそうに眉をひそめて消えかかった朝日に火をつけ直す。

この調子では長居は無用だと思ったので腰を上げた。そうして最後に青木伯爵は今どこに居るかを聞いてみると、まだ今夜はL―旅館に居るだろうと云う。帰りに会ってみようと思いながら俺は外へ出た。

青木伯爵はやはりL―旅館に居た。会ってみると元来無口であったのがいよいよ沈黙家《だんまりや》になって、俺が色々と質問したり慰めたり、はげましたりするのに、碌《ろく》な返事もしてくれない。それでも俺が調査した通り青年時代のローマンスも是認した。そうしてまた山口署長の想像したと同じように、夜行列車で偶然と例の被害者に出会し、二三口、口論した事も是認した。

そのうちに俺は何の気なしに部屋の片隅に目をやると、抜きすてた洋服が一かたまりにして放り出してあるその上に、二本のネクタイが長々と乗っているのに気がついた。そのネクタイはたしかにあの事件の夜伯爵が身につけていたものであるなと心の中で思いながら、なおも目を止めているうちにふとそのネクタイの四分の一辺りの所に、ボッツリと丸い黒い点のあるのを発見した。それを発見した時、俺は思わずぎくりとした。

血ではないか？　そう俺が気づいた時俺の頭には曾て

被害者の死体を見た時、その首の辺りに何かで突いた傷があって、少し血がにじみ出た所のあった事が稲妻のように通りすぎた。とその次には俺の頭には被害者の首のまわりについた一寸位の幅の痕跡とこのネクタイの幅の事とがまた暴風のように過ぎて行った。

俺ははっと思った。死体の血……ネクタイの黒点……死体の首の痕跡……ネクタイの幅……兇器……ネクタイピン……。そうした物が恐ろしい渦を巻いて俺の頭の中をかけめぐりだした。

そっと顔を上げて伯爵を見ると、伯爵はやはりぐったりとしたようにうつろな眼をじっと一方に据えている。俺は伯爵の顔を見るのも、伯爵の前に坐っているのも苦しくなってきた。俺はいきなりぴょこりと頭を下げると逃げるようにして外へ出た。

俺はこの事件の最初から伯爵に対しては随分好意を持っていたと信ずる。山口署長があれだけの証拠を挙げてどうしても犯人は伯爵でなければならないと云った場合にも、俺はやはり心の中ではそれを全然否定してきた。最近可哀想な足立君の事件があり、俺に対してまた危害を加えようとする何者かのあるのを知った時俺は無論それ等の出来事は総て伯爵の有罪の反証であると考えた。少なくとも伯爵以外にもこの事件に関係のある何者かのある事は論外でその者は常に俺に対して妨害の手段を取っている。伯爵を無罪と信じそのために活動している。俺を妨害しようとする事は、要するに伯爵を罪に陥れようとするもので、従って伯爵にとっては敵でなければならない。俺はそのつもりで今日まで働いてきた。そうして、その結果として犯人は必ず伯爵以外の者であると信じつづけて来たのである。

所が今になって俺の足下の砂が一時にくずれ落ちたように感じないではいられなくなった。

伯爵の身体から、殆んど離れる事のないはずのネクタイが、兇器に使用されているとすれば、伯爵が有罪であるということは自然と決定されてくるわけである。例令《たとい》事実はどうであるとしても、第三者からみれば、一応そう考えるより外ないはずである。

善意にこれを解釈すれば、伯爵は被害者の寝台に入った時、そのネクタイをそこへ置き忘れてきたのではないかとも思われる。しかし身につけているネクタイをその場合わざわざ取りはずして忘れてくることは常識から云っても考えられんし、無論取りはずしてあるネクタイをわざわざ手に持って被害者に会いに行ったとも考えられない。

今これを悪意に解釈すれば兇器を発見されなかったのを幸いに、自ら人を使用して俺の仕事を妨害し、故意にこの事件を益々迷宮に引き入れるつもりではないだろうか。

俺の頭は乱れて、極度に疲れ切った。考えてみると俺は今どこから手をつけていいのかそれすらも分らない。


俺は筆をおく。俺には休養が必要だ。考えないで明朝までぐっすりと寝る事にしよう。


×月×日。

今朝伯爵が郷里へ出立するはずであるのを、俺は床の中で目を開けると思い出した。俺は伯爵に今一度会って、はっきりと伯爵の態度を見ておきたいと思ったので急いで起きる。起きてみるとまた考えが変った。というのは正面から伯爵にぶつかるよりも、少し探偵小説じみてはいるが、この場合俺という者を伯爵に知らせないで外部からひそかに監視している方がよいということだ。で俺は今日一つ変装して出かける事に心を定《き》める。

変装と云ったって、素人の無経験な俺に、うまく出来べきはずはない。そこで黒目鏡をかけ鳥打帽子を眉深《まぶか》にかぶり、マスクを口にかける事にした。夏の盛りにマスクも変だと思ったが埃除《ほこりよ》けにかけている人を時々見かける事もあるから、そう定《き》めたのである。駅へ行って二十分も待ったら伯爵はやって来た。相変らず一人である。誰か話しかける男は無いか。誰かを待っているような様子は無いか。何処かへ通信でもしはしないかと、油断なく見張っていたが、そんな気配は更にない。切符も正直にN―駅まで買った。気がつくと今日は新しいネクタイと取り変えている。昨日のネクタイはどうしたのだろうと思いながら、そこら辺を歩いているともう改札の時間になった。

改札の時にも、汽車に乗り込む場合にも、俺は目を皿のように見張っていたが更に変った出来事は起らない。

俺は二等車の中で伯爵とは反対の側の隅の方に腰を下していた。かなり混んではいたが、それでも俺の所からは伯爵の一挙手一投足がすっかり見られる位置にあった。

列車は発車した。第一の駅は通過した。第二の駅では一人降りて一人乗った。第三の駅では……とにかく伯爵の様子には少しも変ったところはない。腕を組んでその上にぐったりと首を垂れて、まるで眠ってでもいるかのように身動きもしないでいる。頬の辺りはげっそりと肉が落ちて、あの貴公子的な顔が頗る貧弱な様子に見えるのを、俺は憐みの心を持って眺めていた。

　第四の駅、第五の駅を通過してから初めて伯爵は身を動かした。さてこそと俺もそれと同時にかたずを呑んだ。汽車は丁度長い鉄橋にさしかかっている時である。

　伯爵は身を動かすと横にあったトランクを引きよせて口を開けた。おや！　と思って見ていると取り出したのは新聞に包んだ小さな一つの包みである。伯爵はそれを持って、つと立ち上った。俺は思わずはっと息をつめる。伯爵はやがて後ろのガラス戸をがたりと開けた。涼しい川風がさっと車内に舞い込んで来る。その時！　伯爵は手に持った新聞包みをパッと力任せに放り出した。俺は驚いて窓から首を差し出した。

　ところが新聞包みは丁度鉄橋の横に張り渡してある電線に引っかかった。引っかかった拍子に新聞包みは口を開いた。その中から飛び出したのは！

　ネクタイ！

　俺は思わずあっと叫んだ。ネクタイは蛇のように電線にだらりと引っかかって、くねりくねりと風に動いている。

　一瞬の後、俺は首を引っ込めて伯爵を見た。伯爵は真蒼《まっさお》な顔をしている。そして極度に狼狽した風で、今度は窓から手を出したり、首を出したりして後の方を振向いている。やがて伯爵はぐるりと身を返すと、両手をぐっと握りしめて崩れるようにクッションに身を投げながら、首を垂れて、ほっと大きな吐息をもらした。

　俺は考えた。伯爵は何故あのネクタイを投げ捨てたのだろう？

　その前提から推理を下すと、伯爵はあのネクタイを永久に葬ってしまうつもりだとしか思われない。――その理由は云うまでもなく、あのネクタイに対して伯爵が、非常な嫌悪か恐怖か苦痛かを抱いているに違いないからである。その恐怖なり嫌悪なりは、要するに伯爵があのネクタイを兇器に使用したか、あるいは少なくとも、あのネクタイにまつわる秘密を知っているという結論になる。

　ここまで考えてくると、もう伯爵を監視する必要が無くなったように思った。そこで俺は次の駅へ着くと列車を棄ててプラットホームに降り立った。

　帰りに見ると例のネクタイは、やはり同じ場所の同じ電線にまだひらひらと動いていた。しかし風の都合で段々と一方が長くなり、一方が短くなって、もう暫らくすれば伯爵の希望通り大きな川の流れの中に落ちてしまいそうであった。その時俺はふと考えた。伯爵を無罪にするのも、有罪にするのも、このネクタイ一本にかかっているかも知れない。するとともかくそれを自分の手に入れておく方がいいと。で俺はすぐ次の駅でまた降りると鉄橋の上まで引っ返して、ステッキの先にひっかけてそれを取った。

宿へ帰ったら丁度午後の二時であった。鳥打帽子も黒目鏡もマスクも取り除《さ》って、初めてのんびりした気になりながら、例のネクタイの黒い点をもう一度しっかりと見直したがやはり血である。被害者の死体を見た記憶からすると、その血の跡の大きさや、少し卵なりになった形までが全く同じである。いよいよ被害者の首を絞めた物はこのネクタイに相違ない――。

そう断定は下したが、俺は今の所全く岐路に立って迷っている。東《とう》すべきか西《さい》すべきか、俺は都会の十字路に立った田舎者のように身動きも出来ない。伯爵と草川の間に中ぶらりんに引っかかって、全くどうもならなくなってしまっている。

そこへまた警告が来た。警告を手に取った時ふと俺は大きな過失をしていたのに気がついた。

それは一昨日C―区の草川の宿をさがし出した時、草川に対して俺の来た事を秘密にさせておくように番頭に依頼して来るのをすっかり忘れてしまっていたのである。事によると俺の行った事を聞いて、草川は再び宿を取り変えてはいないだろうかという疑念が起った。そこでその封書の表を返して見ると、発信局はK―局に変っている。俺はそこですぐC―区の旅館に電話をかけた。すると番頭は、

「あなたの御出でになった事を御話しするとどうしたのか、すぐに荷造りをなさいまして急な用事が出来たからと云ってお帰りになりました」

と云う。そこで俺は遂々草川と警告とはどうしても切る事の出来ないチェインにつながっているという第二の断定を下す事にした。

警告にはこうある。

「君はまだ事件から手を引かない。君には死の恐ろしさが解らないのか。それが何であれ、この事件の秘密を知っている者は、どうしても死を免かれる事は出来ないのだ。鉄道工夫の死んだのも要するにそれがため

だ。とにかくここに最後の警告を発する。死か生か。君はいずれを選ぶ。

——最後の警告——」

これを読みながら俺はちょっと凄みの足りない警告だと思った。ドイルやルブランなら、もう少し奇抜な文句を使うだろう——そんな事を考える。しかし警告もこう度重なると事実凄味が段々と薄らいで来る。

それと前後して百合子さんから返事が来た。

あの事件のあった夜、草川はやはり下宿に居なかったそうである。その夜八時頃彼はぶらりと下宿を出たまま、翌日の午前十時頃漂然《ひょうぜん》と帰ってきたそうだ。どうしたものか帰って来た時、草川の様子はまるで病人のようで、顔色は蒼く、ぐったりとしていたが、一方ひどく興奮していたという。

この報告を見て、俺はまず草川の方から手を下す事に定《き》めた。

この前の時よりみて五割方困難ではあったが、俺はこの前と同じ方法でやがて草川の宿を発見した。やはり今日も草川は留守であったがこの場合、俺は反ってそれを喜んだ。というのは今日は草川の所持品の中から何か有力な物でも見出したいと思ってやって来たからである。

俺は草川の帰るのを待っているという口実で草川の部屋へ通された。そうして女中が出ると同時にすぐ調査を始めた。

ところが第一番に、俺は例の短刀を発見した。トランクの一番下に、しかもきちんと鞘をはめられて——。その短刀が草川所有の物である事は、最早疑う余地もないほど明らかである。俺の机の上に有った時、それはたしかに鞘無しであったはずである。それが今完全に鞘におさめられている所からみれば、草川はたしかにその鞘の所有者……要するにこの短刀の所有者でなければならない。

俺はその短刀を出来るだけ細密に調べてみた。刃先にかすかな曇りのあるのは俺の足の血をぬぐった跡である事が解る。それ以外に、俺は短刀の柄《つか》の所にかなり大きな黒いしみのあるのを見出した。それを陽に照《てら》し、香《にお》いを嗅いだ上、思いついて財布の中に入っていた小さな果物用のナイフで、そこの所を少しばかり削ってみた。とそこにはっきりと赤い血の色が現われてきた。

血だ！　足立君の血だ！

俺は思わずそう叫んだ。可哀そうな犠牲者足立君も、やはりこの短刀によってその生命を奪い去られたのである。俺はその短刀を手にしたまま、じっと暫らく無量の感慨に打たれないわけにはゆかなかった。しかもその短刀の所有者は草川である！　俺は草川に対して反って憎悪さえ覚えてきた。

丁度その時廊下の所に人の跫音《あしおと》がした。と思うと女中らしい声で、何かひそひそ話しているらしいのが聞えてきた。

俺は思わずきっとなった。すると、その跫音はまた向うの方へ帰って行く。俺は、いきなり立ち上ってがらりと唐紙を押し開けた。すると、そこには一人の女中が……さっき俺をこの部屋へ導いた……俺のはげしい剣幕に驚いてぼうとして立っている。

「草川が帰ってきたのじゃありませんか？」

俺は大きな声でそう云った。

「いいえ……あの……別に……いいえ草川さんはお帰りになりません」

女中は何気なさそうに云った。しかしその言葉がよほどあいまいであり、またその女中の顔に明らかに狼狽の表情の現われているのを咄嗟の間に俺は見遁《みのが》さなかった。

だが、俺はそれを追求しようとはしなかった。追いかけて草川か否かを見極めるには事は余りに明らかであったからだ。たしかにそれは草川が帰ってきたのに相違ないのだ。

俺は再び腰を下すと、やがてまたトランクを一つ一つ調べて見た。例の足立君の置き忘れて行った誘いの手紙も、すぐその中から発見された。俺はまた別のトランクの中から労働者の使うようなよごれた手套《てぶくろ》やら、コール天のズボンなどを見つけ出した。がその時、俺はずっと以前広告取扱所長の云った「労働者風の男」という文句をも同時に思い出した。それはいよいよ草川の犯罪に対して裏書きをしているとより考えられない。

全く不必要であるはずの、こうした物を草川が所有しているという事は、要するに何等かの目的があって持っているのに外ならない。それなればその目的は？　俺が鳥打帽子をかぶり、黒目鏡をかけマスクをつけたと同じ目的で、草川は労働者の手套をはめ、コール天のズボンを用いたとみるより外にはないわけである。

俺はやがて短刀と、例の手紙を懐中にすると、宿の閾《しきい》を越えて外に出た。

時計を見ると丁度五時半である。これから夕飯までの間に俺は俺の推理をここに順序立てて書いてみよう。まず伯爵から。

(1) 話し声――伯爵と被害者との単なる会話であるとも思われるし、その結果として恐るべき事件が伯爵の手によって行われたとも思われる。

(2) ネクタイピン――伯爵が偶然落したとは考えられない。何故なら、そんなにたやすく落ちるべきものではないからである。多少格闘でもあれば知らないが、そんな場合なら第一問の悪意の方へ推理は運ばれる。

(3) 指紋――ただ伯爵が被害者の寝台に近づいた事を説明するに止《とど》まる。

(4) あいまいな答弁――名誉を重んじた結果とみる事が出来る。と同時に犯罪者の通有性で何事も「かくした」とも思われる。

(5) ネクタイ――その血痕及び大きさから云って兇器であると断定する。そうして、そのネクタイを使用し得る者はただ伯爵のみである。しかしもし、そのネクタイが伯爵の寝室以外にあった場合は例外である。この点はこの事件の最大な疑問であって、そのネクタイの位置に依って、伯爵の罪の有無は決定されるわけである。

(6) ネクタイに対する伯爵の態度――甚しく疑問である。この点から行けばたしかに伯爵が犯人であるように思われる。

(7) 犯罪の動機――伯爵のローマンスである。

こう書き並べてみると驚いた事には伯爵の有罪は非常に可能性を帯びている事である。今まで第六感によって動いていた俺の心も今は少々その力がにぶってくるように思われる。

しかし一方草川に対しては俺は余りに知らなさ過ぎる。第一に草川の素情を調査しなりればならない。

丁度夕飯が来た。筆をおく。

×月×日。

俺は今日草川の故郷のP―村を訪れてみた。草川の家はすぐ分った。藁葺《わらぶき》の家ではあったが、村での有力者である事はうなずかれるほど大きな構えの家である。俺はすぐに探偵の歩を進める。

第一に訪問したのは草川の家のすぐ北隣りの家で、そこには若い嫁さんが生れたばかりの赤ん坊を負《おぶ》って、トントンハタリと機《はた》を織っていた。生憎家人は皆野良へ行って留守だったので、そこでは余り要領を得ないでしまった。しかしふと何気なく嫁さんのこう云ったのに、俺は思わず胸をおどらした。

「お隣りの若さまは今朝ほどちらりと見たようですが事によると帰ってきていらっしゃるかも知れませんですよ。それとも私の見違えたのかも知れませんが」

もし本当に草川が帰ってきているとすれば昨日あの宿から逃げ出したその足でこちらへまわったかも知れない。俺は第二の家を訪問した。そこは草川の家の主人と極く親密なやはり村での有力者の一人で村松という人であった。俺はそこで草川の身の上をかなり詳しく聞く事が出来た。

「ええ、あの方は、たしかに草川のおやじさんの弟の子だと聞いていますがね。その弟さんは家を出てたしかT—市で家を持っていられたのですが、もう十何年の昔、亡くなってしまいました。あの若旦那のお母《か》あさんはT—市へ行ってから、何でもこちらに無断でお貰いなすったとかいうことでその時分大分《だいぶ》ごてごてした話がありましたがね」

「そのお母あさんの名前はご存じないでしょうか?」

「はっきりとは覚えていませんがね、何でもいと子とか……そんな名前のようでした」

「いと子！　いと子！」俺は思わず口の中で呟いた。解決の鍵が段々と俺の手に近づいて来るように思われて、胸のときめくのを覚える。

「こちらの家との話がそれからうまくついたとみえて一度そのお内儀《かみ》さんと一緒にお出《い》でた事がありましたがね、そりゃあ大変美しい女の人でしたよ。何でもどこかのお茶屋の娘さんだっていう噂ですがね、とにかくびっくりするほど綺麗な人でしたよ」

「で、その二人の間に出来たのがあの草川ですね」

「そうですよ、そうですよ。ところがね。あの若旦那が生れてから、直《じ》きまた大変な事が始まったんですよ。というのはその美しいお内儀さんがね、外《ほか》に男を拵らえて突然姿をかくしてしまったんですって……」

「なるほど」

俺は心の中で人情小説でも読む気になってこう合槌を打った。しかしその人情小説の大団円のいかんによっては、この事件の結末に大変な変化を来す事を思うと、そんな暢気《のんき》な心持ちになるわけには行かない。俺は話の先を促した。

「仕方がないものだから、やっと三ツになったばかりの若旦那を抱いて、また遂々こちらにやって来られたのですよ。だが、可哀そうにそれから少し気が変になってしまって時々刃物なんか持ち出したり、また誰にも云わないでぶらりとT―市まで出かけて行ったり……まあよくよく前のお内儀さんが忘れられなかったとみえますよ。その内に、その弟さんは段々病気が重くなって、家の人の知らぬ間に、遂々汽車の線路に飛び込んで死んでしまいましたよ。何でも狂人《きちがい》に似合わず遺書《かきおき》だけは立派に筋道の立ったもので、その文句はみんな先のお内儀さんを恨んで恨んで恨み死《じに》をするというような事が書いてあったそうですよ」

俺は以上の話を聞き終ると、すっかりこの事件が片づいたように思った。復讐！　草川は自分の父に代って憎い自分の母に復讐をしたのである！

「それじゃこういう印について何かお心当りはありませんでしょうか」

俺はペンシルと手帳を取り出して、例の四ツ葉のクローバーに矢の突き立ったマークを書いて差出した。親爺《おやじ》さんはそれを手に取ってじっと見ていたがやがて首を傾げて、

「こんなものはついぞ見かけませんですが、これは一体何の印なんです」

と云う。四ツ葉のクローバーが何を意味するかという事は出来るだけ発表したくなかったから、俺は口の中でお茶を濁して、やがてそこを出た。

それから俺は、その足で村役場をたずねて行って、草川自身に関する戸籍謄本を取って見たが、先刻《さっき》親爺さんから聞いた通りで、兄弟も何もない一人児《ひとりご》である事が判明した。

帰り道で俺はもう一つ確めてみたいと思った事が出来た。それは草川がここへ帰ってきているかどうかという事である。

俺は直接草川の家を訪ねてみた。案内を乞うと出て来たのは、どうした人か解らないが、多分ここに使われている勝手婆さんだと思われる年寄の婆さんである。

「若旦那がお帰りになっているという事ですが……」

俺はいきなりそう訊いてみた。すると婆さんは案の条少なからず狼狽した様子で、

「どうして御存じで……いや何か御用事で」

どぎまぎとしたように云う。

「ちょっと御目にかかりたいと思うんですが」

「あの……ちょっと……御待ら下さい」

やがて老婆は奥へ入ったが、やがて困り切った風をして出て来て、

「今奥で聞きましたら、若様は……あの……もうお帰りになりましたそうでございます」

俺は思わず微笑んだ。そしてそのまま黙ってそこを出た。

停車場へ来ると、俺は、すぐその前の茶店の一番奥の方へ腰を下して、草川のやって来るのを待つ事にした。草川はきっと再びこの駅から汽車に乗るだろうと俺は確信していたからである。

果して、それから間もなく草川がやって来た。よほど慌てたものらしく、手荷物一つ持たずオーバーの襟に顔をうずめるようにして急ぎ足に停車場に入って行った。俺は茶店を飛び出すと、草川が出札口でやはり再びO―市までの切符を買ったのを見た。俺と草川とは別々の箱に乗り込んだ。そして汽車が停る毎に、目を見張っていたが草川はどの駅にも降りなかった。O―市に着いた時やっと草川はプラットホームに降り立った。俺はすぐ草川の後から、出来るだけ悟られないように尾《つ》けて行った。草川は電車に乗った。俺もすぐ乗ったが幸い満員だったので都合よく気づかれないで終点まで来てしまった。

その終点については、俺は古い想い出がある。山口署長の家へ行くのに、いつも俺はこの終点で電車を降りたものだ。それに例の怪我をした所も、そこから間近いところであった。

ところが不思議な事に、草川は例の想い出深い町の中をずんずんと進んで行く。夜は淋しい所だが、さすがに昼間だけにかなり人が通っている。その間を縫うようにして、草川は早足にずんずんと歩いて行く。

約二十分ばかり草川の後を追って行って、やがて新開地も端《はずれ》になりそうになった頃、草川はふと一軒の家の前に足を止めた。そうしていかにも馴れ切った様子で、その戸口に手をかけたが、突然思い出したように四方をくるりと見まわした。俺はハッとして咄嗟にそこに出ていた用水槽《ようすいおけ》に身をかくした。草川は気がつかなかったとみえて、そのまま家の中に姿を消した。俺はそれから約五分も過ぎた頃、もうよかろうとやっと身体を伸ばして、家の前を通って見た。通りながら表札を眺めたが表札は出ていないで、しかも入口は雨戸がきっちりと閉ざされていた。しかし、それが草川の隠れ家である事は云うまでもない。


家へ帰ったのが今……丁度午後の五時である。

さて俺はここに三つの問題を提出する。

（一）電柱広告取扱所へ現われた「西洋人のような顔の男」は果して草川であったか。

（二）足立君が列車から飛び降りるのを見たと云う「西洋人のような顔の男」は果して草川であったか。

（三）足立君が初めて草川の顔を見て「おや」と云った、その「おや」は、「おやこいつだ」という意味で云った「おや」であったろうか。

今俺は右の三問に対して皆「然《しか》り」と仮りに断定を下す事にする。そうすると、俺は想像からここに事件をはっきりと組立てる事が出来そうである。それをここに書いてみよう。

草川は父の死の理由を知った。そして母に対して復讐する事を地下の父に誓う。クローバーのマークは父と母との間にのみ用いられた物である事を草川は発見すると、それを利用して母を捜す事にする。そうして草川は自分の下宿のすぐ前にあのマークの広告を書かせ、その反応を見張っている。同時に草川はある日広告取扱所をたずねて行って、そこで一人の婦人がその広告の出所をたずねに来た事を聞き、更に数日して遂々母の住居《すまい》を発見する。草川はいかなる方法で父の復讐をし遂ぐべきかと毎日機会を覗《ねら》っている。そのうち母が自分の故郷へただ一人で旅行する事を聞き出し、機会は来たと、直ちにその寝台車の中にまぎれ込む。そうして偶然足下に落ちていた伯爵のネクタイを以て遂に父の復讐を仕遂げてしまう。丁度その時汽車が最徐行になったので、草川は外へ飛び降りたが都合悪く、その姿を鉄道工夫の足立君に見られる。草川はそのまま、翌朝多少興奮をして下宿に帰る。ところがそこへ俺の手紙が行って、俺がその列車に乗り合していた事、伯爵が重人なる嫌疑者として見られているという事を知って、ホッとする。だが二度目の俺の手紙を見た時、草川は急に不安になった。俺の手紙には伯爵は決して犯人ではないと書いてあるし、また同時に草川が列車から飛び降りたのを見た鉄道工夫が発見されたという事が書いてある。草川は驚いてＯ—市へ飛んで来る。無論それは秘密にしていようと思っていたのに、遂々大通りの人込みの中で発見されてしまう。その上自分にとって一番恐るべき証人足立君が、俺と一緒に居るのを知っていよいよ草川は不安になる。ましてその足立君が草川の顔を見て「おや」と叫んだのを知ると、いよいよ自分が足立君に見出されたと思って、草川は遂々決心して、翌日足立君を訪ねると、足立君は既に俺の宿へ向けて出た後だったので、すぐ俺の宿へ来て聞いてみると俺は居ないで足立君だけ居る事が分る。そこで草川は例の誘いの手紙を書いて車夫に届けさせる。

そうして、あの場所までおびき出し、背後からあの短刀で一突きに殺害する。こうして第一の不安は取り除いたが、まだ第二の不安である俺のあるのに頭を悩す。しかしさすがに草川も親友の生命をおびやかす事には躊躇する。そして何気なく俺を訪ねて来るが、その時草川は俺が足立君の死を知らないでいるのを幸い、足立君の置き忘れて行った誘いの手紙を手に入れてしまう。そして散々考えた揚句、俺に対して警告文を発する。それに依って俺がこの事件から手を引いてくれれば草川の不安は除かれるはずである。ところが俺は手を引かない。草川は第二の警告を書く。ところがその後で、彼は俺がその宿を知っている事に思いつくと、急いで宿を変える。俺の方では第二の警告を受取ってもなお手を引かない。で遂に草川も最後の決心をする。そうして常に俺を見張っていて俺が山口署長を訪問すべく宿を出た時、ひそかに後を追って事を決行したのである。しかしその時草川は大変な失敗をしてしまう。俺の生命を奪い取る所か反って証拠の短刀まで俺の手に渡してしまった。草川は様子をさぐりに俺の宿へ来て見ると、怪我をして寝込んでいる事が分る。そこで大胆にも、何かの口実をこしらえて部屋に通り遂に証拠の短刀を奪い返す、同時に俺に向って第三の警告を発する。ところが、また俺がその宿を発見したのを知ると大急ぎで三度宿を変えて、第四の警告を発した。そうして常に俺の身辺に注意を向ける。所が俺が草川の宿を再び発見し、かつその部屋にまで入り込んでいるのを知ると草川はいよいよ罪の発覚した事を悟って今度は宿でなく場末の借家に身をかくす。そうして故郷に当分潜んでいようと思って出かけたが、その故郷にまで俺の姿が現われたので草川は再びO——市の借家に帰る。この借家だけはまだ俺にも発見されていない事を草川は信じているんだが、でもその家へ入る時、犯罪者の通有性で一まわり辺りをぐるりと見廻してから隠れた

——

こう考えてくると、そこには立派に筋道が通って、事件は何の不自然もなく組立て得られる。ではそれが真実かというと俺は今それに対して然りと答えるだけの確心がない。それは、草川が俺の親友であるというハンデキャップが多少手伝っているだけでは決して無いのだ。何故ならば同じ方法、同じ順序で、例の青木伯爵に対して

も何等の不自然無く推定は組立て得られるからである。こう考えると草川へ行くか伯爵へ行くかという最も重大なる分岐点はただあの兇器のネクタイがあの時伯爵の手許にあったかまたは偶然に他の所にあったかというただそれだけになってくる。

こうなると素人の俺には、悲しいかな更に判断がつかなくなった。それを知る唯一の方法は、伯爵か、草川かどちらかの自白を待つ外無いのだが、そのどちらもが全く口を開かないとしたら……事件は永久に謎に終ってしまうだろう。まして両者の間にもし何等かの関係……連絡……が有るとすれば二人は決して口を開かないだろうと思われる。そうすれば……。

俺はここに至って、遂に山口署長の力を借りるべく決心した。例え山口署長が一本気で頭の働きも鈍く、完全なる推理を与えてくれる事が出来ないとしても、全然素人の俺に優る事は数等であるに違いない。ともかく、その結果如何は第二として今までの総ての経過を山口氏の耳に入れておく事だけでも、今の場合必要であると考える。

丁度時計は今七時半を指している。そんなに遅くもないから俺はこれから山口氏を訪問しよう。

午後七時半記《しるす》

実にそれは劇的な光景であった。全くそれは息づまるような緊張そのもののような……どんな名優でも決してなし得ない……クライマックスであった。そのドラマの一俳優として……しかもその一方の主人公として今日俺は選ばれたのではある。

例の通り俺は市電の終点まで電車に乗った。そうしてまた例の通り薄暗い新開の町を急ぎ足で通って行った。町はやはり淋しかった。月もまだ出ないらしく寂しい門燈の灯も反って辺りの淋しさを増す。

その淋しい通りの角を曲って、いよいよ物寂しい通りへ入った時、俺は何だか二十間ばかり後から小さな跫音のついて来るのに気がついた。何の気もなく俺はぐるりと振返って見たが、自分の後には誰も人の居るような気色《けはい》はない。俺はまた歩き出す。

しかし歩き出すと俺の耳にはまた後から追って来るらしい小さい跫音が聞えてきた。俺はそれを自分の跫音のこだまではないかと思ったが、念のために再びぐるりと振返った、と今度は気のせいか、黒い者がふっと町角にひそんだように思われた。いや、ひそんだように思ったが如く感ぜられたと考えた。いやひそんだように思ったが如く感ぜられたと考えられるように想像した。いやとにかくそれは目でなく、耳でなく、鼻でなく、口でなく、肉体でなく、つまり第六感に依って感ぜられたに過ぎないのである。

しかしその時俺はふと思い出した。事件はいよいよ切迫している。もし草川が俺の想像通りであったとしたら、実に今はたしかに絶好のチャンスでなければならない。同時に俺にとってはここ二三町の所が、実に危険極まりなき場合である。そう考えると一緒に俺の心は急に引きしまって、ポケットの中で思わず両手を握りしめた。

その時俺はまずどうかして後からついて来る……来ると思われる……人物が何者であるかを見届けたいと思った。それにはどうしても相手の油断を待って突然事を起す必要がある。で俺は最初の一町ばかりを殆んど何気なく全く何物にも無関心のように歩いて行った。二町目の中ほどにやって来た時、俺は「ここだ」とばかり、いきなり……全く文字通りいきなりぐるりと身体を向け直した。と同時に人影は今度ははっきりと俺の瞳に飛び込んできた。荒い飛白《かすり》の単衣《ひとえ》に少し瘠《や》せぎすの身体……。

「草川！」

俺は思わず叫んだ。草川だ！　草川だ！　草川に違いない！

草川はさすがに驚いた様子であったが、それでも咄嗟に暗い家の軒下についと身をかくした。実にそれは一瞬の間ではあったけれども、俺はそれを草川だと断定し得るまでに、その人影の輪廓をはっきり捕える事を得た。

次の瞬間、俺はまた踵《きびす》を返して前と同じ調子で歩き出した。俺の胸には新しい策戦が油然《ゆうぜん》と湧いてくる。俺は口の中で独言を云ってみる。

「危険区域も後一町半である。その一町半の間で俺は一か八かこの戦いの終局を告げてしまおう。その間に草川が飛び出して来るなれば勝利は俺の物だ。俺は咄嗟に草川の刃先をかわして彼を捕える事が出来ると自信している。ただ恐れるのは俺が草川の尾行を知っている事を草川が悟りはしまいかという事である」

で、俺は出来るだけ何気なく歩んで行った。

果して俺の策戦は見事に的中した。危険区域も将《まさ》に終らんとする時、突然一人の男が弾丸《たま》のように背後から襲いかかった。あの男だ。云うまでもなくあの男だ。俺は男の腕が正に俺の身体に触れんとした瞬間、ひらりと身を引いた。きらりとばかり稲妻がオーバの腰の辺りをついと流れる。

「しまった！」男が叫ぶ。

途端に俺はくるりと向き直ると、両足にうんと力を入れてふんばった。流星のように俺の右手は空《くう》におどると、男の右手をはっしと打つ。からりと男の手から短刀が落ちる。同時に俺の手は力限り男の手をがっしとつかむ。ところがつかんだ腕はぬるりと抜けた。

仕損《しそこな》ったと今度は左手をおどらせる。指先に感じたものは木綿の単衣の肌ざわり。それもふと風のように消える。バタバタと跫音が闇の空に響く。

俺は後を追掛けた。男は一間も向うをひた走りに走って行く。第一の角を曲る。俺も続いて曲る。危険区域は最早通り過ぎてやや門燈の数も多い。男は第二の角を曲る。すかさず俺も後を曲る。

第三の角を曲ってしまうと、俺は走りながら心の中で微笑した。男の行先は最早疑う余地もない。町はずれの小さな借家——草川が辺りを見まわして姿を消したその借家だ。第四の角を曲ったとたん男の姿はふっと消えた。と同時にがらがらという雨戸の音が聞えてきた。俺は惰力でやっと立ち止った。辺りを見まわすと、やっぱり例の借家である。

俺はそれを知るといきなり雨戸に手をかけた。がもうおそかった。内側から掛金がかけられたとみえて雨戸はびくとも動かない。耳をすますと、たしかに人の居る気色《けはい》。しかもそれはひどく狼狽している様子で、部屋の中を往《い》ったり復《き》たりする跫音がかすかに聞える。

俺はふと考えた。このままただ一人で踏込むべきか、それとも、引返して山口氏でも引き連れて来るべきであるか。前者の場合は非常な危険が伴う。が、後者だと犯人が風を喰《くら》って逃げ出す恐れがある。俺は戸口に立つ二つの恐れの軽重を心の中で計ってみた。と俺の心は今は一時も愚図々々《ぐずぐず》している時ではないと叫ぶ。

そう決心すると、俺は両肩に力を入れ、身体を石のようにして、一気に雨戸をめがけて、ぶつかった、が、最初は見事に失敗した。二度三度、雨戸はやっと口を開いた。三度目には手でうんと押したら雨戸は遂々押し潰れた。

俺は直ちに一歩を家の中に踏入れた。しかしいかなる危険が、いかなる所から襲いかかって来るかも知れないので、注意の上にも注意した。家は狭く、四畳半らしい店の間には電燈もついていず、俺が足を踏み入れた土間の辺りは真暗《まっくら》だった。俺は更に一歩々々と奥深く進んで行った。すると台所に十燭光位の電燈がついていて、柱の影から店の土間へ直線を持って三角形を描いていた。

その光りの中へ、やがて一思いに身体を入れた時、俺の目は第一番に三畳の部屋の小さな戸棚と、その中央にある小さな火鉢が映った。と、その途端火鉢の前にあぐらを組んで一人の男がうつむいたまま動かないで居るのが見えた。荒い飛白の単衣……なで肩のやせぎすの身体……。

「おお!」

俺の心臓は一時にはっと止ってしまったように思われて、そのままそこに立ちすくんでしまった。

男はその時顔を上げた。鼻のつんととんがった……目の少しくぼんだ……細面の……ちょっと見ると西洋人のような顔……。

顔の色は蒼かった。そして頬はげっそりとこけ、瞳はどんよりとうるんでいる。苦痛と悲哀と恐怖と後悔と……その顔は全くはげしい興奮で曲ってさえいるように思われる。

俺は土間に突っ立ったまま動かない。男も動かぬ、瞳と瞳とは矢となってはっと中央で火花を散らす。小さな柱時計のゼンマイがその時じいっと云って、もどけるような音がする。

俺はやはり動かない。男も動かぬ。瞳だけが直線にぶつかって火花を散らす。

新開の町の場末はいやが上に静かである。人一人通らない。話し声も聞えない。虫の音《ね》さえ更に聞えぬ。

俺も動かぬ。男も動かぬ。三分……五分……七分……十分……。男も動かぬ。俺も動かぬ。

その時座敷の方で小さくがさりと音がした。

それをきっかけにして俺は初めて視線を動かす。男も初めてほっとしたように瞳を伏せる。

「草川君!」

俺は突然口を開いた。それはどんなに感慨に満ちた台詞《せりふ》だったろう。いかなる名優でも決して出来る事ではないほど、低いけれども力の籠った台詞であった。

「秋月君!」

同時に男も口を開く。二つの視線が再び直線に交った。しかし今度は火花を散らさぬ。二つの視線には親友と親友とのなつかしい和《やわ》らかさがある。こうした不思議な運命にあやつられた二人の心に油然《ゆうぜん》となつかしさが湧いてきた。しかし俺の心は再びきっとなった。

「遂々終局が来た！」俺が云う。

「遂々終局がやって来た！」草川が答える。

「蒔いた種は刈らねばならない」俺が云う。

「そうだ蒔いた種は刈らねばならない」草川の答えは沈痛である。「しかし、犯人は……犯人は……俺ではない！」

俺は思わずよろめいた。犯人は草川でない！

「犯人は……隣りの座敷で……」

俺は思わずぐっと唾を呑んだ。草川は再び瞳を伏せる。その草川の瞳から熱い涙がぽたりと膝に落ちるのを俺ははっきりと見た。

「犯人は……犯人は……隣りの座敷だって？」俺は鸚《おう》鵡《む》返しに云う。

「隣りの座敷で……蒔いた種を刈ったのだ。見事に……」

俺はいきなり畳の上に飛び上った。飛び上ると同時につと障子に手をかけると一気にそれを押し開いた。と、そこには一人の男が……血にまみれて……息も絶え絶えに……。

俺ははっとなって草川を振返った。草川の瞳からまた熱い涙がぽたりと落ちる。

「それが犯人だ。そうして俺の……弟だ！」


今は午前の二時である。床の中でねそべって以上を書く。俺は疲れてしまった。それに俺は明日直ちに故郷へ帰りたいと考えている。だから明細は故郷へ帰ってからゆっくり書く事にしてひとまず筆を擱《お》く。

午前二時記《しるす》

×月×日。

犯人が草川の弟である事は、その白白によって明らかにされた。彼は自殺はしたけれども直ちに医者を呼んで手当をしたので、それから約二時間ばかりの間は虫の息を続けていた。幸い意識だけはかなりはっきりとしていたので俺も山口署長も……俺はすぐに山口署長を呼んで来た……彼の口から事件の真相を完全に聴き取る事が出来た。

事件の真相の一番最初からを書いてみよう。

芳太郎といった草川の父は、草川家の二男に生れたので相当の資産を分けてもらうとすぐT――市に飛び出して行った。ところがそこで芳太郎は初めて恋を知った。その恋の相手に選ばれた女こそ夜行列車の中で殺された例の被害者であったのだ。女は或るかしわ屋に女中代りに働いていた、そこのお内儀の妹で、美人は美人だったが、それまでにも色々な噂があって、決して真面目な女でなかった。そして芳太郎が彼女に対して抱くほどのはげしい愛は無論無かったのであるが、恋の甘酒に酔っていた芳太郎にはそれが分らなかった。そうして遂々二人は結婚したのである。

結婚は泥濘であると云う。実に然りである。

第一の児《こ》の生れた時……それが俺の親友の草川として今の世に生きている……にはまだよかった。しかし女の心はそれから間もなく芳太郎から離れて行った。それも二人の間に、或る一人の男が現われてきてからは、女の心は目立ってその男の方へ引きつけられて行った。彼女はただ一人の夫を守っていくという事がとても出来ないほど荒《すさ》んだ心の所有者であったのだ。そして女と第二の男との秘密は、段々大胆になって行った時、芳太郎がそれに気づいた頃には、女は最早完全に第二の男に総てを任し切った後であった。芳太郎は苦しみ悩んだ。女に対して強い執着を抱いているだけにその苦しみと悩みははげしくかつ大きかった。その頃、女の腹にはもう第二の子供が宿っていた。

それが芳太郎の子か、あるいは第二の男との子であるかは、大きな疑問ではあったけれども、ともかくやがて産声《うぶごえ》を上げて飛び出してきたその子供こそ草川の弟であり、またこの事件の犯人であったのである。

彼が生れると直ぐ、彼女は、突然芳太郎の家から姿を消した。それが総てを不幸にした原因——今こうした悲劇を生む原因であった。

芳太郎は女を呪った。自分の心を——そして自分を踏みにじって行った彼女を芳太郎は限りなく呪わしく思った。芳太郎は家も金も子も忘れてただ憎い憎い彼女を呪った。その果が彼は遂々発狂してしまったのである。

芳太郎の第一の子は……親友草川は……田舎の方へ引き取られた。田舎には生憎子供が無かったので、草川はそこの養子としてかなり幸福な少年時代を送った。けれども、第二の子は……事件の犯人たる彼の弟は……それと同時に不幸のどん底へ落し入れらるべき運命を与えられてしまったのである。

彼は父に似ていないという理由で、顧みられなかった。顧みない所か反って彼を憎みさえした。彼はまる一年というもの、戸籍にも入れられず、幾程《いくら》かの養育費と一緒に、未知《みし》らぬ他人の家に送られてしまったのである。貰いの親は貧しい労働者の家で、ただ彼についている養育費のために彼を貰ったのに過ぎず、彼は随分みじめな人生を形作るべく余儀なくされたのである。(この理由で俺が調査した時草川の兄弟を発見し得なかったわけである)

芳太郎は時々思い出したように刃物を懐中にしてふらふらと出かけて行った。強い執着、その眼前にちらつく彼女の幻影《まぼろし》。

草川が数え年四ツになった時、芳太郎は偶然彼女を発見した。その時彼女は最早第二の男を棄ててある商家の主人の妾となっていた。彼女は芳太郎に発見されたことを悟ると、二度と姿を見せなかった。芳太郎は三日というもの、その家の軒下に立ち続けた。そして毎日のように呪いの手紙を書き続けた。

その手紙の最後に芳太郎はいつも自分の名前の代りに例のクローバーのマークを用いたのであった。

しかしその内に彼女はその家からも消えてしまった。森川とその本姓を書いた表札が、いつの間にか外の名前と取り変えられて、それきり女の行方《ゆくえ》は判らなくなってしまった。

芳太郎はそれから間もなく死んだ。死ぬ前に自分の呪いを自分の子供達へ伝えようとして草川のお守袋《まもりぶくろ》にクローバーを矢で射貫《いぬ》いた印を描いたものを一緒に母に対する呪いの文句を認めた紙片を一緒に封じ込んだ。それと同時に、今は他人も同様の草川の弟を尋ね出し、やはり同じ紙片を封じ込んだお守袋を与えたのである。芳太郎はこうして、いつかは彼女に対する自分の復讐が遂げられるものと考えたのである。

女の生活には、それからもなお幾多の波瀾があったけれどもそれは全くこの事件には関係が無い。ただその中の一ツのエピソードとして青木伯爵との恋愛事件があったのである。

それから二十幾年かが過ぎた。

ある夏期休暇の折、草川はふとした事から田舎の土蔵の片隅から父の日記を発見した。好奇心にかられてそれを読んで行くうちに、草川は亡き父の苦悩を知って、思わず身ぶるいをした。クローバーのマークの事も自分に一人の弟のある事も、草川はその時初めて知ったのである。

草川は自分の母親がまだこの世に生きているかも知れ

ないと考えた。出来る事なら一度は生みの母にも会ってみたい――しかし、それは雲をつかむような望みである。そこで草川はふとクローバーのマークを以て、それを発見する手段としたらどうであろうと思いついた。母にとってもこのマークは決して忘れることの出来ないものに違いない。そこで草川はそれをまず自分の下宿の直ぐ前の電柱に描《かか》そうと決心した。

事件はここから始まる。

草川が電柱広告を出すようになってその依頼者を全然秘密にしたのは、このマークが母以外の人の好奇心を余り強く引きはしまいかという事を恐れたからである。俺に向ってそれを調査したらどうだと云ったのはただ俺をからかったのに過ぎないのだ。

ところが草川は母を発見する以前にまず弟を発見した。弟も自分の守袋から、この不思議なマークを発見していたとみえて電柱広告の出た二日目に、もうその下に人待ち顔をしてぶらぶら立っていたのである。

彼は随分惨めな生活を送っていた。それは生活の上ばかりではなく、その心もどん底に沈んでいたのであった。彼は実際自分自身の姓名すらも完全に書き得ないほどであったのである。

草川から父の事を聞き、更に母の不始末を話された時、彼の怒りは心頭《しんとう》に燃えた。彼は父に代って復讐を遂げてみせるとさえ叫んだ。草川は驚いた。というのは、彼の人格から推して、真実《ほんとう》に何をするか解らなかったからである。

だが草川は遂々母を発見した。ある日の夕方、じっと電柱の下に立ってマークを見上げながら、誰かを待ってでもいるらしい一人の年増《としま》の女を草川は見出したのである。そうしてそれがやはり自分の生みの親であった事はやがて草川が彼女を自分の下宿に招じ入れた時に判ったのであった。しかし草川はその事を弟には話さなかった。が、弟は弟で電柱広告取扱所へ出かけて行って、そこへ一人の婦人の来たのを聞き込んだ。そうして、その婦人が二度目にやって来た時、(その時俺もその女の素性を知ったのだ)遂々その女を発見してしまったのである。(電柱広告取扱所へ行った男は俺の想像とは全く違って、実は草川の弟であったのだ)

その上、彼はその女が……母親が……その夜の夜行列車でP―村までただ一人で旅行する事まで聞き込んで、機会は来たと北叟笑《ほくそえ》んだのである。

彼は列車の時間を調べて、その夜行列車のすぐ後に一二等急行列車のあるのに気がついた。そうしてそれは丁度W―駅で先発の夜行列車と一緒になる事を知って、その急行に乗り込む事に決心したのである。W―駅で二つの列車はただ一本のレールを挟んで停車した。その時彼はぽいと身軽にそのレールを飛び越すとプラットホームとは反対の側から寝台車の中に乗り込んだのである。(彼の乗り込んだのを誰も知らなかった理由はこれである)

彼はすぐ母親を見つけ出した。見つけ出しはしたけれども、彼は決して最初から殺意を持ってはいなかった。さすがに彼にも産みの母に対する懐しみはあった。しかしその懐しみの母親の彼に対する態度によって全く裏切ってしまったのだ。母親は飽《あく》までも冷やかであった。そして終いには彼に向って嘲りの言葉さえも口にしたのである。心頭に燃ゆる彼の怒りは、遂に自制を失った。彼の心には急にむらむらと恐ろしい考が湧いてきた。その途端、彼は二つばかり向うの寝台のカーテンの影に一筋の紐が垂れているのを見た。彼の手が無意識にそこへ伸びると、一瞬の後には最早彼の母親は絶息していたのである。(兇器はやはり伯爵のネクタイであったのだ。彼はその時仕事用の手袋をはめていたので彼の指紋はどこにも残らなかったのだ)

丁度その時、汽車は徐行になった。彼はひらりと飛び下りた。が、不幸にしてその時彼はその姿を足立君のために発見せられたのである。

一方弟が母を発見した事を知った草川は、それとなく弟の行動に注意している内、突然彼は姿を晦《くら》ましたのである。草川はその夜まんじりともせずに不安な一夜を明した。すると、その翌朝になって、恐ろしい不安は遂に事実となって現れた。彼は蒼白《まっさお》な顔をして下宿を訪ねて来た弟の口から、その事実を聞いた時、呆然として少時《しばらく》は為《な》すべきところも知らなかった。(あの夜の草川の行動は以上の通りである)

草川は弟に自首するように勧告したが、一方では初めて会った弟の罪をどうかして庇護してやりたいような感情を拒否するわけにもゆかなかった。俺から行った第二の手紙を手に取った時、草川は弟の罪が近く暴露するだろうという事を悟ると、直ちにその手紙をもって弟を訪ねて、一日も早く自首するようにと云い聞かせた。ところが、弟はその好意を反って逆用して、一層恐ろしい考えを企《たくら》んだのである。

次の日草川が再び弟を訪ねた時には、弟はもうO―市に向けて出立した後であった。前日弟が不用意に口にした「その鉄道工夫さえなくしてしまえば……」という言葉を想い出して草川は慄然として、すぐに弟の後を追ってO—市にやって来たのである。

ところが草川がO—市へ来て、まだ弟の所在を発見しない前に、弟はもうその目的を達してしまったのである。草川は俺の下宿を訪れて、足立君を誘い出した手紙を見ると、草川は直ちにその恐るべき事件と同時に、その犯人を直覚したのである。しかしその時彼は俺に向って総ての事情を打明ける気にはどうしてもなれなかったのである。そして草川は密《ひそか》にその手紙を持って帰っていったのであった。

それから間もなく草川は弟を発見した。そして弟を自分の宿へ連れ帰ると、俺の訪問を恐れて直ちに宿を変えたのである。

弟の心はもう兇悪そのもののようになっていた。血に馴れた彼の目には足立君の次に俺の姿がちらついていた。草川はそれと知るとそのまま黙っているわけにはゆかず、といって自分から弟を犯人として突き出す気にもなれず、考え悩んだ結果、遂々あの警告を発したのである。それによって、俺がこの事件から手を引けば俺に危険の憂いもなし、同時に弟が罪を重ねることもなくなると草川は考えたのである。しかし第二の警告を発しても、俺はなお手を引かず、それのみか反って草川の宿を捜しにかかったりする。草川は段々と不安の度を増して転々と宿を変えて行く。

そのうちにまたふと弟の姿が見えなくなった。草川は不安な予感に襲われて、翌日それとなく俺の様子を見に来ると、案の定、俺は負傷をしている。でも、大したことでないと知ると、草川はほっとして俺の部屋へ入って来た。その時俺は睡眠剤のお庇《かげ》で、何も知らずに眠っていたが、ふと俺の机の上に乗っている例の短刀を見てそれを手に取った草川は、愕然として驚いた。何故なら、それは草川自身の短刀であったからだ。草川は無意識のうちに、それを懐中にして、俺に言葉をかける事すら忘れて、匆々《そうそう》と帰っていったのである。

弟の行方は更に判らなかった。判らなければ判らないだけ草川は恐しかった。草川は親友を救うべきか、弟を救うべきかについて、その時いかに苦しんだ事だろう。同時に草川は第三の警告を書き、第四の警告を書いた。

俺が最後に草川の宿を訪ね、その所有物《もちもの》を調べた日、彼はやっと弟の隠家《かくれや》を発見した。その隠家こそこの事件の最後の幕を下したあの場末の小さい空家《あきや》であったのである。その日、草川は宿へ帰ると、思いがけなく俺が自分の部屋に通っている事を女中の口から聞いて、最早終局が来たものと考えた。そこには例の短刀があり、足立君を誘い出した手紙があり、弟の所有品もあったのである。草川はもう俺に顔を合せる事が出来なくなって、そしてそのまま宿を出て再び弟の家へ出掛けていったのである。（俺はその時草川の弟の事は更に念頭になかったのでコール天のズボンや労働者の手套などをやはり草川自身の物だと考えた）

草川が弟の家へゆくと、生憎弟は留守であった。その時草川は弟の帰るまでそこにじっと待っているだけの心の余裕がなかった。彼は親友と弟との間に立って、不安と焦燥に悶えつづけていたのである。

草川はその足で故郷へ向った。養父母に心の苦痛を打明けたかったのである。養父母は無論一切を警察と俺とにうちあける事を涙の中から主張した。

その最中に、俺の姿がその淋しい田舎にまで現われた。草川の心はいやが上にも焦ってきた。そして遂に弟に無理にも自首させることに決心して、そっと弟の隠家へ行ってみたが、その時にも彼は弟に会うことが出来なかった。そうしてその次に、草川が弟を目の前にした時は……悲しいかな、それは遂々事件が最後の幕を閉じる時であった……。

親友が犯人を追掛けて雨戸にぶつかっているその音と、犯人たる肉身の弟が座敷で自決した苦しい呻き声とを、両方の耳に聞きながら長火鉢の前にじっと坐っていたその時の草川の心の中は、思いやるだに憐れである！一度《ひとたび》、想いそこに至ると、熱い涙が俺の頬を流れて行く……。

犯人と草川とはよく見れば決して似てはいなかった。その鼻にしろ、瞳にしろ、個々に二つを並べて見る時、二人は決して似てはいなかった。しかしその身体つきと、その顔の輪廓だけが……顔全体の印象……ちょっと見た目に西洋人のように思われるという事だけが、二人に共通な点であった。

とにかく事件は終った。蒔いた種は刈らねばならない。恋故に蒔かれた種は夜行列車の中で刈り取られた。そうして夜行列車の中で蒔かれた種は場末の小さな借家の中で刈り取られたのだ。

×月×日。

百合子さんとの結婚の話は何もかも好都合に運んでいる。万歳である。

今日青木伯爵から手紙が来た。一昨日俺が事件の詳細を知らせてやったのに対する返事である。

青木伯爵の行動は総て俺が想像した通りである。ただあのネクタイに関する伯爵の不思議な態度については、こう書いてあった。

「私は何の気なしにカーテンを押し開けました。すると驚いた事には、女が私のネクタイで首を絞められて死んでいるではありませんか。

私は大声を上げようとしましたが、咄嗟の間に自分のネクタイが兇器に使用されている事が、はっきりと頭に浮びました。私はその時急いでそのネクタイを女の首から取りはずすと、ポケットの中に押し込んでしまいました。もし私のネクタイが兇器に使用されていた事が判れば私には恐るべき嫌疑のかかって来るのは当然です。しかも過去において、私がそうした事をするかも知れない理由を持っているだけ、それだけ余計に私はそれを恐れたのです。

幸いそれは終いまで発見されない事はされなかったのですが、そのネクタイは常に私に不愉快な記憶を呼び起させます。私は遂々意を決して汽車の中からそれを投棄してしまったのです。

ネクタイピンについては私は更に知りません。

私はネクタイピンについては私の首から取りはずした時、ネクタイピンをそのネクタイの中央に挿しておいたのです。それがどうして女の足下に落ちていたのかは私は何事も知らないのです。事によると犯人がそのネクタイを女の首に巻いた時、あるいは私がネクタイを女の首から取りはずした時、落ちたのではないでしょうか」

慥《たしか》にそうだと俺も考える。もっとも俺は後者であると考える……。そしてそのピンのために女の首に傷が出来たのだと信ずる。


それにしても、ここは一体何という静けさだろう。光りも、風も、自然も、人も総てが動かないでじっとしている。小鳥だけが、いかにも長閑《のどか》そうに木から木へ飛び移っているが、その唄う声さえも、いかにも間が延びて聞えて来る。こうしてじっと坐っていると金も恋も名も

酒も何もかもが忘れられてしまいそうだ。

どれ、これから俺は一まわり村の中を歩きまわって、なつかしい郷里《ふるさと》の匂いを心ゆくまで吸い込んで来よう！

鮭

……それから暫く過ぎた。

「おや！　この束《たば》は一枚足りませんよ」

支払口の方で、こう云う声が聞えた時、山本君はどきりとした。

それは山本君が銀行員になってから十日もたたないある日の出来事である。

「おや、この束も一枚不足している」

声は続いてこう云った。山本君はそれと一っしょにまた思わずはっとなったのである。

この銀行では、紙幣の束の数が不足した時には、その帯封に捺《お》された認印の所有者に依って弁償される規則になっている。ではもしやそれは山本君が紙幣の数を間違えたのではないだろうか？　いやいや、そうではない。読者よ。筆者はこれからそれがそうでない理由を書こうとしているのである。

山本君は出来るだけ平気らしくよそおって、さっきからじっととどろく胸を押し鎮めるようにしていたけれど、根が小心者の山本君とて、何だか顔が赤くなるように思われてきた。顔が赤くなったという事を山本君は自分自身に感じると、もう、どうにもならないほどうろたえた気持が、身内に湧いてきた。

実を云うと、山本君は、すぐにでも、今この場からどこかへ行ってしまいたいとさえ思ったが、そんな事をすれば、なおの事いけない事はいくらとんまな山本君にでも考えられる。そこで山本君はよぎなく赤くなった自分の顔を伏せて丹田《たんでん》に力を入れて、じっと自分の椅子に、かじりつきながら、とても悪事の出来ない自分の善良さを悲しむように、また喜ぶように思ってみた事であった。

丹田に力を入れたせいか暫らくすると、山本君の心も段々に静まってきた。こんなのを呼んで糞度胸と云うのかも知れないが、とにかくその糞度胸なるものが、山本君の腹の底には出来上ってきた。

そこで初めて山本君は考えてみた事である。

山本君の心にかすかに後悔の念が湧いてきた。しかし一方どう考えても、証拠というものが残っているはずのないこの事件に対し、山本君は少しも心配というものを持っていなかった。

それは全く簡単な仕事であった。山本君は紙幣の数を九十九枚で束にしたのである。そうして、その帯封の上には同僚の鈴木君の認印を捺したのである。残り一枚は恋女房の夏のショールを買うべく、同時に山本君の見事なキャラメル色の短靴を新調すべく山本君のポケットに押し入れられてある。それを一体誰が知ろう？

山本君は、立ち騒ぐ行員の間に交って青い顔をしている当の責任者である鈴木君の方に、ちらり瞳を走らせた。そこに何の証拠が残ろう？　証拠の無いのに、どうして犯人をさがし出す事が出来得よう？

山本君は全く鼻唄でも唄いたいような気になった。悪事という物が、頭の使いようで、どんな場合にもたやすく構成されるという事を山本君は、その次ぎに思ってみた。同時にこれほど簡単に、そして完全に仕事をなし得た事ほどさように頭脳のよさを自分自身に誇ってもみた事であった。

しかし、その次の瞬間、山本君の後ろで、突然大きな声がどなった。

「先ほど不足しました紙幣は、山本君が御返しするはずです！」

その声が山本君の頭には、があんと来た。夏のショールと、キャラメル色の短靴とで、一っぱいになっていた山本君の頭には、その鈴木君の云った言葉が弾丸のように飛び込んで来たのであった。

山本君は思わずひょいと立ち上った。

「そんな馬鹿な事……」

それは全く「そんな馬鹿な事」であると山本君はそう思った。証拠が無い。それにどうして……？

しかし、鈴木君の様子はあくまで冷静であった。

「何故と云って、あの紙幣を数えて、束にした人は山本君に他ならないからです。しかも、それは恐らく故意になされた仕事だと存じます」

山本君の頭には、それがまたがあんと来た。そうして、そのがあんは第一のがあんより非常にはげしいがあんであった事を否む事は出来なかった。

「そんな馬鹿な……何を証拠に、そんな事……」

それは山本君にとっては、全くあり得べからざる出来事であった。証拠の無いのに、どうして犯罪が見出《みいだ》されるか？

しかし、その次に鈴木君の云った言葉は……？

「私が帯封の封じ目に鼻を近づけたら、かすかながら、塩鮭の強い香《にお》いが残っていました。それから、アラビアの所をなめてみると、やはり、その塩鮭の塩の味がついています。私はそれから今日の諸君の弁当を、すっかり調べ上げてみると、ただ一人、山本君が塩鮭を持って来ていました。仕事は誰によってなされたか？　もう私が説明する必要もないだろうと存じます」

山本君は、これだけ聞くと、自分のたった一つの失敗がまざまざと思い出されてきた。山本君が仕事をしたのは、たしかに昼飯のすぐ後であったのだ。

破滅！　そう思うと、山本君は何だか目の先が真暗《まっくらやみ》になったように思った。深い深い穴の中に自分の身体《からだ》が落ちて行くようなそんな心持ちを山本君は味わった。そうして、もうその後は何の覚えも無くなった。

＊　＊　＊

＊　＊　＊

「山本君。山本君」

遠い処で自分を呼んでいるような声を聞いて山本君はふと気がついた。何だか身体が変に物憂かった。山本君は、その時、初めてそっと目を開いて見た。

顔を上げると隣りの鈴木君は、今までの事は何もかも忘れてしまったかのように頬笑んで、山本君の方に向っていた。何だかその頬笑みが冷かすような、くすぐったそうな頬笑みである事に、やがて山本君は気がついた。次の瞬間、山本君は初めて、ぽんと手を打つと大きな声で、

「ああ夢だったのか！」

と思わず自分自身で云ってみた。と同時に、くすくすとどこかで忍び笑いする者のあるのに気がついた。注意すると金網の向うに毎日やって来る絹糸問屋《けんしどんや》の小僧が顔を伏せて目だけでこちらを笑っていた。

とたんに、山本君の咽喉《のど》から、げっと塩鮭の、くさいおくびが飛び出して来た。

或る対話

「あれあいつ頃だったっけ。君が妙な色のカアテンをデパアトへ註文したのは……」

「あれあ半年も前の話さあね……だがそれをまた今頃何で云いだしたんだい?」

「なあにさ。あのカアテンは実に妙な色をしてたからさ。まるで絵の具屋の看板のように、やたらに色んな色がぬってあったじゃあないかい。赤の隣りへ黒をもってったかと思うと、濃い茶色と極くうすい桃色とを並べたり……」

「あれあね。そら絵の方にある未来派とか表現派だとかいう……あいつをちょっと真似してみたんだがね。出来上ったものを見ると……」

「それにまた馬鹿に不愉快なもので、まるで調和というものを全然打ち破ろうと試みたようなものじゃあなかったかい?」

「いや全く! あれには俺も少々驚いたんさ。高い金を出したのだから使うには使ったけれど……」

「……やはりその時分だった。君は始終壁をぬりかえていたっけね」

「ああ……それがやはりそのカアテンに原因してるんだよ。あのカアテンとの調和を計ろうと思ってね。うすいコバルト、それから濃い紫……遂々《とうしう》終いには真赤や真黒まで試みたんだが、どうしても駄目だったよ」

「それをまた君は根気よく殆ど三日に一度位いの割で三月も続けていたようだったね……それから照明……」

「それにも随分頭をつかった。八燭から二百燭までの各種の電球……ガス入、半ズリ昼色燈とあらゆる種類のを集めてみたけれども……」

「そして調和に成功した?」

「いや結局は駄目だった」

「勿論! と僕は云いたいね。むしろ君は、その中から不調和を求めていたんだから」

「え？」

「いいやなんでもない。……同じ部屋で今度は君は音楽の練習をし始めた……」

「君は覚えているか知ら……我々の仲間で音楽会を開こうという話があったのを……」

「そお、君の発起で？」

「そうかも知れない。とにかく僕は是非一役受持ちたいと思ったから太鼓もたたいてみたし、ヴァイオリンも鳴らしてみた。皆んなを呼んでジャズバンドもやってみた……」

「それから余興には按摩《あんま》の笛。女中に一日絹を裂かして歯の浮くような音も立てた……たしか、それも音楽のうちだった……」

「……」

「……それから甘い物と辛い物と酸い物とにがい物とをごっちゃに食わした……」

「……」

「……それから寒い日に窓をあけっぱなした暑い日に重ね着させた……そして一番肝心な事は、その中心がみんな君の細君であった事である……」

「君。ちょっと待ってくれ。君は頭が変になったのか。僕の生活のそんな奥まで君に、かれこれ云う権利はないじゃあないか……」

「……」

「僕の嗜好がどんなだって構わない。寒い日に窓をあけようたって……僕は一体が気候に対して他人とは多少違った触感を持っているんだからね。今日辺り君は小寒いって云うだろう？　しかし俺の掌は……ほら、こんなに汗でびっしょりだ」

「なるほど汗でびっしょりだ。しかも……冷汗でね」

「冷汗？」

「まあいいさ……それから君はこういう事を考えた事があるかい？　調和を破るという事が人間の心にどんな影響を与えるかって事を」

「それあ心理学の問題かい？　ひどくむつかしい事を云いだしたものだね」

「とにかく俺はこう云いたいんだよ。『君は企画し計画して君の細君の周囲からあらゆる調和というものを奪い取った。そうしてその結果君の細君は遂々狂人になってしまった！』と」

「なに？　……馬鹿な……何の……何の必要があって……」

「必要？　……君には情人があった。情人と一っしょになるには細君が邪魔だった……それで充分じゃあないか」

「君！　それは余りに……それは立派な中傷だ！」

「だが君はこういう事に気がついているか。君と僕と親しくなってから、まだ三ケ月余りにしかなっていない。その僕が半年前の君の生活をどうして知っているかというその矛盾をさ。それが分れば同時に僕の目的も君に分るはずであるんだが」

「え？　……それでは君は？　ああ、そうだったのか……だが……だがしかしそれをどうして？　……」

「おや……遂々君は承認したね。そお！　君の細君は狂人になったはずだ。そうして病院の一室に閉じこめれてしまった……だが君はそれから一度でも病院を訪れた事があるのかい？　……細君は事実は狂人にはならなかった……いや狂人のたった一歩手前まで行ったのは事実であった。が病気はすぐに治ってしまった。そうして今は……僕が引取って世話をしている！」

「……僕は何が何だか分らなくなってしまった。……そして一体君という男は？　……」

「君は忘れてしまったのか。僕が君の細君の昔の恋人だったっていう事を……君は新しい情人を抱き給え。僕は昔の恋人との恋の復活に酔いしれようよ」

街角の文字《もんじ》

「おやっ!」

山本君は思わず立ち止った。例の紳士が四角《よつかど》へ来るとまたポケットからチョウクを出して大きく五八と書いたのである。その紳士が四ツ角でポケットからチョウクを出して、大きく数字を書いたのを山本君は丁度これで三度見る。

そこで初めて山本君は「おやっ」と気がついて思わず足を止めたわけなのである。

割合に若くは見えるが、五十五六でもあろうか。仕立《したて》下《おろ》しの合服《あいふく》を一分のすきもなくきちんと着こなしたその紳士は細身のステッキを右手に持って、やがて薄暗《うすやみ》の這いよる大通りを大股に歩いて行く。ところが、それが街角まで来ると、きまったように急に足を止めて、ステッキを左手に持ち換える。そしてポケットからチョウクを出して大きく数字を書きつけるのである。紳士の後ろから、ついて来た山本君は、見るともなくそれを見て、最初のが六六であり、第二のが四六であったのを今でもはっきりと覚えている。「ふふん!」驚いて足を止めた山本君は、やがて大きく息づいて、思わずも首を一方に傾げていた。山本君は今会社から可愛《かわ》いい女房が首を長くして待っている自分のねぐらに向って急ぎつつあるのである。そうして、その目的に向って進むには、どうしても今二町《ちょう》先へ行った街角から右へ折れなければならない運命を背負《しょ》っているのである。しかしながら異常に好奇心を刺戟された山本君は、咄嗟の間《ま》に自分のねぐらと女房とを放り出して、紳士と数字の後を追うべく決心した。

その間にも紳士はお構いもなく、例の通りに大股に真直ぐに、ずんずんと大通りを歩いて行く。そうして、やがて第四の街角にやって来ると、また例の通りにチョウクを出して、例の通りに大きく六八と書きつけた。

山本君は急いでポケットからノートを出して同じよう

に六八と書く。そうして歩きながらその上に五八と記《しる》し、更に、その上に四六を加え一番上に六六とつける。

紳士は次へ来ると九四と書く。山本君も九四と書く。次には六八。次には七六、五〇、八四……

八四と山本君がノートに書いてしまって、何の気なしにふと顔を上げると紳士はふと足を止めた。おやと思って、山本君が目を見張るとその紳士のすぐ前にまた一人の紳士が向き合いになって立っている。後《あと》から来た紳士が、その時ちょっと頭を下げると、例の紳士も同じように会釈しながら、いきなり左手を突き出した。それにはには紫の煙りが輪になって立昇っている一本の葉巻が持たれている。すると後から来た紳士もやはり左手を前に出したが、それにには細い紙巻の煙草が持たれている。と、その紳士はちょっと頭をこごむように下げると、その紙巻きの先を二三度吸う。紙巻きの煙草の先はと見ると、葉巻きの先と、ぴったり一つになっている。やがて紙巻きの煙草からも、白い煙りが棒になって、立ち初める。二人はまたちょっと会釈をすると、そのまま前後に別れて行く……

こう書けば、それは何でもない事であるはずである。しかし後から来た紳士が、こごむように頭を下げて紙巻き煙草の先を二三度吸ったと思った時、その紳士の唇がかすかに何かの言葉を発したのを山本君はたしかに見たのである。同時に例の紳士の唇もかすかに一言《いちごん》、相手の耳に私語《ささや》いたのを山本君は決して見逃《みのが》さなかったのであった。

紳士と山本君の鬼ごっこはまた初まった。紳士は次の角へ来ると五四と書いた。そうしてその次には四六と書いた。無論山本君も同じように五四と書き、四六と控えたのは云うまでもない。

所が、その次に四二と現われ、次に五六と記されてしまった時、突如として変化は湧き上った。

それは外でもない、例の紳士が、その時、突然、電車に飛び乗ってしまったのである。山本君がちょっと立ち止って、うつむいて手帳の中に、例の数字を書き入れて、ふと顔を上げた時、その紳士は最早忽然として姿を消していたのである。驚いて四辺《あたり》を見まわした時には、紳士のステッキの先だけが、北へ向って走っている電車の車掌台から、かすかに山本君の日に映じたばかりであった。

しかし、それを山本君はどうする事も出来なかった。というのは生憎《あいにく》後から来る電車の影も見えず、近まわりに車も自動車も見当らなかったからである。そこで山本君は、そこから後へ引返《ひっかえ》して、自分のねぐらに向うべくよぎなくされたのであった。

山本君は頭を振って、今一度数字を書き並べて見た。

66 46 58 68 94 68 76 50 84 54 46 42 56

そこで山本君は考えてみた。イロハにしてもアルハベットにしても、こんなに数があるものではない。しかし、どうかしてこの謎を自分の力で解いてみたい……そこでまた山本君は自分の頭を右へ一度と左へ二度と振ってみた。

ふと山本君は数字が総て偶数であるのに気がついた。山本君は試みにそれを皆2で割ってみた。

33 23 29 34 47 34 38 25 42 27 23 21 28

これでもアルハベットにあてはめるには、まだ多すぎる。しかしイロハにするには最早充分である。そこで山本君はノートの端にイロハを書き並べて、それに番号をつけてみた。そうして山本君は大急ぎで33を拾ってみた。33はコの字である。山本君は次に23をさがしてみた。23はムの字である。そうして29はヤである事もすぐに分った。山本君はそれを書き並べてみた。

「コムヤ……こんや……今夜……」

山本君ははたと思わず手を打った。

山本君は更に進んで、次のがエスエキであり次がヰシ。ヲンナである事を見出した。

「今夜……Ｓ駅……宝石《いし》……女。こうするとたしかにある事件を暗示している。しかし……」

最後の数字になった時、山本君はそこではたと行き止った。しかし暫らくすると山本君は思い出して旅行案内を開いて、Ｓ駅を通過する列車の番号を調べてみた。と、ある！　ある！　Ｓ駅を通過する列車の中に、五十六号という下り列車のあるのを山本君ははっきりと見出した。

「あった！　あった！　あった！」

山本君は思わず大きな声を上げてこう云う。

「なにがあって？」

さっきから不思議な山本君の様子に、少々驚いて……やがて、あきれて……終いには馬鹿々々しくなって婦人雑誌の「恋愛に勝った私の告白」という所を自分の身に引きくらべて熱心に読みふけっていた細君が、びっくりして顔を上げた。

「今夜Ｓ駅。五十六号。石。女……」

山本君はそんな事にはお構いなしに夢中になってこう呟く。

「今夜S駅　五十六号、石、女……それが一体どうしたの？」

ワイフがまた聞く。が、興奮した山本君は耳も藉《か》さずに時計を見た。時計は七時近くである。五十六号列車はS駅を丁度十時二分に発することは、さっき旅行案内を見て知っている。

今からなれば、飯を食って駅までかけつけるには充分な時間があると山本君は腹の中で計ってみた。そこで山本君はいきなり立ち上ると、

「飯だ！　飯だ！」

と、呼びながら細君には構わずに、どんどんと階段を降りて行った。

*

S駅では、かなり乗客が込み合っていた。丁度昨日《きのう》から小学校の暑中休暇も始まったので子供連れで旅行に出かける白い浴衣がけの人達が狭い駅の待合所に一っぱいになって溢れていた。その人込みの間にまじって、山本君はときめく自分の胸を抱くようにして一二等待合所から三等待合所の方へ……三等待合所から一二等待合所へと泳ぐように歩きまわっている。

どうしたものか山本君の期待は全くはずれて、例の不思議な数字の紳士はどこにも発見されなかった。山本君は薄暗い駅の外の広場をすかすようにして眺めやった。次には駅前の見すぼらしい御待合所の洋食の均一店ものぞいて見たが、やはりそこにも紳士の姿は無い。終いにはわざわざW・Cまで検《しら》べにいったか、依然として紳士の姿は発見されなかった。

「今夜S駅――五十六号――石――女。はてナ？」

が、ふと気がついて山本君は、ポケットからニッケルの懐中時計を取り出して見た。時計は今九時二十分を示している。

「なあんだ。馬鹿々々しい」

列車はたしかに十時二分発である。十時二分マイナス九時二十分……そうして出された答案に初めて気がつくと山本君は思わずこう呟かないではいられなかった。発車時刻約一時間も前から、あわてて飛んで来るような人間は世の中に山本君一人位のものであろう。山本君は思わず微苦笑を禁じ得なかった。

一分が十分位いにはたしかに山本君には感ぜられた。従って十分が一時間と四十分。一時間が六百分……十時間位いには思われた勘定である。山本君にとっての十時

間もしかし、やがて刻々に進んで行った。例の紳士はそれでもまだ中々に出現しそうにも思われない。山本君は、いよいよあせり気味になってこま鼠のように、あちら、こちらを、くるくるとまわり初める。山本君が、どんなにくるくるとまわってみた所で、その紳士が出現するものとは、きまっていないが……それよりも一方駅の入口に立って、じっと出入りの人の首実験をしていた方が、より賢明であり、より理論的であることは分っていたが、しかし時間が迫ってくると一っしょに、ちっとも、じっとしている事の出来ない衝動が山本君の身内をかけめぐり初めたのである。

　だが読者よ！　紳士は出現したのである。紳士は昼と殆んど同じ服装で、いかにも身軽そうに例のステッキを振りながら悠然と現われたのである。山本君は思わず、はっと思った。と同時にどきんと一つ、胸の鼓動が大きく打ったのをはっきりと自分で聞いた。山本君の瞳は、忽ち怪しく光り初めたのである。あの不思議な数字を書いたであろう所のチョウクが、まだポケットにある事までが、はっきりと見通す事が出来た。事程さように山本君の瞳は怪しく輝き初めたのであった。山本君は直ちに気づかれないように紳士の後ろから尾行し、やがて紳士が出札口で低いけれどもはっきりと、「M駅まで、一等一枚」と云ったのを耳にした。無論山本君も同じように心細い財布の底をはたいてM駅までの一等切符を買い込んだのは云うまでもない。

　汽車は着いた。生存競争を如実に見せつけられるような一場面は開かれた。しかしその中で例の紳士と山本君だけは、いとも涼しそうに何のわずらいもなく、一等車に乗り込んだのである。

　ところが驚いた事には……別に驚く必要もなかったけれども……一等車の中にはただ一人の若い女性が居るきりで外には誰も居なかった事である。そうして、その若い女が実に美しく、とても美人で、山本君も思わず一二分の間は紳士を忘れ数字を忘れて呆然としていたのである。

「とてしゃんだ！」

　年は十八九であろうか、すらりとした薄桃色の洋装である。目のぱっちりとした、どちらかと云えば丸い顔の鼻筋のぴんと通って、つつましい可愛らしい口許が顔全体を引きしめている。男のにでもしたいような濃い眉毛が、柔らかな三ケ月《みかづき》を画《えが》いて、帽子から流れた一筋二筋の毛は漆のように白い額にはっきりと浮いている。嫌味なほどでもなく、それかといって投げやりな風でもない薄化粧、ぼっと両の頬の桜色にぼけた辺りのリンゴのような下品さもなく、それかと云って水蜜のように淋しくもない。

「とてしゃんだ！」山本君は思わず、もう一度そう呟いた。

しかし、その時更に驚いた事には例の紳士が、いつの間にか、どっかりと、くっつくようにしてその女の傍《そば》に腰をかけていたことである。「今夜S駅　五十六号　女……」

山本君は例の数字の示す文言が、ここまで実現してきたのを今更に、はっきりと思い起さないではいられなかった。残るのは「石！」である。

それが、どこからどういう手段で、どういう風に現われて来るのだろうか考えると、山本君は若い女を「とてしゃんだ」と褒め「すごしゃんだ」と感歎しているわけにはゆかなかった。山本君は象のような目を出来るだけ大きく見開いてじっと例の紳士を監視する。

だが、ともすると山本君の瞳は知らぬ間に桃色の方へ流れて行く。はっと気がついて我に返ってみると、知らぬ間になよやかな肩の曲線の辺りに、さまよっている自分自身を見出すのであった。

女は山本君が入って来た時から……いや、それよりもずっと以前からであろう。婦人雑誌を熱心に読んでいたのである。山本君が入って来ても例の紳士が入って来ても、更に紳士がすぐその傍に腰を下してさえも、女は顔を上げなかったのである。

紳士も別に声をかけようともせずゆったりと腰を下すと、ステッキの上に両手を重ねて、その上に、丸っこい顎《あご》を乗っけて軽く瞳をつぶっている。

そうした状態が暫らく続いた。山本君はともすると桃色に引かれる自分の瞳を呼び戻し、取り戻していたけれども、そのうちに段々馬鹿々々しいような心持ちになって行った。

思い切って山本君が初めて紳士から目を離して、窓の外を眺めやるといつの間に出たのか美しい月が中天の所に放り出したように輝いている。その白い月光によって画き出された野山は、山本君の心を知らぬ間に詩の世界に導くには充分な魅力を持っていた。うっとりとなって、ガラスに額をくっつけて、それを眺めていた山本君は、いよいよ自分の今なしつつある事がひどく馬鹿々々しく思われてきたのである。

山本君は少しガラスから顔を離したがそれでもじっとガラスの面《おもて》に瞳を注いでいると月の光りに画き出された野山の姿は少しばかり、おぼろになって、その代りに薄赤い電燈の光りに照らされた車内の様子が手に取るように映し出されていた。またしても山本君の瞳はそのガラスの面に映った桃色の方に引かれようとした。がその時！

見た！　見た！　山本君は見たのである！　山本君はたしかに、それをはっきりと見たのである！

「石！」山本君は思わずはっと息を呑んだ。一瞬の間、心臓がぴたりと止ってしまったようにも思われた。次には一時に血管が破裂でもしはしないかと思うほど胸の動悸がはげしく打つのを山本君は知った。山本君の身体《からだ》は石のようにかたくなった。窓縁《まどべり》をつかんだ両手には思わず全身の力が加わった。山本君は心の中でもう一度大きな声でこう叫ばないではいられなかった。

「石だ！」

見よ！　紳士の手は今や正に若い女の方に向って進みつつあるではないか。そうして、その手の進む方向には桃色の女の持ち物である見事なオペラバッグが横《よこた》わっているではないか。

おお！　女は知らぬ。やはり雑誌に読み耽って、顔を上げようともしないでいる。

紳士の手は、オペラバッグに達《とど》いた。五本の指は魔物のように動いて、バッグの口は開かれた！　指は静かに袋の中に入って行く。

まだ気がつかぬか、女はひらりと頁《ページ》を繰ったが、瞳は紙面から離れそうにもない。

やがて、紳士の指は静かにバッグの中から現われた。と、その指先には！　おお！　見事な真珠！　ルビー！サファイア！　エメラルド！　オパール！

山本君は思わず飛び上った。窓縁をつかんだ両手が離れるも一緒に、山本君の身体は弾丸《たま》のように紳士の前に飛んで行った。

「お待ちなさい！　あなたは今、何をなさったのです！　あなたの手にあるその真珠は……ルビーは……エメラルドは……？」

紳士はあっけに取られて、山本君の顔を見た。しかし山本君は構わずに後を続けた。

「あなたの計画は実に見事だ。その宝石は直ぐあのもう一人の紳士の手に渡るんでしょう。しかし——」

山本君は一息すると更に続けた。

「……あなたはたった一つの事をお忘れでした。車内の様子は窓ガラスに手に取るように映っています。私がいくら後ろ向きでいたところで……」

山本君が一息つくと、紳士は初めて口を開いた。

「何の事だか分りませんが、あなたのおっしゃるその真珠やルビーはこれなんでしょうか」

そうして紳士はぱっと手を開いて山本君の鼻先へつき出した。

「これはゼリービンズですよ。菓子ですよ。一ついかがです？　決して、ルビーのようにかたくはありませんが……」

紳士はなおも続いて云った。

「孫娘が……ええこれは私の孫娘でA―市の方に両親と、一っしょに居ますが……令夜××の別荘へ行くんですがね。親達が少し都合か悪いので私がそのお伴を仰せつかったわけなんですよ。だからA―駅から孫娘が乗って、私がこのS―駅から乗り込む手はずになっていたんです」

山本君は何が何だか分らなくなった。山本君は暫らく黙って紳士の顔を見つめていた。

「では、あの数字は……？」山本君はあえぎあえぎ、こう訊いてみた。

「ハハア、あれですか、私は毎日あの辺を散歩するんですがね。ただ歩いているだけでは興味が無いので、思いついて、街角から街角までの歩数を数えて、それを街角に記してみたのですよ」

彼の死

鳥打帽子をかぶって、手に風呂敷包みを持った商人風の男である。

男は彼と行違いざまに、つと振り返って、彼の顔をじっと眺めて、そして云う。

「あなた、どうかなさいましたか？　御顔の色が今にも死にそうに真青《まっさお》ですよ」

男と別れて、彼は歩きながら考える。

「そんなはずはないんだが……」

全くそれは「そんなはずはない」のには違いなかった。今の今まで総てに健康であると信じていた自分の身体。顔が青い？

かすかな不安が彼の心にやって来る。

やがて、彼の心には、それが思い出されてきた。

父も祖父も、どちらかと云えば尋常な往生でなく心臓の弱さは彼の家の総ての呪いである。

「順番」

誰かの書いたそういう戯曲の事を彼は思い出した。

順番が遂々《とうとう》俺の所へやって来たのか？

彼はそう思うと、同時に何とも知らすぞおっとした。

第二の男は学生であった。学生は彼を見ると、つかつかと近よって、

「君、どうかしましたか、何だか非常に苦しそうですよ」

彼は逃げるように学生に別れて行った。

彼は何となく、胸苦しさを覚えていた。今まで規則正しく、打っていた胸の鼓動が何となく騒がしくなってきたのを覚えた。

彼の足は知らぬ間に早くなる。

彼の年齢は三十を二つ越していた。そうして彼の父は

三十にやっと達したばかりで、ころりと死んだ。そうして祖父は……?

「おお順番!」

稲妻のように、きらりと通り過ぎる思い出。彼はそれを払いのけるように、二三度強く頭を振った。

息苦しさが段々強く、彼に迫って来る。

第三の男は僧侶であった。僧侶の姿を見ると彼は急いで耳をふさごうとした。それを聞くのは余りに恐しい。しかし彼が完全に耳をふさがない以前に僧侶の声は彼の神経にぴんと来た。

「あなたは……あなたは……。大変ですよ。まるで墓の中から出て来た人のように真青だ。苦しそうだ。足許が、ふらふらとしている」

事実、彼は最早その足許さえも定かでなかった。早鐘を打つ胸の鼓動。窒息しそうな息苦しさ。

彼の足は、かけるように早くなった。その男がふらふらと地を踏む思いを感ぜしめなかった。

家まで残る二町《ちょう》。郊外の淋しい通りが黄昏《たそがれ》の中にほの白く浮いていた。

第四の男は社員らしい洋服の男。しかし彼は最早その男を顧みる心の余裕を持っていなかった。だが男が彼を見て驚いて立ち止ってじっと彼の様子をながめている、その姿の中に「顔が青い」と声かけられるよりも以上の恐しいある暗示を発見した。

ふらふらと影のように動いて行く彼の姿。早鐘のように打つ胸の鼓動。窒息しそうな息苦しさ。血の気の無い真青な顔。それが洋服の男の驚いた立ち姿の中に判然《はっきり》と反射して彼にはまざまざと目に見える。

彼は瞳をつぶった。

「いよいよ駄目だ!」

そういう気がどこかでした。彼はもう何も考えなくなった。目も耳も鼻も口も触感も考えるという事までが彼には出来なくなった。彼の身体は弾丸のようにただひたすらに飛んで行った。

考えのなくなった彼の頭に美しい女房の顔が時々、ちらりと現れては消えた。それに交って会社の重役の顔と好きな海老のフライと恐しい死と、……そんなようなものがごっちゃになって、くるくると渦を巻いた。

やがて彼はふと自分の家の敷居をまたいだという事を

無意識のうちに意識した。そうしてその次に、

「あらあなた！」

と云った女房の声を耳にした。しかしその次には彼の身体はずしんと暗い地の底に落ちて行くのを知った。


彼の死体を中にはさんで女と男とが話し合っている。女は死んだ彼の美しい女房である。

「遂々、うまく行きましたのね、これで私達の恋の邪魔者は無くなったわけですのね」

女は云って美しい歯を見せて笑った。相手の好男子の若い男は、

「如何です。これっぱかしも証拠の残らないそして最も心理的なこの殺人法は？……」

そうして更に男はこうつけ加えた。

「私はあの街角に立って、彼に会いそうな方角へ行く人にこう云って頼んだだけですよ。『友達を少しおどかしてやろうと思うんですがね。会ったら顔の色が青いとおっしゃっていただきたいものですな』って。第一の男は商人。第二の男は学生。第三の男は僧侶。第四の男は会社員。そう！　みんなで四人でしたっけ」

謎

彼は動かなかった。いや彼は動けなかったのかも知れない。寒さと飢《うえ》とに彼の身体《からだ》は、まるで石のように、かたく硬《こわ》ばってしまっていた。

そこは赤煉瓦の塀と、にゅっと腕を突き出した庇《ひさし》との間の猫の額ほどの無風帯であった。それでも時々邪険な風について白い雪の破片が彼の伸ばした、首の辺りに落ちてきた。が、最早その雪片《せっぺん》の解けて行く冷たささえ、彼には意識されなかった。

風は、とても冷たかった。それは全く身を切るような風だった。骨の髄まで氷らしてしまうかと思うほどの、それは風だった。そして電線をヒューッと鳴らして過ぎると後は堪えられないしじま。しんしんと……ただしんしんと大通りには雪が積って行った。

雪は総《あら》ゆる空間を占領していた。天と地との間の総ゆる物も人もただ一つに抱き込んで、すき間もなく白い線と円とのジャズバンドを見せていた。

よどんだ空。よどんだ灯《ひ》の光り、よどんだ道の白さ……いっさい、がっさいそれは飴色の宇宙であった。

彼の頭の上には門燈が、ついていた。隈《くま》を作った黄色い光りの中心は鬱金《うっこん》の切れでも張りつけたように……でも散光が海の中にでもさし入るように、ぼんやりさ迷っていた。その円光に危く引っかかった彼の影が、はかなく煉瓦の上に暗部を作っていた……

彼はいつまでもいつまでも、そうしてじっと動かないでいた。一時一夜……一日……一生……？　だが彼はそんな事は更に考えてもみなかった。ただ寒さとパンの事だけが彼の頭の中に渦を巻いていた。

動けば暖かさが消えて行く事を彼は知っていた。抱いた両足の太股と腹との間にコール天のズボンを通して、かすかな暖かさが動いているのを、逃すまいとして彼はなおもじっとそうしてうずくまっていた。

紺半天《こんはんてん》を引っかけて、その下に着こんだ肌着の穴から、寒さは容赦もなく彼の腹の底まで、しみ込んで行った。丸くなった背《せな》からも、ゴム裏足袋は爪先からも、寒さのおどり子達はひしひしと彼を鞭うった。それは全く触《しょく》を寒《かん》も経ないで、いきなりずしんと頭に来る、はげしい一つのショックとより思われなかった。

せめて胃の腑の中に、いささかでも何かがあったのなら、彼はこれほどまでにしょげ込んではいなかったかも知れなかった。最後の勇気を振い起してでも、もう少し暖い幸福な彼の宿を発見し得たかも知れなかった。しかし今の彼には、まるで勇気も元気も、力さえも持っていなかった。膝をかかえてじっとそうして動かない、ただそれだけさえも彼の非常な努力である事を、どうする事も出来なかった。

人っ子一人通らなかった。森羅万象が、死に等しい沈黙の底に横わっていた。ただ雪だけが、にぶい暗《やみ》の中に、縦に、横に、斜《ななめ》に、不思議なその乱舞を見せているだけであった。

そうして暫らくはただ「時」だけが、動いて行った。

……

彼の頭はまるで空っぽであった。今は寒さという事をも意識しなかった。飢という事をも彼の考えを動かすには力足らなかった。そうして彼は、自分がどんなにみじめな姿を見せているかという事にさえ、更に気づかないでいたのだった。

といって彼は決して眠っているのではなかった。眠るという事が、こうした時、こうした所ではいかに恐るべきかを彼の経験ははっきり彼に語って聞かせていた。だから彼は出来るだけ自分の意識をはっきりさせる事に総ての努力を費していた。

だが、ともすると彼の魂は浮び上ろうとした。彼の意識は、魂と一っしょに彼の身体から、ともすると逃れ出ようとした。彼は幾度、その逃れ出ようとする自分の魂を捕えようとして、もがいた事か。

雪の破片はやはり時々、思い出したように彼の周囲に、送られてきた。彼はうっすら瞳を開いてその雪が、暗に画く白線をはっきりと見て取った。それが彼の幼い頃の壁の落書を思い出させる。それと同時に彼のまだ凍え死なない、生きている、たった一つの証拠であると彼は考えた。

彼は、そうして再び瞳を閉じると、以前の姿体に立ち戻って行った。

また「時」だけが暫らく動いて行く。……

彼はわずかに身動きした。彼の影が、それにつれて奇妙な蠢《うごめ》きを、赤い煉瓦の上に画き出した。

彼は初めて首を上げた。意識が戻って来ると同時に、飢と寒さがひしひしと襲いかかった。彼は思わず、大きく肩を動かせて身を振わせた。

気がつくと、知らぬ間に彼の身体の辺りにも、うすら雪が積っていた。彼の下だけ、見憎い大地が露わに肌を覗かせていた。着古した半天の上にも、雪は艶々しい光沢を見せて笑っていた。

彼はちょっと身体を伸ばして大通りの方に瞳をやった。

雪は相変らず、ただしんしんと降り続けていた。

彼はほっと長大息《ちょうたいそく》をした。そうしてふと無意識に手をポケットに突き入れてみた。

何もなかった。また有るはずのない事も彼はよく知っていた。でも彼の指先はなおも未練らしく綿屑のたまった中に動いていた。

ふと彼の指先は、何か小さな堅い物のあるのに行き当った。指先はそれをつまんで、やがて彼の鼻先に運んできた。

それは一本の煙草であった。ゴールデンバットの吸い残り。……それは彼に一昨日の仕事の思い出を、はかなく思い出させる種に外ならなかった。

仕事は、その日を最後として、雪のためにすっかり影を消してしまった。その日にひどく違った職業を見つけなければならないような彼、浮浪人にとっては、雪は悪魔とより思われなかった。やさしい私語《ささやき》を口ずさみながら、身軽におどって見せる雪姫の恐怖は幼児の聞く伝説よりも彼にとっては恐ろしい物であった。

怒りと、呪いの心が、その吸いさしたゴールデンバットの先から知らぬ間に彼の内懐《ないかい》に、やって来た。彼は顔を上げると額に深い溝を作って、べっと唾《つばき》をはきかけた。

だがしかし彼はやはりたばこを捨てなかった。彼は決して彼の所有物を地に投げ打とうとは思わなかった。最後に残されたその小さな物をも、出来るだけ享楽しようと彼は考えた。彼はそして急いでマッチを取り出すと、はじかんだ指先を働かせて、やっとそれをすりつけた。

にぶい音がして、それと一緒に小さな光りが、いきなり彼の指先におどった。彼の両手はそれを両方から囲うようにして口にくわえたたばこの方へ近づけて行った。かすかな暖さが彼の両手の触感を刺戟した。でも、彼はマッチ売の小女のように、その暖かさを楽しもうともせず、吸いつけると、ふっと消して、雪の通りの方へ、投げ捨ててしまった。

細い白い煙りが、彼の鼻の先辺りを、かすめて通り初めた。赤い、丸っこい火の色が、短いバットの先を染めていた。彼は器用に右手の指先に狭んで、その光りをちょっと眺めると再び口に入れて思い切って一息大きく吸い込んでみた。

それは何という、はげしいショックであった事だろう？

があんといきなり頭をなぐられた感じであった。何とも云えない幻の世界。彼の目の先は一時に真暗《まっくら》になった。深い深い穴の底にでも落ちて行く感じ。ふらふらと世界がまわった。

でも何という快よい暗黒……

香《ゆか》しい煙りが、喉を通って胸を通って、彼の透き通った胃の腑の中まで突き進んで行くのが、はっきりと意識された。舌に残った辛さと甘さとの味覚。……

やがて、彼の鼻口からはふっと白い線がもれて出て行った。彼は暫らく後に残った名づけられない快よい疲れを、じっと自分自身に味わってみた。

見ると、もうたばこは指の太さと同じほどの長さより残っていなかった。熱さが殆んど感覚を失った彼の指にも、はっきりと感じられた。がそれでもやはり彼はそれを捨てようとはしなかった。

彼はまるで夢中で再び指を口へ持って行った。最早彼はただ享楽を追う事にのみ忙しかった。最後の最後の一瞬間まで彼はその享楽を離すまいと一心になった。

彼は無意識のうちに突然立ち上った、そして、むさぼるように指先のたばこを何度も何度も吸い込んだ。

再びショック。そうしてそれは、以前の二倍も三倍もはげしいショック。があんと頭をなぐられた感じ。何とも云えない幻の世界。目の先の暗黒。深い深い穴の底に落ちて行く感じ。ふらふらとまわる世界……。

何もかも、もう目茶苦茶であった。飢も寒さもどこかへけし飛んでしまった。暗黒……幻……無我……。

が……。

ふと彼はその幻の間に、ある物を見た。彼の瞳はそれをはっきりと彼の視線の中へ捕え込んでしまった。

彼の前に突っ立った一人の男。

黒いマント、黒い帽子、黒い靴……。

じっと黙って彼を見下したその傲慢さ。

黒い物ずくめの男の不気味な姿体。

動かない男の身体全体からまき散らす恐怖……

彼は思わずよろよろとよろめいた。

が、次の瞬間、彼の心の中にはある何とも云えない暴虐な感情が燃え立ってきたのを知った。

それは怒りではなかった。否、それは呪いでもなかった。それは恐怖でも、不安でも、反抗でも……否、否、否それは怒りと呪いと、恐怖と、不安と、反抗とがごっちゃになった……名づける事の出来ない一つの感情と云う外しかたがなかった。

彼はよろめいた足を踏みしめて、きっと男の方を見た。男はでもやはり、黙って、動かず、何とも知らぬ不気味さをまき散らしている。

彼は思わず拳を握った。彼は身体全体に総ゆる力を充満させた。そして、その次に彼は夢中で、黙って動かない黒い男に力限りぶっつかって行った。

だが、彼の身体は見事にはねかえされた。まるではずんだまりのように彼の身体は大地の上に見たかというほど投げ出された。彼の身体はまるで古材木でも放り出したようにうすら白い雪の上に横わった。

彼は最早身動きもならなかった。意識が段々彼の身体から遠ざかって行った。ただその遠ざかる意識のうちから額いの辺りにはげしい痛さを覚えるのを記憶した。


事実、彼の額いはむごたらしく打ち割られていた。生々しい血潮が彼の頬を伝わってやがて白い雪を染めて行った。

そして魂がやがて、すっかり彼の身体から離れて行こうとしたその最後の瞬間、彼は初めて一切を覚《さ》とったのであった。黒いマントの男は煉瓦の上に映じた彼自身の影であった事を！

それにしてもそれは何という惨酷な彼の錯覚であった事か！


忘れたような雪晴れの朝が来た。

頭を打ち割られている浮浪人の姿。

雪解けの間にそれを見出《みいだ》した人々は、彼の死を「謎」だと云った。そしてそれは解き得ない永久の「謎」としてこの世の中に取り残されたのであった。

視線

故郷の駅はもうこの次だというのに、彼の魂は重かった――

汽車はただひた走りに走っていた。

山も河も田も畑も家も人も馬も牛も、線香花火のようにぱしぱしと、四角な列車の窓ガラスに映り変って行った。それは全く一瞬から一瞬へ総《あら》ゆる森羅万象が文字通り走馬燈《そうまとう》のようにかけめぐっていた。

彼の乗った三等車はかなり立て込んでいた。そしてそれは一切が平等であった。悲しみも喜びも歎きも憤りも恋も死も、何もかもが一つに押し詰められて、ひた走る列車に総てを託して動いていた。

彼もやはり動いていた。

しかし彼の心はただ暗かった。窓に映り変る世相をも彼は見ようともせず、ただひたおしに押し黙っていた。

食う者もあった。話す者もあった。見る者。読む者。唄う者――

若い男がいた。年取った女がいた。娘。老人。父。子供――

総ゆる人間の泣き笑いが四角な箱の中には渦巻いて、魂と魂とが、触れ、わめき、叫び合っていた。

彼は呟いてみた。

「敗――残――者」

まこと、彼はそれであった。彼の望みをかけた都会は彼の身をも心をも知らぬ間にどん底に放り込んでしまった。

美しい花。しかしそれは毒草であった。

可愛いい小鳥。しかしそれは魔鳥であった。

色、光り、音――おお！　それもやはり単なる誘惑に過ぎなかった！

肥った者はあくまでも肥えて行った。やせた者は骨までも細らされて行った。

そして彼はその都会の産む犠牲者の一人として、みじめなその姿を故郷の空に晒《さら》そうとする――

彼の魂はただ痛んだ。

汽車は相変らず走っていた。

空気が動揺した。音が炸裂して木霊を呼んだ。

彼はそれを思い出してみた。

故郷を出る時。その時には彼もまだ若かった。血潮が堪えられないほどおどっていた。希望が彼の瞳に、他の何物をも映させなかった。まっしぐらに――丁度目かくしされた奔馬のように――まっしぐらに彼は故郷を捨てて都会へ出た。

だが、だが――

彼の思いは更に更に暗黒のうちに落ち込んで行った。

鍬の手を止めてぼんやり列車を見上げた若い夫婦者の農夫があった。

それがきらりと窓に映って消えた。

学校帰りの子供等が数人、畦《あぜ》に並んで万歳をでも叫ぶらしく両手を上げた。

それが四角なガラス窓を真横に区切って通り過ぎた。

彼は最早暗い思いに堪えられなかった。

彼は思わずほっと長大息《ちょうたいそく》をつくと、何の気もなく瞳をそっと上げて見た。

が、ふとそこで彼の心は、ひやりとした。

すぐ自分の前に腰を下した一人の男の視線が、まともに彼に向いていたのに気がついたのである。男の視線は彼が瞳を上げると同時に急いで他へ転ぜられたがしかし、彼はそれを決して見逃《みのが》しはしなかったのであった。

彼は何となく不快な感じが彼の心の中を通り過ぎたのをはっきりと知った。

山の形が故郷に近づいたのを知らせた。

その山が何かの形に似ていると云って彼の隣りの女が大声で笑った。

油煙《ゆけむり》が時々棒のようになって二等車の横側をかすめて過ぎた。

風が渦を巻いて取り残された。電線がどこまでもどこまでも追っかけて来た。

再び瞳を伏せた彼は、でも段々故郷の近づいてくるのを心に感じた。そしてそれが何となく彼の心をいらだたせた。

山の形も見ようともしなかった。見るのが彼にはとても恐ろしい事のように思われた。

どうにでもなれ！　と投げやった捨鉢、だが、彼の心は何となく落ちつかなかった。

出来ればこのまま列車に故障でも起きてほしかった。むしろ列車と一緒にこの世の中からどこかへ消えてしまいたいとさえ彼は考えた。


機関車はあえいでいた。汽車は不平を鳴らしていた。そして同時に何となく彼は額の辺りに痛みを感じていた。さっき見た男の視線を彼は忘れる事が出来なかった。男の視線が今もなお自分に向って注がれているように彼には思われてならなかった。

それが二重に彼の心をいらだたせた。

それはあるいは彼に対する同情の視線であったかも知れなかった。あるいはそれはただ単なる偶然の一致に過ぎなかったかも知れなかった。

が、何とはなしにその男の視線が他へ行っていてくれるのを彼は願った。そして再びそっと自分の瞳を上げて見た。

と、彼はやはりそれに気づかないではいられなかった。急いで逃げた男の視線。

「畜生！」

彼は思わず腹の中でこう叫んだ。

不快と焦瘡《しょうそう》とが彼の心をはげしく刺戟した。

やがて鉄橋が列車の下を通過した。

何とも知れず、一つのはげしい響きが空気の中に溶け込んで行った。


もうじきあるH──川が見える頃だがと彼は考えた。事実、それはそれから何分も経たないで彼の眼前にやって来た。

しかしそれは、むしろ彼を威嚇した。それは彼を嘲笑しさえした。そしてそれは彼を──彼のみじめさをすっかり笑殺してしまいさえしたのであった。

彼はただ無性に腹立たしい感じの起きてくるのをどうする事も出来なかった。

手荷物を網棒から下す男がいた。その男の様子が駅に近づいた事を物語っていた。

彼の心は最早どうにもならなかった。四角な窓のガラスに大きな石でも力一っぱい投げつけてでもみたいような動揺が彼の身内をはげしくかけめぐった。

同時に彼は例の男の視線に何とも知れず恐怖を覚えていた。それと一緒に不思議な憤怒が知らぬ間《ま》に彼の心をはげしく責めた。

そして彼はふと顔を上げた。と、三度、男の視線！

彼の心はいきなりおどり上った「どうするか見ろ！」

彼は思わず口の中でこう叫んだ。

列車はしかしまだ速力をゆるめなかった。

漸くまばらな家の甍《いらか》が列車の左右には、やって来た。そしてそれこそ彼の忘れられない故郷の姿に外ならなかった。

それは何とも名づける事の出来ない感情であった。身も心も疲れ切った貧しい姿を、故郷の知人達の瞳の前に晒す事を考えると彼は最早じっとしてはいられないような気持ちがした。

四角な窓には村の形が段々形造られて行った。

一方彼はやはり額の辺りに焼けつくような痛さを覚えた。男の視線が常に自分から動かない事を考えると彼の心には、どうにもならない興奮が更に更に、おし重なって行った。

やがて、シグナルが通り過ぎた。

ごとりと奇妙なショックが乗客の身に伝わった。

彼はそれを恐れた。

彼の不快と焦燥と憤怒とは彼自身最早自制する事の出来ないのをよく知っていた。

だが彼は思い切って顔を上げて見た。と、四度！

二つの視線は交った。彼の身体は飛び上った。

見覚えのある駅のプラットホームの一端が彼の瞳をよ切った。

彼の右手が突然空におどった。

その右手にきらりと短刀がきらめいたのを人達は見た。

汽車の速力が突然ゆるくなった。汽笛が尻を長く引いて空気を二つに引き裂いた。

彼の身体は、まりのように男に向って飛んだ。

次にさっと赤い一線が宙を走った。

駅の名を書いた立札が窓におっかぶさるように近づいて来た。そしてホームの砂は白く光っていた。

生温《なまぬる》い血潮の触感が彼の右手に感ぜられた。

相手の男が、どさりと床に倒れた。

列車が完全に止まった。
駅夫の黒い帽子が窓の下を通り過ぎた。

彼はうつろな瞳を上げて天井を見た。彼の頭には今は総ゆる感情が一つも残らず消滅した。
そして、やがて彼は何となしに、からからと笑ったのであった。

無題

部屋中を歩きまわった。とてもじっとはしていられなかった。何かが常に自分の後ろから襲いかかって来る。それが限りない恐怖を呼んだ。

歩きまわってみてもしかし一切の兇器は見つからなかった。総ての兇器と名附け得られる物はこの部屋にはその影さえも見られなかった。それでいい。それで結構だ。だがやはりそそけ立った神経は決して決して納まろうとはしなかった。

なおも歩きまわった。ただ無暗《むやみ》とぐるぐる歩きまわった。まだこの部屋のどこかには、たった一つだけ忘れられた兇器が在る。何とはなしにそういう風に感じられてならなかった。恐ろしくはげしい不安が身内を暴風雨のようにかけめぐった。

到頭それを発見した。小さな小さな鋏《はさみ》であった。しかし鋼鉄の鋭い刃先《きっさき》は肉を刺すのには充分であった。

張りつけられたように瞳がそれから動かなくなった。前に云った両足がまるで自由を失ってしまった。魂が恐ろしさのために押しつぶされてしまった。

総てが動かなかった。……いや総てが動けなかった。じっとその鋏の前に立っていた。硬直が総《あら》ゆる筋肉を羽がい締めにした。

と、手だった。手がどこからか現われた。鋏が一人手にその手の中に握り込まれてしまった。そして……。

鋏が空中に飛んだ。それが咽喉《のど》を目がけて彗星《すいせい》のように走るのを見た……。

「あら！　兄さんが！　お父さん、お母あさん！　兄さんが自殺を！　……」

ドーアを開いた妹の声が筒抜けに反響した。

全く何物も無くなった。一切の鋼鉄の片《かけ》らさえ今は完全に姿を消した。

でも恐怖だけは取り残された。不安が真黒《まっくろ》な姿で相変らず襲いかかった。

そして手だった。どこからか現われてくるその手だった。それが恐ろしかった。その手がただひたすらに恐ろしかった。そしてぐるぐる部屋を歩きまわった。

やがて再び瞳がそれを発見した。ストーヴに石炭を放り込むショベルであった。真黒な馬穴《バケツ》の中に、それが無造作に突っ込まれていた。

立ち止った。何とはなしに不安であった。

ショベル、ショベル。二度ばかり呟いてみた。急に恐怖が渦を巻き初めた。

と、手だった。手だった。どこからかその手がまたやって来た。ショベルがおどった。黒い大きな手の中でショベルがおどった。と頭の中心に向って一気にショベルが飛びかかった。……


「縛りつけておくより仕方がありませんわ。両手を自由にしておいたらどんな物を持っても自殺しようとするんですもの」

母親の声がそっと父親の耳に私語《ささや》きかけた。


最早身動きもならなかった。部屋をぐるぐる歩きまわる事さえ出来なくなった。しっかり身体《からだ》が椅子に縛りつけられてしまった。

一切の行動が今はすっかり自由を奪われてしまった。そして手は最早どこからも現われては来なかった。

でもやはり不安と恐怖は相変らずはげしい勢いを見せて襲いかかった。しかしそれは最早どうする事も出来ない不安と恐怖であった。

おびえた瞳がぐるりと辺りを眺めまわした。何もかも一切が運び去られた裸体の一間であった。が、恐ろしい予感。それが魂を限りもなく圧迫した。どこからか常に自分をねらっている物の姿。それがいつ、どこから、どういう風に、やって来るか分らない。それだけになおの事はげしい不安を呼び起した。

ふと瞳がまたそれを捕えてしまった。鋭く出ているテーブルの角。それは丁度身を倒せば額の目と目の間にその鋭い角が来そうな位置にあった。

そう気がつくともう堪えられなかった。恐怖が後から後からと押し重なって来た。見ているうちにその角が段々自分の額に近く飛んで来そうで仕方がなかった。床が波のようにゆれ初めた。彼の身体は最早全然安定が保たれなくなった。倒れる！　倒れる！　そしてあのテーブルの角が額に打《ぶ》っつかる。……

ただもう無性《むしょう》の恐怖だけであった。

叫び声が閉じ切られた部屋の中に木霊《こだま》した。

「自殺が……自殺が俺を追って来る！　もうじき俺は……それに抵抗しなくなるよ……」

ひげ

山本君にも、たった一度だけ不義理をした事がある。それも山本君に云わすれば止むを得ない不義理であると云う。もっともこの世の中に止むを得ない不義理でないという物はそんなに有りそうにも思われないけれども。それはまだ山本君が銀行員にならない前、X会社に勤めていた頃の出来事である。

例の不景気の影響を受けてその時のボーナスは事の外少なかった。だが山本君の頭の中にはその時既にそのボーナスに対するバランス・シートが完全に出来上っていた事を何としよう。借方には勿論これから手に入るであろう所のボーナスが記入されている。貸方には……貸方の欄を埋《うず》めた物は、山本君の背広が一着、山本君の細君の縮《ちぢみ》が一枚、夏帯一本、それから活動写真、それに伴う夕飯の食費等、等。そしてその貸借欄の合計は全く理想的にエコールであった。しかも……しかも一番いけない事はボーナスの渡る三日前、既に貸方に相当する諸口座が総て立派に実行されてしまっていた事である。そして……そしてなおいけなかった事は、開いたボーナス袋の中に山本君はいつもと違った金額を発見した。そう！ ボーナスは事実二十円だけ少なかったのであった！ 細君もさすがにちょっと狼狽して、

「だから金を受取ってからになさいって私《あたし》何度も云ったのに……」

と云う。だが後悔はいつの時でも先に立たないものである。結局それが山本君の人生におけるただ一つの不義理をなさしめたそもそもの原因になったわけなのである。

ところが同僚の竹下君は月給を貰ってもその使途に困るような男であった。だから山本君が口の中で同じ文句を三度復習してやっと思い切って金の無心を云い出した時、竹下君は何の事はなく言下に、

「ああ使い給え」

とすぐに猪《いのしし》を二枚放り出してくれた。

が、その二枚の猪を竹下君へ返戻《へんれい》しない先に突然竹下君がいなくなってしまった。別に竹下君が会社をやめたというのではないけれども、同じ会社の地方支店へ急に転勤を命じられたわけなのである。そして竹下君が再び戻って来ない先に今度は山本君がＲ銀行の方へ変ってしまった。そして返そうにも返す事の出来ない山本君の所謂「止むを得ない不義理」がここに自然と成立してしまったわけなのである。

その竹下君の横顔を一年後の今突然群衆の中に見出《みいだ》した時山本君は文字通りはっと立ちすくんでしまった。次にどきんと一つ大きな鼓動が肺臓の下で鳴ったのを山本君ははっきりと知ったものである。

街は丁度ラッシュ・アワー。大阪なら急行電車が小さな停留所を黙殺して行こうという時刻。山本君は今、現在の勤め先Ｒ銀行から細君の待っていよう所の自分の家に向って大通りの人込みの間を急いでいる途中なのである。

山本君は竹下君の顔を見て思わずはっと立ち止った。それは例の二枚の紙幣に原因している事は勿論の事であるが、しかし、山本君は決してそれを永久に返さない心は持っていなかった。それは筆者が山本君の名誉のために太鼓判を押して証明してもいい。折さえあればいつでもそれに相当の感謝と謝辞とを合せて竹下君に返戻するだけの用意と正直さとを山本君はたしかに持っていたのに違いはなかった。が、その不義理を竹下君の横顔を見ると同時にひょいと思い出した。それが山本君にとっていかにも大それた悪事をでもしていたかのように思われて、思わず、はっと胸をつかれたわりなのである。だから次の瞬間、山本君は前科者が警官に向った時のように大急ぎで竹下君の視線の外へ逃げ出して行きさえしたものである。

ところが悲しい事に、山本君が今は完全に竹下君の視線の外に逃れ得たものと信じてから町《ちょう》とも行かない先に、再び当の竹下君にばったり出喰わしてしまったものである。山本君は今度こそいよいよ駄目だと観念したがしかし今度も竹下君はうまく気づかないでそのまま山本君の横を通り過ぎて行った。

まずよかったと山本君は思わずほっと胸をさすったがしかし考えてみると山本君が自分の家へ行きつくにはまだこの先、十丁にも近い長距離が横わっている。しかも竹下君の住居というのが、あれ以後移転していないとすればやはり山本君と同じ方面にあるはずである。その竹下君の住居《すまい》というのが先祖からの持ち家で仮令《たとい》竹下君一人だけが地方支店へ行ったとしても二人の両親は必ず同じその家へ住んでいよう。そして今竹下君が再びこの土地に帰ったとすれば当然彼はその以前の家に戻らなければならないはずである。

こう考えるとその理論が余りに整然として一点の誤謬もない、それだけ山本君の心はいよいよ重くならざるを得なくなった。では今後その十町の距離の間に何度山本君と竹下君との間に不意の出会が出現するだろうか？それが全く未知数であるだけにいよいよ山本君はたまらなくなってきた。一度だけは全く完全に逃れ得た。しかしこの後においてはどうであろう。そう思うと山本君は、いよいよ押しせまった空気と何とも知らぬ焦燥とにはげしい勢いで責められないわけにはゆかなかった。

今は最早「逃げる」という消極的な方法をのみ考えている時ではない。積極的に面と向っても相手が気がつかないような手段を講ずべき時である。それには……それには……そこで山本君は思わず「しめたっ！」と叫ぶと同時にいきなり両手を合せて、ぽんときれいに鳴らしたものである。

山本君はその時自分が髭を持っている事に気がついたのである。その髭は実に見事な髭であった。漆のようにそれは黒かった。夜行珠《やこうじゅ》のようにそれは光っていた。そして太い一線を画《えが》いて上唇を殆んどすっぽりと押し包んでいた。先へ来てぴんととんがっているその恰好のよさ、仮令《たとえ》それが時勢おくれのカイゼル髭であったとしてもそれは全く山本君にはたしかに立派すぎる髭であった。事実山本君の容貌はその髭一つに左右されていると云っても過言でなかった。

丁度その時三度《みたび》竹下君の姿が山本君の瞳をよ切った。思わずはっと首をすくめた山本君の方へは見向きもしないで、竹下君はいきなりそこの喫茶店のドーアを押した。同時に山本君もすぐその隣りの理髪店へ大急ぎで飛び込んで行ったのである。

都合よく理髪店は空《す》いていた。入るといきなり、

「髭を剃ってくれ」

と山本君がどなるように云って、誰が何とも云わない先にどっかとそこの廻転椅子に腰を下してしまったものである。

乱暴な不意のお客に驚いてやがてあきれてしまった親方が、でもやがて山本君の背後《うしろ》にまわる。金属のハンド

ルが、がちゃりと動くと、すうっと山本君の身体《からだ》が横に寝る。染《しみ》の入った壁紙の天井が山本君の額をついて廻る。電燈が鼻先にぶらりと下がる。と、山本君は石鹼のブラシの感じをその口の辺りに感じ初めた。

やがて親方は剃刀《かみそり》を山本君の口辺にぴったりつけた。そしてあの弾力のある西洋剃刀の薄い鋼鉄《はがね》の音が、山本君の神経をゆるやかにかき乱し初めたのであった。

いつもは顔を剃る事それ自身に何の興味をも持っていない山本君はただ剃刀の音と肌ざわりとのみについ誘惑されてその二つの瞳を合せるのが常である。だが今日は……今日はたしかに髭を剃る事それ自身に限りない興味を抱かずにはいられなかったのである。その髭を顔面から追い払う事によってどれほどその容貌に大きな変化を与える事だろう。そう思うと山本君は理髪店の親方の手の一動一動に限りなき緊張をさえ感じていた。

親方はやがてタオルで顔を蒸してくれた。そしてひんやりとした何かの香料を塗ってくれた。その後へとても、春のような香《にお》いを持つ粉末をなすりつけてくれた。そして、

「どうも御待たせしました」

と言葉と一緒に、ぐいと椅子を持ち上げた。天井が一方へすうっと走ると足の下から大きな鏡がせり上って来た。そしてそれが山本君の眼前に来ると同時にその鏡の中に見知らぬ一人の男が、じっとこちらを見ているのが山本君の瞳に映った。次にその男が、やがて山本君自身の映像である事を知った時、山本君は思わず飛び上らないわけにはゆかなかったのであった。

それは何という変り方であろう。丸っこい頰がいよいよ丸っこく飛び出して来た。唇の厚さが殆んど顔の印象の三割方を占めて来た。瞳の細さがいよいよ細くなって全体が髭のためにきりりとしまっていたのが、今はまるでしまりが無くなった。その上、どことなく物足りなさ、どことなく間抜けたその調子はずれの感じが山本君の顔のプライドを殆んどすっかり、ぺちゃんこに押しつぶしてしまった。実にそれは山本君にとって決して有がたくない変り方であった。こんな事なら決して髭を剃るんじゃなかったのにと今更に山本君は後悔した。だが、次の瞬間山本君は竹下君の事を思い出さないわけにはゆかなかった。それは山本君の容貌が変れば変るほど山本君にとっては有利であるわけである。それが仮令山本君にとって有がたくない変り方であったとしても最初の目的なる「変装」の事を思う時、山本君は不満ながらも髭を剃

った事を感謝しなければならなかった。

これなれば天下にどれほど多くの竹下君が居ようとも決して山本君を見出す事は出来ないはずである。そう思うと山本君は最初の不愉快さもいつか忘れてしまって、ひどく元気を取り返すと、親方の出してくれた帽子を取る手もおそく、表通りに飛び出したものである。

ところが、……ああ、神よ！ 運命の惨酷さはいかばかりか！

ところが……山本君が理髪店を飛び出すと殆んどそれと同時であった。例の竹下君がすぐその隣りの喫茶店から、読者よ、彼が悠然と現われたのであった。そして……そして二人は遂々《とうとう》そこで見事に、そして完全にばったり鉢合せをしてしまったものである。

山本君は思わずはっと呼吸《いき》を飲んだ。一時は心臓がすっかり停止したとさえ思った。そしてその次に山本君の胸の動悸は実にはげしく実に急激に打ち初めたのであった。

しかし山本君は決して不安というものを持ってはいなかった。山本君には竹下君に決して気がつかれない確信があった。髭を剃った山本君は竹下君の前に一日立っていたとしても決してそれと発見される事はないと確信していた。

ところがその確信はそれから殆んど一分とたたない先に風船玉のように爆発してしまった。顔を突き合すと一緒に竹下君のいつに変らぬ元気な声がいきなり山本君の鼓膜に向ってぶっつかって来たのである。

「やあ！」

竹下君の声はあけすけに山本君の脳髄に、ずしんと来た。山本君は思わず目を見張ってぼんやり竹下君の顔を眺めて動かなくなったものである。ぶらりと下げた両手。急激に動く目蓋《まぶた》、少し開いた口。それがいかに大きな驚愕を山本君がこの時その身内に受け取ったか、その様子が雄弁に物語っている。勿論山本君はただ一口も口をきかなかった。けれども竹下君はそれに構わず続いて云う。

「山本君じゃあないか。どうも実に久しぶりだ。御変りはなかったかい？」

しかし山本君はなおも黙っていた。口をきこうにも口をきく事が山本君には出来なかったのである。やがて竹下君もその山本君の余りに驚き過ぎた様子に気がつくと、思わずぷっと吹き出したが、

「やはり君は……相変らずだ。一年前の山本君とちっとも違わない。どうです？ シャロック・ホルムス先

生！　何にそんなに驚いているんです？」

　山本君は今は二枚の紙幣の事までも殆んどすっかり忘れてしまった。それよりも、どうして……何を見て、この山本を発見し得たか？

　山本君はあえぎあえぎ云ったものである。

「どうして……どうして……」

　だがそれは、やがて何気なく話し出した竹下君の言葉が総てそれを解決した。

「どうもね。さっきから二度ばかり、どうも君によく似た男を見たんだか……そしてもう声をかけようか、もう声をかけようかと思ったんだが……あの髭、何分あの立派な髭を、君がその鼻下に貯えていようとは……全く思ってもみなかった……似てはいたけれども、あの髭一つで僕は遂々君でないと思い込んでしまった……が、どうしたんだい？　すっかり髭を剃ってしまったんだね！　それではっきり昔の山本君が現れて来た……どうもあの髭……」

　山本君はそこで初めて、稲妻のようにそれを思い出したのであった。そうだ！　山本君の髭はやっと半年前に生やした髭だ。竹下君から金を借りたその時代には、そうだ！　山本君は決して髭を持ってはいなかった。では結局山本君は竹下君に発見されるためにその愛する髭を剃り落したわけであったのか？

　最後に筆者は山本君の名誉のために書き添えておく、山本君はその後たしかに竹下君に対して債務を履行した。要するに山本君が髭を無くしたという事は二十円に対する一ケ年間の日歩《ひぶ》に相当する。

寒き夜の一事件

裸蠟燭が一本。横にねせた蜜柑箱《みかんばこ》の上に眼《ま》ばたきをする。光りの届きかねた部屋の隅に、明と暗とが明滅する。にじんだ円光が夢と霞んで……夜は寒い。

四畳半の一間《ま》。すすけた障子は張り紙も右ばかり。三角に四角に……破れてぼっかり黒い多角形の幾つもの穴。灰色の壁は裂目、雨漏り、所々に黒い下塗りが覗《のぞ》いている。

外は木枯、電線がヒューッと鳴ると後は堪えられない静寂。

冬の夜、午前二時。

光原を囲んで、うずくまるようにあぐらを組んだ一人の男。目のげっそりと落ち窪んで、面長《おもなが》な顔、陰影が頬のこけ、顎のとんがりを鋭く刻んで、瞳が光る。一文字にきっと結んだ口。

荒い立縞のどてら。襟垢の、おぼろの中に光る冷たさ、こごみ込んだ肩の辺りに白い綿さえ舌を出して……男は光りの中心にじっと視線を止めて動かぬ。

その影の大きく暗《やみ》を作り出す中に半身を入れて……と今一人の男。ソフトの中折、薄暗《うすやみ》に白いカラー、まばゆく光りをはじき返すネクタイへ宝石。ふっくらとした裏毛皮のオーバー、すっくと立った靴下の緒が、波になった畳に浮ぶ。

年齢《とし》は五十歳《いそじ》。霜の交った口髭が半生の苦労を語る。丸顔の鼻高、彫刻のように動かぬ身体《からだ》から放散する、ほのかな薫り。

どてらと洋服と……見事に見せた二つの対照。だが、二つ共、そよとも動かぬ。

空気は重い。にじんだ円光さえ動かぬ。

木枯、寒夜。

「時」が黙って通り過ぎて行く。

と、といき……だがどちらの男の口から洩れたのか知らぬ。空気が少し……ほんの少し動いたが後には二倍になった重さ。音無き世界は四角な壁に区切られて、二つの魂だけが火花を散らす。

突然、声のつぶて。

「どうしても……どうしても……それを許してはくれないのか……」

血を吐く思いがこもる。泣いて、頼んで、怒って、すねて、おどして……今は恨みさえ見せて、立った洋服の男の声は低いけれども強い。

「それは……」

初めて身動き、つと一足、のめるように出て、ゆらぐ灯の中に浮び出る。

「それは……過失だった……一生を通じての……たった一つの過失だった……でも……」

頰には血の気もささぬ。かすかな痙攣。興奮が渦を巻いて男の身体から飛び散る。

「……俺にはそうより外に仕方もなかった……それはたしかに、俺の計画した犯罪であった……そしてその実行だけが……君の手でなされた……犯罪であった……」

恐怖と、後悔と、戦慄と、といき。

かすれた独白は続く。

「……それは見事に失敗だった……犯罪は発覚した……そして……そして……」

男の影が灰色の壁に伸びて、余ったのが低い天井に折れる。おびえて、ふるえて……しんしんと、しんしんと打ち寄する寒さ。

「……そして君一人がその罰を背負ってしまった……運命だった……どうにもならない運命だった……」

と切れて……縫い合される声調。空気の壁が重苦しくはずむ。

「それはたしかに……俺が君を……陥入《おとしい》れた……だが俺には可愛い妻があった……子供が居た……そして……」

またのめって……両手がしっかと握り合わされる。閉じた両眼。灰色の壁のバックに画《えが》き出される半顔の痛々しさ。

「……そして……残された一人の事業を始末するのが……俺の義務だと……考えた……」

額に深く刻まれた溝。蒼白。唇の色さえ今は紫。

「……事業はうまく行った……俺は財産と地位と名誉とを得た……そして……俺はどれほど……君の帰るのを……待った……事か……」

声と一緒に、はっと崩れた壁の暗。今は立ち得ず膝ついた男。ネクタイの宝石が、きらりと暗に画く稲妻。

「……だが……君は……遂に帰って来なかった……そして……そして……」

またしても走る戦慄。打ちひしがれた魂。

「……そして君は……恐ろしい……復讐を……」

涙。顔を被うた両の手。壁に蠢《うごめ》く入道。

外は木枯、音無き世界。

午前三時。

「時」が黙って……黙って「時」が通り過ぎて行く。といいき、動かぬ空気、眼ばたく灯。

初めて……初めてその時……坐った男の唇が動く。

「……そうだ！　復讐……俺は復讐を……誓ったのだ！　……復讐」

声の作り出す恐怖。空《うつ》ろな洞に響く声音。地の下からふらふらと浮び出る声帯。かすれて、と切れて、ふるえて……。

ふっと顔を上げた。膝ついた男の、くいしばった口から洩るる……。

「……そう！　君は恐ろしい……復讐を誓った……しかも今は、どうにもならない証拠を握っていると云う……それを、世の中へ発表された時、俺の地位は……名誉は……財産は……恐ろしい……」

男はまた立ち上る。一足、坐った男に、よろめくように近づく。

「……売ってくれ……その証拠を……売って……」

だが坐った男は更に動ぜぬ。円光を見つめて……うずくまる男の姿体。空吹く凬と……押し黙って……だが、やがて、

「ふん！」

後は……と、空洞《うつろ》な笑い。空気を刻む忍び笑いの恐ろしさ。

「金で……買おうと云うのか、復讐を……ふん……」

そしてまた静寂。

じいっと蠟の下る音。灯のといき。

やがて、坐った男の唇から吐き出される音律。空洞な反響を呼んで……寒さが、しんしんと押し重なる。

四角に区切られた世界に、火花を散らす二つの魂。

「俺の復讐を金で買おうとする……世界の総《あら》ゆる財産を積んでも……俺は……売りはしない。俺は証拠を握っている……それを俺は……発表するんだ……」

身動きもしないで、繰り出される声、声、声。声は恐怖と不気味と戦慄とを作り出して、見苦しいまでに重い。

「……それが発表された時……俺の復讐は……初めて……完結する。君が財産を……地位を……名誉を失った時、そうだ！　今の俺の姿と同じに君がなった時……その時……俺の心は……初めて満たされる……」

　押し出される言葉の論、力無いたどたどしさ……だがたどたどしい声帯の作り出す圧迫。

「……復讐を誓ってから何年になろう……この復讐を俺に捨てよと云うのか……金で、名誉で、地位で……ふん……」

　そのままじっとうずくまって……穴の底から吐き出す、あの世からの声。

「……勝手にしろ……俺から復讐の心を取去る事は……神だって……出来はしない……金？　……名誉？……地位？　……」

　そしてまた忍び笑い。鼻から洩るる嘲笑のこだま。

限りなき静寂。動かぬ空気。

灯はやがて断末魔の眼ばたき。

「では……では……」

　崩れて額を伏せた男。

「では、どうしても……俺を……葬むろうと……云うのか……」

　口がゆがんで吐くは焔。打ちのめされて、立ちも得ず、顔を被うた両の手。肩が大きく波打って……欷歔《ききょ》の声。

「……俺だけは、どうなっても……構いはしないが……残される子供達が……何も知らない……子供達が……可哀そうだ……天使のように、何も知らずにいる……子供達まで一緒に……どん底へ……お俺には……俺はもう……堪えられない……」

呟き。波紋を空気に投げかける。

坐った男だけは相変らず、不動。うそぶいて、視線はじっと光りの中心。

じい、じいと泣いて下る燭涙。

外は木枯。寒さと、薄暗と、静寂。

四畳半の世界にまた黙って「時」が……「時」が黙って通り過ぎて行く。

「どうしても……どうしても……」

突然の高調に、すっくと立った毛皮のオーバー。

「……どうしても俺は……闘わなければならない！……どうしても……そうだ！　……子供達のために！……」

　そして、ふらふらと夢遊病者。部屋の四角を泳ぐ。独言。

「……子供達のために……俺はどうしても……勝たねばならない……俺は俺の財産を……地位を……名誉を、保護する……必要と権利とがある……どうしたって……俺は負けてはならない。子供達のために……そう！　子供達の……ために……」

ちょっと立ち止って……またふらふらと。泳ぐ男の影。伸びて縮んで……蠢く暗の綾。

「……俺は金を提供した……俺は地位を提供した……俺は名誉を提供した……俺は俺が出来る総てを提供した……でも、あいつは、まだ復讐を捨てようとはしない……そして……そして最後に残った唯一つの手段は……」

なおも泳ぐ、瞳は空ろ。垂れた首。

宝石の光りがいよいよ冷たい。

「……最後の手段……死ぬか殺すか……それこそ！……だが俺は恐ろしい……しかし……残された子供達は？……財産を失った子供達は？……おお俺は……俺はどうしても……勝たねばならない……そうだ！　負けて……なるものか！」

いきなり、立ち止って、はっと上げた顔。右手がつと、ポケットに走る。力限り握ったピストル。

初めて、頬に登った血の色。それが、見る見る、色濃く紅。

全身に走る今更の戦《おのの》き。

「死ぬか……殺すか……」

微塵も動かぬ坐った男の背後に射られた視線。高鳴る鼓動。吐く息は虹。

だか……だがやはり動かぬ。坐った男。じっとそのまま……円光がゆらぐ。

と、立った男の影がつと動いた。ゆらいだ。崩れた。

「ああ俺は……殺す事が……出来ない……」

ぐったりと、うずくまった。そして呟き。

寒さと、静けさと……外は木枯。

午前四時。

「殺すんだ……殺してしまえば……俺は安全だ……子供達も……だが、俺には……殺す事は……出来ない……」

突然、爆発した哄笑。低い天井に反響したどてら姿の男の笑声。笑いの中から声が飛ぶ、飛ぶ。

「……殺せない？……殺せない？……ふん！　殺せるものか……殺せたら……」

またしても、唇をはじく、含み笑い。

「……この俺を殺してしまえば……それで貴様は……万々歳だ。だが……貴様に俺が……見事殺せると……云うのか。殺せまい……殺せまいな……殺せないと云って……泣いている……ふるえている……身動きもならない貴様の……そのみじめな姿は……」

どてらの男が、初めて身を動かせた。ぐるりと振り返って……暗い中に落ち込んで、じっと額を伏せた男に向って嘲笑の輪が渦を巻く。

「……どうにかならないか……どうにかする事が出来ないのか……そのみじめな貴様の姿を。……殺すんだ……殺すんだ……この俺を……それで貴様は……安全に……なろうというのだ……」

らんらんと光る瞳。暗を射って直線。

うずくまった男は動かぬ。

「……俺は復讐を捨てはしないぞ……俺に生命のある限りは……。泣いているのか……まだ、ためらっているのか……立ち上るんだ……貴様……立ち上ってそのポケットのピストルだ……そして見事……俺の胸板に風穴を明けようと……いうのじゃないか……出来ないのか……立ち上るんだ……両足に力を入れて……」

暗を乱す低調。切れて……続いて、不気味にはずむ静寂。

うずくまった男はまだ顔を上げない。

「……たった今、貴様はそうして……俺を……殺そうとしたんじゃないか……男らしく立ち上るんだ……貴様は……それを忘れてしまったのか……子供達の事を……残される子供達にとって……財産を無くしても、地位を無くしても、名誉を無くしても……それで構わないと……貴様は云うのか……子供達……それを貴様は……考えないのか……」

と、初めてはっと驚いたように顔を上げた。だが、空ろな瞳。肩が一つ大きくはずむ。

「おお、気がついたか……気がついたらそれでいい……立ち上るんだ……今度は立ち上るんだ……」

ふらふらと操り人形。膝ついた。立ち上った。……ひしゃげたソフトの中折帽子。

「立ち上った……立ち上った……立ち上ったら……ポケットだ……右手でポケットの……」

右手が動く。空に半円を描いて、裏毛皮のオーバーのポケット。

「そう！ ……ピストルだ……握るんだ……力限り……握りしめるんだ……」

魂を失った男。右手が引き出したピストル。金具がきらりと電光。

「握るんだ……握りしめるんだ……子供達のために……貴様にとっては悪魔かも知れない……死ぬまでは復讐を忘れない……敵だ……敵のこの俺を……殺すんじゃあないか……しっかりしろ！　……そのピストルで狙うんだ……」

だが……また力無く下がった右手。かすかに戦慄。呟き……。

「殺せない……殺せない……俺には殺す事は……出来ない……」

他の声が、それを押し消した。どてらの男の唇が動く。

「……おおまた力が抜けた……恐ろしいと云うのか……人を殺す事がこわいと云うのか……口で俺の人生を紙屑のようにしてしまった貴様が……手で俺の生命を取る事が……出来ないと云うのか……臆病者……闘えないのか……勝てないと云うのか……勝てないだろうよ……俺は証拠を持っているんだぞ……明日の……朝、それが俺の手で世間へ発表される……貴様の財産は……地位は……名誉は……そして子供達の行末は……」

断続する声の圧迫。押しつける。押しつける。押しつけられて、ぺちゃんこになった男の独言。

「子供のために……だが俺は……殺せない……」

またそれを押し消した。どてら姿の男の声。

「俺は証拠を発表してやるんだ……それで俺の復讐は遂げられるんだ……」

何も考えない。何も感じない。立った男の頭は空ろ。また無意識に……。

「……殺せない……でも……殺さなければならない……」

ふん！　と、どてらの男が笑った。

「殺せない……でも、殺さなければならない……か？……殺せまい、殺せまいな……あなた方紳士には……人を殺す……殺人が……お出来になるはずはない……殺せない……そうしたら……財産と、地位と、名誉とを無くするばかりだ……それで結構……俺の復讐は満たされる……筋書き通りだ……如何です？　紳士！」

と、つと、立った男の右手が空におどった。きらりと稲妻。暗を突き通したピストルの金具。

「おお手を上げた……殺す気か……見事俺の胸板を……抜こうと云うのか……面白い！　……」

銃口が見せる戦き。またしても呟き。

「……俺は殺さなければならない……」

空ろな瞳。魂を忘れた土人形。

「そうだ……狙うんだ……狙ったら……引金を引くんだ見事この胸に……風穴を拵らえるんだ……どんと一発……それっきりだ……それで貴様は安全だ……そして貴様の子供達も……。引金だ……引金に指をかけるんだ……」

おどる白魚。指は引金。

「……引金に指がかかった……だが、見事その指に力が入ろうかな？……俺のこの胸板に……見事弾丸が飛び出そうかな？……力を入れるんだ……ちょいと引金を引くばかりだ……それで何もかも片がつく……だが、引けないか？……引けまいな？……引くのか？……引かないのか？……ちょいと指先に力……」

突然！　こだま。銃声。

空気が混乱した。障子の穴がおどった。壁がくずれた。

ほの白い煙りが銃口から伸びた。

とたんにふっと消えた灯。茶褐色の焔硝《えんしょう》の香《にお》い。人の倒れた物音。

後は……木枯。寒夜。静寂。暗。

暗に立った男。暗に倒れた男。どちらも動かぬ。


と、うめき声。苦痛を忍ぶ……その間から、かすかにかすかに……迷い出るどてら姿の男の声。

「遂々《とうとう》……やった。……遂々、貴様は……やりおった。……見事に……胸板に……風穴……だが……勝ちだ！」

と切れた。うめき声。

「……貴様は……遂々あの世へ……俺を追っ払ってしまった……俺は死んで行く……だが……どっちみち……俺は死なねば……ならなかった」

またと切れた。しずけさが這い寄る。うめき声。そしてやがて再び……。

「……貴様は……何も知らない……貴様は俺の胸板に……穴……が、それがやはり……自分の落ち込む……穴だ……俺は勝った」

また……。再び……。

「……貴様はやった……貴様は俺を……殺した……殺した……貴様はそれに……気がつかないのか……殺人犯！」

あっと叫び声。膝ついた物音。

また……。

「……それが予定の……プログラム……だった……俺の生命は……今日一日だと……医者が……宣告した……

同じ死ぬなら……憎い男……貴様も一緒に……。遂々貴様は……やった……殺した……罠《わな》……」

断末魔。暗に漂う血の香。

「……殺人犯……絞首台……俺は……勝った……外には警官が……待っていよう……ここで……今……殺人が起きよう事を……俺は……ちゃんと密告して……おいた……殺人犯……警官……絞首台……俺は……勝った……」

そして、後は消え行く忍び笑い。

と、戸の外に足音。靴音、人の気勢……そして佩剣《はいけん》が……鳴った！

「おお！　警官！」

倒れた音。闇を、つんざく一声。

「俺は……やはり……負けだ！」

外は木枯。

寒夜、午前五時。

書かない理由

それほど探偵小説が好きで、それほど探偵小説を読んでいる山本君、では何故《なぜ》自ら筆を取ってその探偵小説を書かないというのだろうか？

実はたった一度だけ御多分にもれず、ついふらふらと書いた事がある。だがそれが、すっかり失敗に終ってしまった事を何としよう。失敗……そう！　例に依って例の通りの山本君らしい失敗ではあったけれども、その山本君の失敗を、実はこれから書こうというわけなのである。同時に山本君が探偵小説を書かない理由……厳格に云えば書かなくなった理由を筆者はここに明らかにしようと思うのである。

ついふらふらと山本君は思い立ったものである。

文字通り中毒するであろうほどにも多くの探偵小説を読んでいるそのうちに、山本君は何とも知らず不思議な誘惑を感じ初めたものである。

「こんなものなら俺にだって書けらあね」

山本君はそして呟いてみた事であった。同時に山本君の頭には実に無数の総《あら》ゆるトリックが暴風雨のように考え出されてきたものである。そしてまたそのトリックの、どれもどれもがいかに奇抜にしてかつ新鮮であった事か。山本君はそして知らぬ間《ま》にそのトリックの一つ一つについて、種々《しゅじゅ》なる構想を組立て、打ち毀し、また組み立ててみた事であったのであった。

山本君は丁度その頃、X銀行のS—町支店の出納係りとして働いていた。で、朝寒《あさざむ》の十一月の靄《もや》の中を徒歩《かち》でS—町までやって来る。午後五時、やがて薄闇の這い寄ろうとする通りを総ゆる階級のサラリーマンの間に交って帰って来る。それが今の山本君の仕事の全部であり、生活であり、人生であったわけなのであった。が、その十丁の余もあろう自宅と銀行との間において……時間的に云えば午前と午後の三十分間ずつ、山本君は近頃、歩きながらに探偵小説の筋を組立てるという妙な道楽を初めたものであった。そしてそれが今では山本君の殆んど日課になっているとって云ってもよいほどに、きまった仕事の一つになっていたのである。そしてその度に、「探偵小説なんて、俺にだって何でもなく書けらあね」と口の中で云い云いしてみた事であった。

実際考えてみると今まで読んだ沢山の創作探偵小説の中において本当に山本君が例の口癖の、

「これあ、すてきだ」

と云ったのは、ほんの二三に過ぎないのであった。他は、根が好きなので、つい終りまで読むには読んでも、

「またか」

と、すっかりうんざりさせられそうな物ばかり。それでいてやはり山本君は探偵小説の新しい題目さえ見れば、まず第一番に行きつけの松島書店へ飛んで行くのではあったけれども。全くそれは、あちらの作のトリック、こちらの作のトリックとトリックだけを引き抜いて、それででっち上げた作品ばかりであった事を山本君はつくづく遺憾に思わないわけにはゆかないのを、どうする事も出来なかったのである。面白いトリック、奇抜なトリック、そうした長所ばかりを寄せ集めて出来上ったその作品は、理論的に云えば必ず面白くなければならぬはずであったけれどもそれが山本君にとって少しも面白くなかった事を何としよう。

そしてその次に山本君はきまって「俺ならこう書くんだがなあ」と独言《ひとりごち》ったものであった。

到頭《とうとう》山本君は堪《こら》えられなくなってしまった。

山本君は終《つい》にペンを取ってしまったのである。もっとも丁度その時、T——誌が原稿募集をしていたので、山本君はそれに応じてみようと決心したのである。しかもそれは明日一日で原稿を〆切る事になっていた。

で、その夜思い切って山本君は原稿用紙に向ったのである。そして山本君はそれに対していかに芸術的に、トリック無しに、心理的に、人間的に、社会的に、思想的に表現しようとしたか、ともかくとても大変な意気込みであった事だけは否む事の出来ない事実であった。

だが、それにしても小説というものを山本君は一度でも書いた事があったろうか。筆者はそれに対してイエスと答える事の出来ないのを、ひどく悲しく思う者である。事実山本君は日記こそ珍しく丹念につけてはいるが、それ以外原稿用紙に向った事は……そう、たった一度だけ銀行の支店長の人物月旦《げったん》。総ゆる悪罵と痛烈な諷刺と劇烈な皮肉とを織り交ぜて悪戯《いたずら》書《が》きをしてみた事はあった

けれども……それ以外ペンを持った事は決して決して無かったものである。

しかし山本君はそんな事にはちっとも構いはしなかった。例の山本君一流の無造作でもってその夜一気に二十何枚かを書き上げてしまったものである。

「へん、こんなものだ」

山本君は書き上げてしまうと一人で云ってみた。それほどそれは山本君の思う通りに仕上がったのであった。何とそれはエポック・メーキングな作である事か。そう考えると山本君は、ひそかにほくそ笑んだものであった。

翌朝例の通りに朝寝して、あわて切って家を飛び出すその場合にも山本君は勿論、

「原稿をT―雑誌社へ送っておいてくれ。書留でね」

と書留にひどく力を入れて云い置く事を決して忘れはしなかった。最早山本君は一流の探偵小説家になったような気がしていたものである。賞金が五十円、まず細君にショールを一枚買ってやろうかなと山本君は大空の下に出ながら考えた。そして山本君は、とても機嫌がよかったものであった。

その日帰りに丁度そのT―誌の十二月号が新しく松島書店の店頭にその姿を見せていた。山本君は大急ぎで一部を手に取ると目録の所を開いて見たがそこには山本君の名は出ていなかった。が勿論山本君は、

「ああまだ今朝出したばかりだったからな」

とすぐにもそれを思い出したが、事ほど左様に山本君はもう夢中であったのである。待遠しくて、待遠しくてならない心持。あの原稿が丁度今頃はあのT―誌の編輯長M氏の手に依って読まれている事を想像すると、山本君はもうじっとしてはいられないような気がしたわけである。そしてその次に、

「うまい！」

と云うM氏の顔、

「面白い！」

と云って、どんと机を叩いたM氏の手……山本君は右手に雑誌を握ったまま空想がどこまで拡がって行くのか自分自身にも分らなかった。

剣《つるぎ》はおどる　　山本秋雄
こうした四角な活字の五文字がこの目録の最初に異彩を放つのだなと思うと山本君はそれがもう、はっきりとそこに印刷されているようにも思われたものであった。

家へ帰って細君の顔を見ると山本君はいきなり云ったものである。

「何を買ってやろうな」

だが細君は目をぱちくりやって黙っている。

「小説の原稿料でさ」

と云うと初めて細君が、

「まあ！」

と大きく感動詞を投げかけた。

「今朝送ってくれたろうね」

「送りましたわ」

「書留で！」

山本君にはこの書留という事が何よりもまず第一番に大事な事であったらしい。

「ええ、書留で」

「あれが出るんだよ。T—誌に……」

「そう云って来たんですの？」

「なに……云って来るだろうと思うんだ」

「まあ！」

細君がまた……今度はなお一層大きく感動詞を投げかけた……

ところが……何と運命の惨酷さよ！

ところがやがて山本君が、何の気なしに書斎兼寝室へ行って見ると山本君はそこに……机の中に昨夜書いた原稿がちゃんとそのまま入っているのを発見したのである。

実に山本君は驚かないわけには行かなかったのである。

「おや！　どうしたんだ！」

山本君はまるで頭を、があんとなぐられたように、そう思った。

「どうしたんだ。どうしたんだ。原稿はちゃんとここにあるじゃないか！」

山本君はもうまるで、泣いているほどにも声が震えていた。

「だって送りましたわ。たしかに」

入って来た細君は云ったものである。そして続いて、

「ええ、たしかに机の上の原稿を……」

「え？　机の上の原稿？」

山本君は思わず飛び上った。

「だって、あなたはただ原稿とだけおっしゃったんですもの」

山本君は今は口さえきけなくなってしまった。山本君はそこにへたへたと坐り込んでしまった。

山本君は昨夜それを書き上げると、ちゃんと紙縒《かみこより》で綴じつけて机の引出しの中へ入れて寝た。それを細君はちっとも知らずに、机の上の今一つの原稿を、しかもわざ

わざ紙縒で綴じて書留で送ったというわけなのである。

「ああ、何もかもすっかり駄目だ。原稿〆切は今日《こんにち》でいっぱいになっているんだから。それに送ったあの別の原稿というのは……」

やがて山本君は呟くように云ったものであった。


だがしかし我が愛する読者諸君よ。では一体細君が送ったその原稿というのは……？

それこそは他でもない。山本君が悪戯書したX銀行S支店長の人物月旦。総ゆる悪罵と痛烈な諷刺と劇烈な皮肉とを織り交ぜて書いたというその原稿に他ならなかったのであった。

ローマンス

ローマンス等《など》というものは誰でもが大抵一つずつ位は持っているほどのものである。しかしそれが他人のローマンスであるとなると、それを聞こうという事は、かなり興味のあるものじゃないかとそう思う。だからこの一篇も、どうやら存在価値を一つ位は持っていようというものだ。

では山本君に関する事から書くとしよう。

山本君の件

昼飯をうどん二つで簡単にすませた山本君は何の気なしに自分の机へ戻ってきた。

それは山本君の、肩の辺りが漸く変色し初めようという紺サージの合服《あいふく》が、どうやら役に立とうという秋の初めの事である。場所は山本君がまだN銀行へ変らない前の×会社の事務室の中。

机の前に戻ってきた山本君はその時ふっとその机の上に小さな紙切れが一つ、黙って乗っかっているのを発見した。何の気なしにそれを手に取って見るとそれはノート・ブックの一頁《ページ》を無理に引きちぎった物らしく、それに四角な、そして無意味な……いや、無意味であろうように見えている処の幾つもの文字が打たれてあるのを見《み》出《いだ》した。……そう！　書かれているわけでは決してないので、それは日本字のタイプライターによって、文字通り正四角形にその一つ一つが押しつめられて打たれてあったのである。

はっと思うと山本君は、思わずどきんと一つ、劇《はげ》しいショックを、はっきりとその胸に感じた。そして同時に山本君は何とはなしに顔を赤くしてしまったものである。

しかしどうして、また何故に、それを見た瞬間、劇しいショックを感じまた赤い顔する必要が、彼山本君にはあったであろうか？

山本君はそれを見ると一緒に、

「おや？」

と思った。思うと同時に、

「暗号ではないか?」

とすぐに考えた……と、独りでに劇しいショック、そして何となく顔が赤くなってしまったわけである。

探偵小説が飯より好きで、総《あら》ゆる探偵小説を読んだであろう処の山本君、で、それが全く今は中毒と名付け得られそうにまでなっている山本君。数字を見ればすぐにもアルハベットを代表しているのではないかと考え、無意味な文字の配列を発見したが最後、山本君はそれから何等かの意味を探し出さなければ承知をしない。だからこの×会社では、山本君はシャロック・ホルムスのニック・ネームを頂戴している、事程《ことほど》左様《さよう》に山本君と探偵趣味とは切っても切れない悪縁につながれているわけなのである。

さて山本君は例の紙切れを取り上げると、すぐに一目見てそれを暗号だと見て取った。だから思わず身内がぎゅっと引きしまると同時に何とも知れず身体中《からだじゅう》の血が一時に騒ぎ初めたわけなのである。

だが読者諸君よ。山本君がまたしても無から有を探し出すべくノンセンスな努力をしているのだとして嘲笑しようというのは今の所まず控えていただきたい。というのは山本君のローマンスは疑う余地もなく、まさしくこの一片の紙切れより出発している事に決して違いはないからである。

紙切れには次のような数個の文字か現われていた。

公参救壇の心
第園花かをたか
時六　日四月十
るむ求をひ救

で、いよいよ山本君はこの暗号を解くべく漸く夢中になって行った事であった。何度も何度もこの紙面の文字を色々に書き並べては山本君は一人で首をひねってみた事であった。

だが、山本君はいかにしてそれを解き得たであろう?　その事については今ここでくどくど説明する事は故意《わざ》と省いておく事にする。

とまれ山本君はとうとうその文字を以て次の通りに組み立て直したものである。

公園　第三、心の花壇　救
十月四日　救ひを求むる
六時　かたをか

要するに十月四日の午後六時、公園のある地点において何等かの恐るべき事件が生ずるはずである……と、こういう風に山本君は考えたものである……いや考えたばかりではなく、遂にはそれは最早動かすべからざる事実に違いないとまで山本君は信じ切ったものである。

そして十月四日。それは間違いもなく今日である。今日の午後六時、それはもう後数時間にしてやって来ようという。山本君は次第に気が気でなくなってきたものである。

勿論山本君はその日その時間、その公園まで出かけて行こうとしている事云うまでもなく、然《しか》るが故に山本君は立って見つ坐って見つ、歩いて見つ、秋の日短《ひみじか》をまた格別に、かこってみたという次第なのである。

一足飛《いっそく》びにその六時がやって来たものと仮定しよう。いや六時ではない。もう五時を聞くと間《ま》もなく第一番に仕事を片づけると、いつもは誰も彼もと帰宅を誘って歩くような山本君にも関わらず、黙って一人限《き》り……むしろ一人でも同伴者の生ずる事を恐れてでもいるかのように、あたふたと会社の門をすべり出て行った。

公園に着いたのがやっと五時半、規定の六時にはまだざっと三十分は充分にある。山本君は、で、公園の中を一廻りぐるりと歩きまわって見た。心の花壇。それは山本君にはすぐに分った。噴水塔のすぐ前に、ハート形に植え込んだ花壇が十ばかり、松の茂みをぐるりと取り囲んで並んでいる。その三つ目のハート形の花壇……そこには真赤なダリアの花が丁度盛りに咲き乱れていた。

山本君はそこで時計を取り出して見た。針は丁度五時三十五分を指している。辺りは段々に淋しくなって行った……。

山本君はそこで時計を取り出して見た。針は丁度五時四十分を指している。広い公園には人影も今はまばらになって行った……。

山本君はそこで時計を取り出して見た。針は丁度五時四十五分を指している。午後から吹き出した時候外れの、びっくりするほど冷い風が、容赦もなく広い広場には吹き通って行った。……

山本君はそこで時計を取り出して見た。針は丁度五時五十分を指している。何だか少し薄靄《うすもや》が這い寄って来たらしかった。……

山本君はそこで時計を取り出して見た。針は……針は五十五分を指している。後五分！　さあいよいよだ。そう思うと山本君は思わず大きく一呼吸した。とたんにふっと、山本君はその時自分の前を横切る一人の男に気がついたのだった。

男はこれでたしかに三度自分の前を通る。一見してそれは甚だ善良ではなさそうな男であるのがすぐに分った。

「不良青年……」

山本君は呟いてみた。呟くと同時に山本君は更に身内をかたくしないわけにはゆかなかった。

山本君は六度目、時計を引き出して見た。と、それはたしかに正《しょう》六時！　六時！

と、その瞬間！

山本君は思わず飛び上った！　山本君の胸の動悸は一時にはっと止ってしまった。

事件！……事実、事件だ！……事件は起きたのである！

若い女性の救いを求むる悲鳴が、山本君の立っているすぐその背後から、その時突如として湧き起ってきたのである。

山本君の身体は次の瞬間まりのように声を目がけて飛んで行った。と、そこには一人の女が一人の男に捕えられて、今や正に落花狼藉《らっかろうぜき》たらんとする。山本君は今は夢中で二人の中に飛び込んで行った。不意の人影に驚いてその男はそのまま女をそれなりにして大急ぎで身をかくしてしまった。そしてやがてその救った女に山本君が気がついた時、山本君は思わず「ああ」と叫ばないではいられなかった。その女こそは誰あろう。山本君と同じ会社の女事務員、片岡春子嬢に外ならなかったのである。しかもエンゼルの矢の何と不思議なる力よ！　二人の魂はこれを機会に遂に完全に結びついてしまったものである。そして……そして現在、山本君の唯一の愛する細君こそはこの春子夫人に外ならないわけなのである。……

さて、次に山本君の友人、酒井君の話を書く事にしよう。

酒井君の件

同じ日の同じ場所での同じ時間の出来事である。

酒井君はその時昼飯をすますと、食堂から事務室へ一人でぶらぶら歩いて行った。と、階段を上った廊下の所に一枚の紙切れが放り捨てられてあるのを発見した。手に取って見るとノートの頁を引きちぎった物に日本字のタイプライターで無意味な幾つもの文字が打ってある。

酒井君は、

「なあんの事だ」

と思うとすぐそれを再び廊下へ投げ捨てようかと思ったがふとそこで、この紙切れを利用して最も愉快な、そしてまた最も興味ある一つの遊びをしてみようと思いついたのである。

「ふふん……シャロック・ホルムス先生……」

酒井君はそして思わずこう薄笑いをしたものである。

そこで読者諸君よ。酒井君がその紙切れをいかなる風に、またいかなる方法によってその最も愉快なる、そしてもっとも興味深き遊びをなしたものか？　大よそは見当もついたであろうと思われる。がとにかく酒井君はそれを黙って、ひそかに山本君の机の上に乗っけて置いたという事は間違いもない事実であった。

ところが事実、山本君はそれを暗号として考え初めたものである。そしてどうやらそのかくされた意味なるものを遂に発見したもののようである。

で、段々訊いてみると山本君は……その時それをいかに得々として山本君は語った事か！　……公園の三つ目のハート形の花壇において何等かの事件が起るはずである事をその暗号から知り得たという話。酒井君はすっかり驚かされてしまったものである。なるほどどんな無意味な物からでも、探せば意味の生ずるものである事を、そして同時にその無から有を探し出した……むしろ創造した山本君の根気強さに、酒井君はすっかり驚いてしまったわけであった。

が、とにかく事件がここまで進んだ以上、今更それが自分の単なる悪戯《いたずら》であると告白する事も出来ないので黙ってそれなり山本君の行動を眺めているより外仕方もなかったのである。ところが驚いた事には翌日やって来た山本君の顔の表情は失望どころかこれはまた意外に大きな喜悦の表情を持っている。

「事件が起きたかい？」

こう訊いてみると、

「起きたどころか……」

そして山本君は後はウフフフと口の中でさも嬉しそうに笑って見せる。

酒井君は目を見張った。ではあの紙片《かみきれ》はやはり事実暗号であったというのだろうか？

だが更に驚いた事には、山本君とそして女事務員、片岡春子嬢との間には、それから何となく不思議な様子が見え初めた事である。それがしかも、やがて二人の結婚が発表され、更にそのそもそものローマンスが、あの一片の紙切れから初まっている事を聞かされた時、酒井君の驚きは、まあどんなに大きくかつ劇しかった事であったろう！

片岡春子嬢の件

やはり同じ日の同じ場所での同じ時間の出来事である。昼を少し早くすませた片岡さんは、女仲間とタイプライター係りの方へ遊びに行った。タイプライターというものをまだ一度も打った事のない片岡さんは、で、どうか一度だけはあの可愛らしいキイに指が触れてみたいとそう思った。処が片岡さんは外国語には残念ながら余り御得意ではないのである。だから可愛らしいキイこそ無いが同じタイプライターである所の日本字の方を打ってみようと考えた。

で、片岡さんは自分のノートの頁を一枚引きちぎると、それにちょいちょい、出鱈目《でたらめ》の文字をたたいてみたものである。その日の日附やら時間やら、平仮名で自分の名前やら活動写真の題名「救いを求むる人々」等、無暗《むやみ》と打ち出したものである。

勿論その紙切れをその後一体どこへやってしまったか？　そんな事考えもしなければまだ覚えてもいなかったのは云うまでもない事ではあったが……

さて、いよいよひけ時間になって例の通りに会社の連中引っくるめて、片岡さんと外に今一人の女事務員も加わって、秋晴の快い大通りを、ぞろぞろ帰り初めた時である。何の気もなくふと耳に入った酒井君の言葉をきくと同時に片岡さんは思わずはっとなって耳をそば立てた。酒井君は同僚の長瀬君にこんな事を云っていたのである。

「日本字のタイプライターでね、何だか知らぬが無暗に打ってあったんさ。それをそっと机の上に乗っけておいた……ところがね、君、例のシャロック・ホルムス先生……」

ここまで云うと、もう自分が先に、堪えられなくなったというように吹き出しながら、

「……とうとうそれを暗号と思い込んでしまったものさ。それをまた奴《やっこ》さん、根気強くも、遂々《とうとう》それからある意味を完全に作り上げてしまったと云うものさ。どうもはや……何とも……」

そして酒井君と長瀬君とは山本君のいかに探偵小説狂《きょう》なるかを今更に思い合して声を一緒に、とてもおかしそうに笑ったものである。

　片岡さんはそれを聞くとすぐにその悪戯の材料が、自分が打ったあの楽書《らくが》き……いや楽打《らくう》ちの紙切れである事が分ったが、その山本君のいかにも真面目に暗号を解いているその様子を目の先に思い浮べると、思わず大きく笑ってしまった事であった。

　なおも耳をすますと山本君は結局その暗号の指定通りに公園まで出かけて行ったという話、片岡さんはそこまできくと何だかちょっと山本君が可哀そうにも思われてきたのである。

　というのはその山本君のいかにも善良な姿を思い浮べてみると、そうしてうまく友人の悪戯に引っかかってしまった事が何だか少し気の毒にもなってきたからである。その上、元々この悪戯の第一の根本が、意識はしないがとにかく自分が拵らえたものに違いはない。終いには片岡さんは山本君に対して何だか自分自身が悪い事でもしたかのように思われてきたのであった。

　で、とうとう片岡さんはある事を決心すると皆には黙ってそっと一行《いっこう》から別れてしまった。そして大急ぎで電車に乗ると山本君の行っている公園まで、いきせき切って駈けつけたものである。

　片岡さんは要するにその暗号が酒井君の単なる悪戯である事を山本君に知らせてやろうとそう思ったのである。

　ところがどうしたものか山本君はそこには居なかった。たしかにハート形の花壇の三つ目の場所に違いはないと思っても、山本君の姿はそこには見えない。時計を出して見ると五時四十分では事によったら山本君は未だここにはやって来ていないのかも分らない。とにかく六時まで待ってみよう。……そう思ったので片岡さんはそこに暫らく立っていた。

　だが山本君は仲々やっては来なかった。片岡さんは気が気ではなくなってきた。それに片岡さんは、さっきから、何となくこう変な恰好の男がじろじろ自分の顔を眺めては通って行くのに気がついていた。それもかれこれ三度ばかり。で、どうにも今は堪えられなく、きっかり六時になったのを機会にいよいよ帰ろうとしたそのとたん、とうとう例の不良青年の手に捕えられてしまったのである。

　だが幸いそれもどこからか飛び出して来た山本君が完全に救ってはくれたのである。片岡さんは例の紙切れの始末を語るより先に、この勇敢なる山本君の救助に対し、どれほど大きな感謝の意を表した事か！

そしてそれが結局やがてはこの所謂ローマンスとなって表れて出たわけではあったのである。

ところで諸君。ではどうして同じ公園に来た二人の男女がきっかり六時を打つまで出会《であわ》さないでしまったのだろうか？

理由は簡単である。山本君はハート形の花壇の三つ目をその左から数えた、のに反して片岡さんは、これは明らかに右から数えていたのであった。だから二人は松の茂みを囲んだ背中合せにそうしてお互に心づかずに立っていたのだというわけなのである。

そしても一つ肝腎な話は、山本君は今でもこのローマンスの本当の事は知っていないのである。自分のローマンスがいかに探偵小説的に終始したか！　それを唯一の誇りとしまたそれに限りなく満足していると云う。

がローマンス等というものはその大抵が底を割ってみればこんな物であろうかも知れないと筆者は思っているんだけれども。

鏡

深夜――。星も無い大空。道は無限である。

アーク燈、街路樹、ペイヴメント――。しんしんと、しんしんと神秘が流れる。

そして静寂。四角な建物が黙って見下している、谷底に――。

――ぽっつりと黒点。それがふらふらと動く。蝙蝠《こうもり》のように軒下を伝って行く――彼。無意識。何等の感じをも持たぬ。歩く――動く――蠢《うごめ》く。

思い出にからまる真紅の色。血。――そう！　彼は人を殺した！

ふらふらと歩く。歩く――ただ歩く。

またしても――魂に蘇る、血、うめき声、どっさりと人の倒れる物音。――

やがて。――

階段を静かに昇る彼。相変らず何ものをも知らぬ。静かに――静かに彼の足は踏みしめる、暗夜にうずくまる階段のステップ。

音無き世界。――動かぬ空気。

そして。

思い出は、ただ――。

初めて殺人をなした。――彼。

部屋は薄明り。表通りに面した窓が蒔き散らす白光。

机、椅子、戸棚――よどんだ光りの底に沈む。

動かぬ。一切が動かぬ――動かぬ空気の中に、ぽっかり浮いて出た彼の姿。

後ろ手に閉ざされたドーア。

かすかなハンドルの音――旋律。

初めて。

ほっと口をもるる、といき――。

白光がひたひたと波打つ。

空間を四角に区切る彼の部屋に、一切が沈黙――総《あら》ゆる物、総ゆる者。そして彼も――。

暫くは――ただ、痛む魂。

今更に――。飛び散った血潮。印象。

鏡。

化粧台の上に、白光をはじき返す。

澄んで――凍りつくガラスの面。

無限の神秘と恐怖とを湛えた平面。

壁に、曲線の黒框を持つ。――鏡。

ふと。

ふらふらと近づく。

鏡に吸い寄せられる――彼。

黒い上衣。

ゆがんだカラー。

ひしゃげた、ソフトの帽子。

――映し出された彼の姿。

薄明りに、ほのかに白い、半顔。

じっと。

のぞき込む鏡面の――顔。

が。

瞳に反射された、顔、顔、顔。

彼のでは――無い！

彼のではない――顔！　顔！　顔！

ずしんとショックが――。

も一度、のぞき込む。

顔！　――だが――違う！

恐怖が――。恐怖が――。

動かなくなった――動けなくなった――彼。

上衣――彼のだ。

カラー――彼のだ。

帽子――彼のだ。

だが――だが――だが――

違う！　顔が！

顔！　顔！　顔！　顔！　顔！

彼のでは無い顔！

――戦慄。呼吸を忘れた。硬直。

落ちくぼんだ底に光る瞳。

違う！

とんがった鼻。

違う！

三角の眉毛。

違う！

鋭い顎。

違う！

そして。

額に深く暗黒を形造る皺。

違う！　違う！　違う！　違う！　違う！　――よろよろとよろめいた。

悪魔！　――いや？　――

おお！

――叫んだ。

殺した――殺した男の――殺した男の顔！

恐怖と戦慄フラッシュ、バック。


何が何だか分らなくなった。

畜生！

瞬間。

彼の右手に短刀！　薄暗《うすやみ》にきらりと光った。

つめよった。にじり寄った。――ぶっつかった。力限り顔が――顔が笑った――と、彼の脳神経が私語《ささや》いた。

と、

音――炸裂した音。
鏡が破れた――。
そして。
倒れた。
やがて、暗黒に落ちて行く――彼。
一切が――無。

◇　◇　◇

謎だ。
破れた鏡と、
短刀を持って死んでいる彼の姿。
そして、
今一つ。
一夜にして、限りなき変化を見せた彼の容貌。
それは――。
初めて殺人をなした男が受けし、心の激動の現れだ。
が。
知らなかった。
鏡の中に映った自分の顔に。
そうした劇《はげ》しい変化のあろう事を。
彼は――。

――知らなかった！

夜桜お絹

一

舞台では今丁度、市川半之丞《いちかわはんのじょう》の扮した梅川が、忠兵衛《ちゅうべえ》にからんでのぬれ場《ラブ・シーン》。これが大喜利でお定まりの道行、それで打出しである。

ぶらりと何の目的《あて》もなく、この人中に入り込んだ三番町の眼明《めあか》し隼《はやぶさ》と異名を取った早川の秀蔵《しゅうぞう》、その時何の気もなく、つと雛段に目をやったが、ふっと何かを見つけたらしい。

「おや、あの女……」

秀蔵、思わずそう呟いてなおよく見たが、

「たしかにどこかで見た女……」

と首を一方へ傾けたものである。

ずらりと並べた雛段の女の首。その中程に年齢《とし》は三十をちょっと越したという見当。別に飾ってはいないけれども、周囲の女達が皆山出《やまだ》しに見えようという程、凄いような美人。

「たしかに見覚えのある女だが……」

そして秀蔵の首、今度は右へ傾いた。

とこう暫らく考えていたがやがてぽんと手を打った。

「ああ！　あいつだ！」

今から数えて丁度八年。美しいのと、凄いやり口とで、江戸中に噂の花を咲かせた女白浪《おんなしらなみ》、これにはさすがの秀蔵もさんざ手をやいたが……それからばつたり梨礫《なしつぶて》で音沙汰もないので忘れるともなく忘れていた夜桜お絹、それがまさしくこの雛段に異彩を放つあいつなので。

「ほほお……」

と秀蔵思わず目を見張った。

同時にそこは玄人。すぐに推理が働こうというもの。近頃さっぱり分らない押込み事件。それがこのお絹の顔とぴったり一つになったものである。

押込み事件は丁度一昨夜。札の辻の近江屋という金貸稼業の家に起った出来事なので、それが幾度調べてみても毛ほどの証拠も残っていない。しかも近江屋では番頭が一人見事にばっさりやられていた。黒装束で、はっきりとは分らないけど、どうやら侍らしいとは家人の一致した申立てで、そのいかにも手《うで》の利く斬り方と、侍らしいという二事《ふたこと》が、どうもこの夜桜お絹、女の仕事とは考えられないとはいうものの、八年という長い年月、或は女がどういう風に変っているとも分らない。そういえば八年前のこのお絹の手口とは、まるで違ったやり方で、きらきら光る物は見せたが、血を見ないだけでもまだよかった。もっとも引っくくって、有金を引っ攫《さら》うのはいわずもがなではあったけれども。

ところが、猿《ましら》の定《さだ》っていう子分の一人が御手当になって痛い目を見させたあげく、その張本人がこのお絹だと分ったとたん、女はついと流れ星のように居なくなってしまったわけである。

が、とにかくこの女、今は何をしているのだろう? あらっておいても損にはならない。

……と、そう思ったから秀蔵、すっかり手筈を腹の中で組み立ててしまうと、初めて瞳を舞台へやった。

知らぬ間に舞台はいつか大詰めに近く、

それほど下手《まず》くはないけれども、といって人気ほどにも上手《うま》くない今売出しの半之丞、気をつけるとこの半之丞の視線の行先、ちょいちょい妙な所で止ると見ると何とも言えない色っぽさで、分らないはどつと笑って見せる、急いでお絹の方へ瞳を走らせるとやはりこれも目に物云わせる。

「はーん、こいつはいい事を見つけたぞ。あの半之丞からたぐって行けば、お絹の正体も分ろうというもの」

で、再び舞台へ瞳を返すと、それから暫らく黙って見ていた。

が、やがて気がついてふと雛段に瞳をやった秀蔵、思わず、

「これあ、いけない!」

女の姿がいつかそこから消えていた。秀蔵はいきなり木戸からばっと外へ飛び出した。

二

丁度その時女の片袖が駕籠《かご》の中へひらりと隠れようとした瞬間。で、まずやれやれと胸をなで下ろしながら、そっと物蔭に身をひそませた。とたんに垂れ下がると駕籠がぐいと上がる。

街は八ツ下がり。今が出盛りの混雑《ラッシュ・アワー》する時刻。秀蔵の追って行く例の駕籠も、急ごうとしても急ぐわけにはゆかず人の間を縫って走る。

それが秀蔵にはもっけの幸いだ。秋の中頃、衣がえは済んだというものの、走れば汗も出る道理、全速力《フル・スピード》を出してくれないのは秀蔵に取って有難い。でも半分は小走りに。

大通りを真直ぐに駕籠はどこまでもどんどん進む。

と、その大通りの丁度中頃、この辺ではちょっと名前の通っている大店《おおだな》。太物商売《ふとものあきない》甲州屋の店先。そこへとんと駕籠が止った。

「おや?」

秀蔵思わず呟いたが勿論驚いたわけではなかった。買物にでもちょっと立ち寄ったらしい。

駕籠の垂《たれ》がさっと上ると、例のお絹の姿がついと明るみへ抜け出したように浮いて出た。きりりと引きしまった見だしなみ。一分の隙も無い意気な作りである。

髪は銀杏《いちょう》返し。細かい縞の絹物がしっとりと優姿《やさすがた》を包んで、抜けるように白い襟足。

「ううん」

と秀蔵なんとも知れず女の美しさに打たれてうなったものである。

その間にもうお絹はついと甲州屋の暖簾《のれん》を潜っていた。駕籠はそのまま以前来た道へ……。どうやらその調子が女の家の近くで、歩いて帰ってもいいからと駕籠は帰したという寸法。

どの方面か見当もつかない。仕方がないのでそのままじっと甲州屋の店先を見張っている。

見張りながら秀蔵は考えた。

「あんな美しい女が恐ろしい押込みを働こうなんて、これあ俺の眼鏡《めがね》が曇りやあがったかな! でも夜桜お絹があの女だってえ事に違いはないはず……それにまた美しい女が押込みはやらないという保証もつかないといったようなもの。といってあの押込み事件、何の証拠も挙がっていないに、あの女の仕事だと見当つけるは、年齢《とし》にも似合ずちと狼狽《あわて》た事で……何といってもあの別嬪が……」

とはいうものの他人《ひと》は見かけによらないものだ。証拠は無いけどやはり女の現在を知っておくのに越した事はない。

ところが女はなかなかに出て来なかった。かれこれ半《はん》刻《とき》、そろそろ気が気でなくなってきた。

最初から数えて甲州屋の暖簾を潜った女が三人。しかし一人として例のお絹とは似もつかない醜女《しこめ》ばかり。

「あれだけの美しい女、それでなくても目に立とう。こうして見張っているこの俺が見外すなんて金輪際……」

が、相変らず出て来ない。で、思い切って甲州屋の前を通って見てやろうと秀蔵そろそろ歩きながら、こう、覗き込むようにして店先を眺めやったが……と、店の中、一人の客も居なかった。

「おや？ 居ない！」

秀蔵思わずあわて、店を向うへ突っ切ると、そこに細い路次が一本。

「や！ 路次！」

叫んだが、もうおそい。甲州屋の店はこの路次に向っても一間《けん》ばかり紺の暖簾を下げている。

急いでその路次の中へ駆け込んで見たがお絹の影さえ見えず路次は裏通りへの坂道、そこで一気に角まで走った秀蔵。

「畜生！」

腹の中から叫んだ。

「あのお絹の奴、ちゃんと初めから、俺のついて来るのを知ってやあがったんだ！」

も一度いまいましそうに呟いたが、とたんにまた美しさが、すうっと秀蔵の瞳をかすめて過ぎた。

家へ帰って一服すると間もなく、使い屋がへいお手紙と持って来た。

裏を返すと「御存じより」

急いで開いて見ると、

「今日は本当に御苦労さま。だが秀蔵さん。また追っかけっこが初まったのね。お互いに今度こそ、しっかりやろうじゃありませんか。ではまた明日《みょうにち》
お馴染の夜桜より
秀蔵さん江」

秀蔵、いきなり手紙をびりびりと破ってしまった。覗き込む女房の顔をつゝと眺めると、そのままふっと瞳をかわして、黙って考え初めたものである。

三

手紙には「また明日」とある。……たしかに翌日、お絹はちゃんと寿座の雛段にやって来ていた。が昨日既にこちらの顔を知られている秀蔵、うかつに顔を出すわけにもゆかない。だからそのまま外へ出て、やがて帰って行く女をつけようというつもり。

例の時刻になると、お絹は例のお茶屋の軒下に、とんとつけた駕籠の中に姿を消した。

今日は昨日の道筋とはすっかり違って大通りを三丁ばかり、本町の角をつと右へ折れると、それを二丁、駕籠は左へ折れた。

ところがそれもほんの三丁ばかり、今度は駕籠は右へ折れたものである。それで秀蔵、初めて気がついた。

「ははん、奴……今日も俺のつけているのを感付きやがって……ふん……年齢は取っても隼だ。撒かれてなろうか……」

昨日の今日だまたやり損っちゃ、秀蔵の面目はまるつぶれというもの、だから意地にも見失ってはならないと今は秀蔵一生懸命夢中で追って行く。

そのうち、いつ、どこをどう曲った折かは分らない。ふと気がついて向うを見た時、思わず、

「や！」

と秀蔵いきなりそこへ立ち止ってしまった。というのは例のお絹を乗せた駕籠が二挺《ちょう》いつの間に一つ増えたのか？　どこからこの駕籠二つになったのか？　同じようにもつれながら走っていたのである。

それがまたどちらもよく似た駕籠なので、同じ調子に二つ並んで、えい、ほい、と大地にくっきり落した影を躍らせながら駈けて行く。

こう同じように二つ並べると、さすがに秀蔵も弱ってしまった。駕籠舁《か》きの人相骨柄《にんそうこつがら》も、今までたった一つだけ追っていたので、ついうっかりと記憶にも残していない。ましてこの駕籠舁きなんて、誰が誰だと区別も出来なく、自分で自分の名前すら知ってはいないといった程の連中なので、秀蔵地だんだ踏んだが、まんまとこの計略《トリック》に引っかかってしまった今では、もはやあがきもつかないわけである。

秀蔵は、例の推理って奴を無暗《むやみ》に働かせて、どうやら一方の駕籠、少し重いらしい、その重いのがてっきりお

絹の乗っている証拠と、目星をつけたが、そのとたん、今度はいけない！　その街角で二方に別れてしまったのである。でどうにもなれと半分は捨鉢で度胸を定《き》めるとそのまま、重い方のについてそこを曲った。

ところがこの駕籠それから約五丁も走ると、いきなりかけ足《スピード》を止めて平足《おそあし》になった。

「おや、おかしい。さては違ったかな」

そう思ったから、いきなり秀蔵は声をかけた。

「おい、若え衆。ちょっと待ちねえな」

駕籠舁き、割に大人しく立ち止った。

「なあにさ、お前らぁに用があるってわけではないが……ちょっとその駕籠の中を調べてみたいんだ……」

「とおっしゃると……じゃ、あんたは、あの……捕手《だんな》なんで……」

声には出さないで大きく一つうなづいた、秀蔵つと垂れに手をかけて、いきなりぐいと引き上げたが……中は空で大きな石が一つ。

「や！　空だ！」

「へい、空なんで……」

「ウウン」

秀蔵今はその名誉《プライド》が風船玉のように砕けてしまった。

見事も見事、実にあざやかに背負い投げを喰ってしまったものである。

で、訊いてみるとこの空駕籠、ちゃんと昨日からの手筈通りに、どこの誰だか知らないが頼まれて、あの街角で定めの時刻に、前を突っ走る例の駕籠に一緒について走ったわけで。

「酒手《さかて》もどっさり頂きやしたんで……さあどこの誰だか存じませんが素敵もない別嬪の御女中方で……」

ひょいと頭を下げて、二人は秀蔵を見たものである。

四

家へ帰るとまた例の通りに、使い屋が顔を格子戸から突き出して「御存じより」の手紙を秀蔵の家へ放り込んで行った。
「御老人《おとしより》に御骨折りかけて、実にすまなかったわね。ではまた明日
夜桜より
秀蔵さん江」
「畜生！　御老人ってぇ、誰のこったい？」

事実秀蔵、まだやっと……でも、やがて五十に近い年齢《とし》である。

「ええ！　いまいましい！」

長火鉢の前にあぐらを組んだ秀蔵、額の皺が憤怒と苦悩に固まってむっつり黙込んでしまったのである。

けれどもおかしい事に、それと同時にまた一方、秀蔵の目の先にあの女の立ち姿、いやお絹の美しさがちらついて消えない。あの甲州屋の前にすらりと立った何ともいえない姿のよさ。寿座の雛段で不意に見つけた時のあの横顔の美しさ。秀蔵の瞳の底にはそれが焼きついたように刻み込まれていたのである。


三日目、とうとう秀蔵、また寿座の木戸を潜ってしまった。が今日はもはや後を追う程の野心は無いからそのままついと平場へ通った。雛段に目をやると、ちゃんとお絹は涼しい顔ですましている。どこから見ても一分の隙も無い貴婦人《レディー》。これがこの秀蔵をああして二度まで、諸手押しに土俵の外へ投げ出したかとはどうしても考えられない。ましてあの恐ろしい押込みと、この女とに目に見えない糸《チェイン》があろう等とは……。

「やはりこいつあ俺の思い違い……いや少し狼狽《あわ》て過ぎたかな」

と自分の投げられた事さえ忘れて秀蔵は呟いたものである。それにしてもいまさらに瞳をこらすとお絹は全く美しかった。鼻筋のぴんと通って可愛らしいおちょぼ口。男のにでもしたい眉毛が三日月形に弓を張って、おでこの快《こころよ》い丘《スロープ》。生命がこれ一つに押し縮められたかと思う程、憎らしいにまで澄んだ瞳。

「全く美しい」

秀蔵思わずまた呟いたものである。


四日目もまた、お絹はちゃんとやって来ている。五日目、六日目……七日目になって例の通りについと通った秀蔵、その日初めてどうしたものかお絹の姿が来ていないのに気がついた。

今は舞台よりもこの方が目的でやって来る秀蔵、女の姿が見えないのに、

「おや？」

と驚いたが何だか少し忘れ物でもしたように思った。

「どうしたんだろう？」

あれほど熱心に半之丞の舞台姿に打ち込んでいたあのお絹が、と考えながら、面白くもない舞台の所作を、辛

抱しいしい見ていたが、いつも帰って行きそうな時刻になってもとうとうお絹は姿を見せなかった。

が、そのとき秀蔵、ふっと何とも知らず妙な予感に襲われたものである。

「今夜が危険だ」

ただなんとはなしに秀蔵、そう思えて仕方がなかった。で、とうとうその夜、子の刻に間近い頃に、ぶらりと秀蔵は夜の街へ出て行った。

五

月はもう半分ほども欠けていた。でも澄んだ光りがくっきり明と暗とを書き分けている。どこかで虫の声がしきりと聞える。人っ子一人通らない。しいんと静まり返った夜の底に神秘が流れる。

大通りを目的《めあて》もなく秀蔵はぶらぶらと歩いて行った。

「あの美しい女が、まさか……」

と思いながらさっぱりと諦めるでもなく、

「だといって夜桜お絹と肩書ついた大姐御《おおあねご》、恐ろしい事をやるまいものでもないのだが……」

と探索の手を進めるわけでもなく、中ぶらりんに引っかかって身動きさえも出来ない迷いの蜘蛛のあみ。

「いよいよ俺も駄目になったか」

そこでいまさらにまた歩きながら秀蔵は呟いてほっと吐息したものである。

秀蔵取って四十七歳、それはどボケる年齢《とし》でもないが……そしてまた苦労も知りつくして、いまさら女の一人位いに、ぐんにゃりなろうという年齢でもないが、今度ばかりは実に不思議な……自分で自分の心が分らない……

そんな事を考えながら、いつか鷹匠町《たかじょう》の通りまでやって来ていた。

その時である。黒い瞳を上げる、名は知らないが定めし名題の大店《おおだな》に違いない。引まわしたその大戸の辺りをついと横に黒い影がさしたのである。

「はて……?」

早くも怪しいと見て取った秀蔵、とたんに頭が急に冴えてきた。じっと耳をすますと、どうやら人の気勢《けはい》。それがぐるりとその家《や》の裏手の方へまわって行くらしい様子。

足音を目あてに秀蔵もじっと身を沈ませながらやはり

同じように家の裏手の方へまわって行く。

その時ひょいとその黒い姿が、月の中に浮び出た。豆絞りの頬かむり、細かい縞の綿入れを七三に端折《はしょ》った、まさしく男性。

「ははん、こいつは駈け出しの木っ葉野郎か……」

そこは経験、その歩き振り、身の動かし方で秀蔵すぐにこう察した。

こうなるとさすがに隼の異名が口をきくわけで、今はお絹の事など忘れてしまっている。どうするだろうとなおも後を追って行くとこの男、ぐるりと一まわりすると裏手の所でちょっと考えたが何を思ったかまた一まわり。

馬鹿馬鹿しいが捨ててもおかれないので、また同じように板囲いに添ってつと横に折れたがそのとたん、思いがけない反対の方面にちらりと例の黒い影のさしたのを見た。

「おや?」

と思って耳をすましたが、後は何等の物音も無くただしいんと静まり返った夜があるばかり。これあ気のせいだったかなと思ったので急いで例のさっきの男の姿を探して見ると、これはまたどうした事か、やがてその男はふと家を離れると、ぶらぶら大通りの方へ歩き初めたものである。

「隙がないので、奴、諦めやあがったかな」

でも見え隠れに後を追うと、男はそこから五六丁。ある路次の奥の長屋の中に姿を消した。

こうして家さえ知っておけば、手を入れるのは別に急ぐ必要はない。それにこの男、別にどういう事をしたっていうのでもないのだから、そのままにして秀蔵やがてぼつぼつ帰り初めた。

だがこのとたん、また秀蔵はお絹の事を思い出していた。黒い影が女でなくて……噂さの主の黒装束の侍姿でなかった事を、何となく秀蔵、ほっと心の中で安心したものである。

気がつくと遠鐘《とおかね》の音が六つ。かれこれ一番鶏《ばんどり》が鳴こうという頃である。

六

ところが翌日、秀蔵起き抜けに子分の一人が血相変えて飛び込んで来た。

「親分! 大変なんで! 鷹匠町の吉田屋へ押込みが

……どうも散々……主人《あるじ》と神さんと子供が二人……とても目があてられねえんで……」

聞くと秀蔵、思わず飛び上った。

「え？　吉田屋に？」

鸚鵡《おうむ》返しにこう叫ぶを、おっかぶせて子分の奴、

「吉田屋っていえば名題の質屋、親分だって御存知でしょう。……そこへ、まこと押込みなんで……物の見事な斬られよう！」

そういう子分の、手振りを交えての早調子。

だが秀蔵はそれには答えないで、いきなり腕を組んでしまった。何ともいえぬ劇《はげ》しい感じ《ショック》、それがずしんと心の中にやって来たからである。

「ふふむ」

と秀蔵、思わず、うなってしまった。

吉田屋といえば鷹匠町では一といっても二とは下がらない大身代。勿論昨夜のあの家がその吉田屋である事は考えないでも直ぐ思いついた。

けれども昨夜あの家の前で見かけたのはたしかに町人。黒装束の侍姿では決して無く、それもほんの駈け出しで、大それた仕事など金輪際出来る柄ではなく、それどころかこの開《あ》いた二つの目で、何もしないで見切りをつけて立ち去ったのをはっきりと見て知っている。だのにその同じ夜に、同じ家でのこの出来事。まして自分がその家の前まで行って、御丁寧にも二度までぐるりと廻って来た時はあくまで静かで、そんな事など起きていよう様子は全くもって毛ほども無かったが、事によったら自分が家の周囲《まわり》をあの男の後姿に引きずられて、三度もまわっている間に、家の中では主人と神さん、子供が二人まで殺されていた最中だったかも知れない……

秀蔵はそこまで考えて、ぶるっと身を震わせたものである。何とも知れない寒気の奴が、ぞっと背筋を走ったからで。

というのはあの男の後を追って行って角を曲ったそのとたん、思いがけない方角にちらりとさした黒い影。その時は、気のせいかなと思ったが、こう考えてみるとその黒い影、事によったらあの黒い影。

「黒い影……黒い影」

秀蔵やたらに呟いては、何だか知らぬが、妙に不安に襲われたものである。

そうしていつまでも考えてばかりいられないので、秀蔵はやがて子分と一緒に出かけて行った。

行ってみると紛う方なき昨夜の家で、いかさま、大戸

もぴっしゃり閉ざしてしまって、表にはお定《さだ》まりの野次馬連中、秀蔵の顔を見ると、

「おお、隼の親分だ。親方だ。眼明しだ」

がやがや騒ぐ間を、ずいと秀蔵は前へ出た。

たった一人だけ生き残った小僧の口から察するとやはり黒装束の侍姿。主人がどうしても倉の鍵を出さなかったのに、どうやら腹を立てたらしいその男は、主人を最初に、神さんは中の間と店との敷居際まで引きずって来てばっさりやった。無心に寝ている子供まで……これは朝になって初めて知ったが……という話。無論札の辻の近江屋の時と同じ手口のやり方である。

それにこの前の時もそうであったが今度は主人が倉の鍵を出さなかったそれだけに数は少なかったけれども、盗難品はやはり目方の軽い嵩《かさ》の小さい貴重品ばかり、これはいかにも仕事に馴れたという事と、しかも共犯者の無い事を証明している。調べてみると案に違《たが》わず店の棚に乗せてあった貴金属品、鼈甲物《べっこうもの》それに珊瑚などの宝石類が殆んど全部無くなっている。それが妙にこう、女に縁の有りそうなものばかりといった風。

で、秀蔵は台帳を繰りながら段々それを書き出していったがふとその事に気がつくと、思わずどっきり、変に胸先に不思議な思いがこみ上げて来た。というのは、そうして女の持物らしい物ばかりに目をつけるのが、

「その侍、事によったら女では……？」

と思ったからで。

この考えが秀蔵の頭へ来ると一緒に、ふさぎの虫《メランコリー》がさっと秀蔵の心持ちを一度に暗くしてしまった。勿論その次には例のお絹の姿、それが秀蔵の眼の先にはやって来なければならないはずだからである。

だが秀蔵はそれを口に出しては言わなかった。口に出そうにも自分で自分のあのお絹に対する本当の心はまだはっきりとは分っていない。まして煮え切らない自分の心が自分自身にも歯の浮くほどにじれったいところでさえあるのだから。

すっかり考え込んで、相変らず騒いでいる野次馬連中を大戸の隙間からちらりと眺めやったが、ふとそこで、秀蔵何かを発見したらしい。

「おや、あいつは？」

思わず首を差し伸ばしたが、事実そこには、確かに昨夜、この家《や》の周囲《まわり》で見かけたあの男らしいのが立っていた。夜目《よめ》と、今は日中で、はっきりとは断定出来ないけれども、同じ細かい縞の綿入れ。それにその身体《スタイル》つきが、

そこは職業柄、秀蔵は決して見忘れるものではないはずである。

「たしかにあいつ……」

と伸び上ったが、男はもはや、人の波に紛れ込んでしまって分らなくなった。

黒装束の侍と、この男。これが秀蔵には第二の疑問を投げかけたわけである。

七

よもやと思ったが念のため、翌日秀蔵、寿屋へ行ってみるとこれはどうだ！　お絹はちゃんと例の桟敷《さじき》へやって来ている。

「うぬ、あの顔で……」

と思わず秀蔵興奮して赤い顔して手を握ったが、そんな事勿論知らないお絹の方では、相変らず新口村の半之丞に心《ハート》どころか魂までも引きつけられている。

美しいのはいつに変らず目覚めるばかりだが、その美しさも日一日と増してさえ行くよう……いや事実秀蔵にはたしかにそう思われたのに違いは無いので、要するに秀蔵の心の中にそのお絹の美点が一つずつ成長していくのに他ならないわけである。

芝居どころではない秀蔵、暫らくぼんやりしていたが、やがて気分が落ちついて来ると一緒に例の通りにお絹に対する妙な好意が、むくむくと頭を持ち上げて来た。たった今興奮して赤い顔した自分の事はけろりと忘れて、暫らくすると何と思ったか、ふと立ち上るとお絹の桟敷に近づいて行った。

「お絹さんえ」

ひょっこりお絹の横に顔を突さ出した秀蔵。

静かに声をかけた。

「おや、隼の親分……」

振り返ったお絹は大して驚いた風もなく、ちゃんと何もかも知っているらしい様子である。

「この間はどうも散々……」

ぐっと皮肉をいうつもりなのが、秀蔵つい後は口の中で消してしまった。

「どうも御気の毒さま。だって、しつこいんだもの……」

お絹はいともあでやかに笑って見せたものである。

「だがね……」

そろそろ秀蔵は用件に取りかかった。

「一昨日《おととい》は御出《おい》でがなかった……」

「少し用事があったのでね」

お絹は軽く受け流す。

「大仕事があったのですかい?」

「さあね」

「吉田屋の一件、御存知でしょうな」

「押込みが入ったんだってね。もう夕ネは上がったんですか?」

秀蔵ぐっと一呼吸すると、

「実はそれを、あんたに御尋ねしようってんで……」

「おやおや、こいつあ少し手きびしい。お門が違やしませんか」

相変らずに頬笑んでいる。

「いやさ、夜桜の姐御、凄いもので御座んすね」

「何が? 何の事だか私にゃ分らない」

お絹はちょっとしなを作って見せたものである。

「隼の眼鏡、曇ってはいないつもりなんだが、お絹さん、ざっくばらんに話そうじゃ御座んせぬか」

秀蔵一膝乗り出した。瞳はじっと相手の顔を穴の開くほど見つめている。が、お絹は平気、秀蔵の視線をまぶしそうにするどころか却ってその笑いを含んだ切れ長い二つの瞳は秀蔵の魂を変にかき乱しさえする。

「何をさ?」

「黒装束の侍姿。わっちゃ慥かに女だとにらんだが……」

「図星……といいたいんだが私はちっとも知らないんだから」

「しらを切るのも、いい加減にしようじゃ御座んせぬか。ねお絹さん。姐御もまんざら白い身体《からだ》でもなさそうだから……」

秀蔵今は一生懸命、強い口調でこう云った。……が、どうもまだどこかに、カラ、煮え切らない腰弱いところがあるようにも思われる。争えない、秀蔵の心の中には意識はしないが例の好意が、まだ抜け切らないで残っている。お絹は相変らず、どこを風が吹くかといった調子で、

「これは御挨拶。だが隼の親分、昔の事は云いっこ無し」

「だといってこの桟敷へ姿を見せなかった夜に丁度あの事件、どうやらそこいらに手品の種は有りそうだが……」

「まあまあ、いいじゃありませんか……万が一間違って私だったとしたっても、よもやこの場で御用! とも

おっしゃるまいから」

　そしてお絹はうそぶいたものである。なるほどこいつは秀蔵の耳にぐさりとささった。そう云われれば全くここで十手を出そうなどとは……いや本当云えばその十手の事までも、今はすっかり忘れてさえいるわけだから。ただ秀蔵はお絹の否定を……反証を……得たいばっかりにこの直接行動。だから、秀蔵、これには一言も無くちょっと黙ってしまった。

「だからまあこの話、今度の時にしましょうよ。それよりもお一ついかが？　親分、つき合って下さいな」

　ついと重組《じゅうく》みを押し出した。

「といっても……」

「まだ、おっしゃる。そんな事自然《ひとりで》にまたラチもあこうというものですよ。したが親分、こう云っちゃひどく生意気のようですけれど、親分の心の中、私の手に縄をかけようっていう気の無い事は……御免なさいな……ちゃんと分っているんですからね」

　そしてからからと笑って見せたものである。

八

　見覚えておいた例の疑問の男の住んでいる家《うち》、そこの長屋へは昨日も吉田屋からの帰り途に寄って見た。ところがちょうど留守で今日また寿座から出たその足で秀蔵例の長屋へと行って見ると相変らずに大戸が下りていて男はいない。隣《とな》りで訊くと何でもつい今し方、少し荷を持ってどこかへ出かけたという話。差配の家へ行ってみると気のよさそうな爺さんが一人眼明しだと云うのにすっかり狼狽して、しどろもどろな答弁、結局一足違いでここの家を空けてしまったという事である。何となく惜しい気もしないでもなかったが、しかし全くはそんな事どうでもいいので、それよりも秀蔵の心の中はお絹の事で一ぱいになっている。といっても、あのお絹を自分の手で縄打とう気は全然《さらさら》無いが、それかといってこの事件から手を引こうとも思っていない。捕えたくはないけれども追いまわす事だけはしていたいという、妙なこじれた心持ちである。

　がとにかく半之丞からたぐってお絹の住居《すまい》を突きとめ

ようと秀蔵漸く決心した。でそれから毎日座の終るのを待ち構えては半之丞の後をつけ初めた。この方はお絹とは違って一度も見はずす事もなく行く先々を知る事が出来得る。が知ってみるとさて秀蔵はすっかり驚かされてしまった。この半之丞の出かける先は両手で数えてもまだ足らないほどの沢山。中で一番よく出かけるのが八幡《まん》通り美濃屋という紙問屋の後家さんの家。三日に一度はきっと半之丞の駕籠。

その間にも勿論秀蔵はお絹の顔を見に行く事に変りはない。お絹の方でも相変らず雛段にその美しい横顔を見せていた。

それからちょうど十日目、秀蔵の胸はまたどきり思わず高鳴った。というのはその日にまたお絹の姿が見えなかったからで。

「おや居ない」

同時に、

「今夜が危い」

秀蔵、で、すっかり胸をふさげられてしまった。

翌朝それを待つでもなくまたそれの来るのを恐れてもいる、何ともいえない変てこりんな心持ちで朝飯をかき込んでいる所へやはり！　子分の注進。

さてこそ！　と思うと秀蔵は、

「今度はどこだ？」

と子分の顔を見ると同時に叱るように云ったものである。

「へい……」

気を呑まれて秀蔵の顔をまじまじ見ていたがやがて子分は、

「親分え、もう御存知なんで？　八幡通りの美濃屋喜兵衛……」

「え？　美濃屋喜兵衛？」

これには秀蔵も思わず飛び上った。

「あの紙問屋の？」

「へい、紙問屋で」

「後家さんの？」

今度は子分返事のかわりにこっくりをした。

「ううむ……美濃屋の家《うち》へ……か」

秀蔵、ほっとため息をした。

「そして怪我人は？」

「後家さんが一人」

「死んだか？」

「半殺し」

「やはり、黒装束？」

「侍なんで……」

が何を思ったか子分がちょっと言葉を切ると、

「だが、親分、……後家さんがいってるんですって……」

「何と？」

「侍姿だが……女だって」

「え？」

「そして……たしかにあいつだって……」

「誰だって？」

「お絹という……長唄の師匠！」

「え？　あの……お絹だと？」

秀蔵の顔色が、さっと変った。そしていきなり立ち上った。

子分は驚いて暫らく口を切ったが、やがてまた、

「ええ、お絹。長唄の師匠。だが何でも一ト昔その前は、夜桜お絹って凄い腕の女だったんだそうで……」

それを皆まで訊かずに秀蔵、

「そして所は……住居《すまい》は……」

「馬場下《ばばした》……大通りから折れた路次の中……」

「馬場下？　……よし」

秀蔵、いきなり下駄を突っかけると、そのままぱっと外へ飛び出して行った。

九

ただもう無性に走った。何とはなしにただ馬場下を目がけて、ひた走った。だがどうしてそんなに走らねばならなかったか？　そんな事秀蔵はこれっぱかしも考えなかった。夢中であった。ただ自分が誰よりも先にお絹の家に行き着きたいとそう思った。

しかし考えなかったという事はこの場合、むしろ秀蔵に取っては有難い事であったろう。というのは、どうして走らねばならなかったかを知った時、秀蔵定めし自分自身の心に驚いて、やがて、呆れて、そのまま動く事すら出来なくなったに違いなかろうから。

秀蔵の心の中には女を捕えるという事などは爪の垢ほども持っていなかった。では誰よりも先に行き着いて、さてどうしようというんだろう？　こう理屈《ロジック》を押しつめて行くと秀蔵の心はまるで矛盾で一ぱいである。

とにかく秀蔵、そんな心の矛盾などまるで問題にもしていなかった。恐ろしい事件の犯人があのお絹だという

事が今、一般化《ポピュラライズ》されようとする、そう思うと同時に何とはなしに走り出してしまったわけである。

馬場下の長唄の師匠。そう云って尋ねてみたら家はすぐ分った。袋地になった路次の中。意気な格子戸。切り庭になって女下駄が二足。丸窓の障子の紙が抜けるように白い。

表に立った秀蔵、さてそこでふっと我に返った。そして初めて考えてみた。

「さてこれから、どうしようってんだ?」

考えたって分るものか。分らない。皆んな分らない。どうしていいのだか見当さえもつかない。……元々秀蔵は自分の心をはっきりとは知っていないのだから。そして勿論女に会って、女の口から「私ではありません」と云われる事を望んでいる自分の心だとは秀蔵決して考えなかったから。いや、そんな事、自分の商売の手前、義理にも考えられないわけではあるんだけれども。

が、いつまでここに立っていたところで仕方もない。そのうちに仲間の者等《ら》にやって来られてはそれこそ一切が駄目。

思い切って格子戸を明けた。

「御免なさいな」

「おや、どなた?」

声と一緒に、ぱっと玄関先に紫がおどった。と、

「おや! 隼の旦那、お珍らしい」

嬌《きゃん》な声と一緒にお絹の顔が、にっと笑った。秀蔵、はっとして直ぐには口がきけなかった。

「まあよく御出でしたわね。心待ちにはしてたんだけど……お上りなさいな。でも汚い所で……」

そして、すらりと立ち上った。

「遠慮は抜きで……といっても遠慮の要るほどの間柄でもないのでしたっけ」

そしてまた笑って見せた。

秀蔵は黙って後について行った。

十

莨盆《たばこぼん》、御出花《おでばな》、そして品よく持った練《ねり》ようかん、それを家弟子《うちでし》らしいやはり美しいのが次々に運んで来た。

長い火鉢の前、差し向いといった形で座を取ってはいるが、秀蔵はいつまでも黙っていた。何から先へ口に出していいのか、言葉の接穂《つぎほ》が無いので。

と、やがてお絹が頬笑《ほほえみ》ながら先へ口を切った。

「隼の旦那、よく来てくれましたわね。だが旦那の御用事……私から先へ言ってみましょうか……」

じらすようにちょっとここで言葉を切ると、まじまじと秀蔵の顔を眺めていたが、

「ね、そうでござんしょう？　昨夜美濃屋へ入った押込の事……」

ずばりといってのけたものである。

やはり！　何もかも知っていやあがる！……心の中で思わずそう叫んだが秀蔵、先を越されてぐざりと一本見事な当身を喰っては、いよいよ出かかった文句も自然と引っ込んでしまわないではいられない。

とまた、

「たしかに図星……間違っちゃいないでしょうね。そしてその押込の張本人をこのお絹だと……死に損なった後家さんが云いました？　油切った、しつこいあの四十後家……半さんも嫌って嫌って嫌い抜いていた。だが金があるのでね……」

お絹はちょっと秀蔵の方へ顔を向けると、まともにその二つの視線を秀蔵の顔に投げかけたが、やはり頬笑んだまま、

「で……十手の御用意は？」

思いがけない言葉の矢。秀蔵心の中であっと叫んだ。

「といっても旦那の心の中には相変らずこのお絹をどうしようという気は、ちっとも無いと、わたしゃにらんでいるが……どうやらその捕物道具、家《うち》に置き忘れて来たっていうようなわけじゃあござんすまいか？……」

いわれて秀蔵、びくりと顔を上げた。痛い！　痛烈にこいつは痛かった。

「まあ！　御手《おて》の筋だと驚いていらっしゃる」

からからと女は愉快そうに笑った。

「だからわたしも、あけすけ云っちまうわね。実は親分、私にゃ、少し念願があってあの半さん……市川半之丞……あれと一緒にこれからここを、ずらかろうってんで……」

訊いて秀蔵いよいよ驚いてしまった。同時に少し心がおだやかでなくなって来た。

「で、急ぐんだから……」

いきなり女はすらりと立ち上った。

とたんに秀蔵も思わずきっと身を構えた。どうやら心の奥には「捕える」という岡っ引きの本能が目覚めて来たのであるらしい。

「では、隼の親分。御免なさいな」

もうたまらない。ひしゃげていた隼秀蔵の面目が、この時一時に湧いて出た。

「では……では……」

秀蔵、ごくりと唾を呑み込んだ。

「はて？『御用！』とでもおっしゃるんですかえ？」

女は口調は相変らずで軽い。

「では押込みは……近江屋の……吉田屋の……美濃屋の……みんな夜桜お絹の仕事だって云うんだね」

思いきって秀蔵しかと念を押した。

とたんに癇高《かんだか》な女の笑い声が秀蔵の耳に突きささった。

「で……もし私だったら……どうなさろうってんで？」

いきなり秀蔵、一気に女を目がけて飛びかかった。

「ふん」

嘲笑。それと一緒に、ひらりとお絹の姿が横にそれる。はずみを喰って二足三足、とんとんと前へ出た秀蔵、踏み止まってぐるりと向き返る……と女は赤い蹴出《けだ》しをひらひらと廊下を奥へ。

「逃がすものか」

と同じく秀蔵、後を追う。思ったより奥深く廊下は二度まで、右へ折れた。


と、さっと飛び込んだ一間の中、すかさず秀蔵踏み込むと中は意外、殆ど暗《やみ》に近い暗さ。思わず立ちすくんでぐるりと辺りを見廻すとたん、

「まあ、そんなにあわてなくったって……」

どこからかお絹の声である。

じっと透かすと、でもどうやら暗に馴れた瞳に部屋の有様がほぼ呑み込めた。何一つ無い、がらんどうの一間、雨戸が立て切って故意《わざ》と光りを入れない仕掛け。またそれだけに無造作に突き進む事も出来ないので秀蔵なおも油断なく身を構えて、辺りをにらみまわしている。

とまたどこからか方角さえも分らないで部屋一ぱいに、こもったような女の声が、

「御気が付かないの？　ここに居るって事が？……」

で、一心に目を見張って、も一度正面に瞳をやると、いよいよ暗に馴れた秀蔵の眼に、なるほどそこにすらりと立った、女の姿のあることに初めてやっと気がついた。

薄暗《うすやみ》の部屋の片隅にぼんやり見せた女の姿。顔の色だけがくっきりと白く、鬢《びん》のほつれ毛二三本、頬笑んだ姿は美しいよりむしろ凄い。寒いほどに綺麗な色を見せた白足袋が、すらり裾へ引いた曲線の間から覗いて、懐手の、乳房の辺りにむっくりと盛り上った丘《スロープ》。全体が微

塵も動かず、色を盛って生命を吹き込んだ浮きぼりの感じ。

あっと思うと思わずそれに気を呑まれて……本当はそれに見とれて、暫く突っ立っていたがやがて我に返ると今度は夢中。

「うぬ」

と叫ぶとそのまま身体を一つに押しかためて、死に身になって打《ぶ》つかって行った。

と、同時！　物の砕ける恐ろしい音が部屋一ぱいに響き渡った。秀蔵の頭にはそれと一緒に、があんと堅い何物かで、いきなり擲《なぐ》りつけられたような劇しい痛さ。瞳の前で火花が散ったとたんに、からからと透き通った女の笑い声が秀蔵の耳に伝って来た。そしてその後は……秀蔵はそのまま、すうっと深い穴の中へでも落ち込んで行くようにそう思った。

「いけない！」

そう思ったがもうおそかった。秀蔵の身体はどさりと横に倒れてしまった。

ふっと気がついた。時刻は知らない、が場所は例の不気味な部屋の中である。気がつくと顔の辺りに割れるような痛さを感ずる。思わず手をやると、ねっとり血潮の手ざわり。

それをじっとこらえて、這うようにしてやっと周囲の雨戸を皆んな繰明けた。明けて見ると別に変った事もないただの六畳。しかし片隅に夥《おびただ》しいぎやまんの破片。

小首を傾けた目の先に入ったは一枚の紙切れ。手に取って見ると置き手紙である。

「隼の旦那。悪戯をしてすまなかったわね。

が、実をいえば私の仕事を邪魔しようというお前さんの商売。それに何をいっても一番こわいは隼の素早さ。で一思いに片づけたいとは思ったけれど、

だがお前さん。

ほんのこれっぱかしでも私に惚れてくれたそのうれしい心。それを思ってまあ生命《いのち》だけは助けて置いた。悪い事はいわない。眼明しというケチな商売さっぱり諦めておしまいな。折があったらまた御目にかかりもしようが、

だが隼の親分。

お前さんが力んで打《ぶ》つかった女の立ち姿あれは、ぎやまんで出来た鏡というもの。後でよく見てお置き。

夜桜より

秀蔵さん江」

秀蔵読み終ると、そろそろ部屋の片隅へ近づいて行った。なるほど破れ残ったぎやまん鏡、映る、映る、秀蔵の顔の半面を色取った血の色の赤さまで、とても鮮かに映ったものである。

「ほほお」

と云う秀蔵思わず目を見張った。

今なら何の不思議もない姿見だが、その頃、しかも薄《うす》暗《やみ》の中の仕掛け、こいつは秀蔵にとって不思議を通り越した奇蹟であったろう。

或る夜の出来事

真夜中である。百合子はふと目を開いた。しいんと静まり返った家の中に、かすかな物音のするのを百合子はその時気がついたからである。物音は百合子の寝室に隣り合った洋間から時々思い出したように聞えて来る。洋間……そこには今度の百合子の結婚を祝って各方面から贈ってくれた高価な祝品が所せまいまでに置き並べてあるはずである。その洋間に人の気配がする……百合子はやがて床《とこ》から身を抜くと、すべるように廊下の方へ出て行った。

そして洋間のドーアに身を張りつけて百合子はそっと耳をすます。やはり……衣《きぬ》ずれの音。たしかに人が居る……百合子はそっとハンドルに手をかけた。思い切ってそれを開こうとしたが、ふと百合子はそこで躊躇した。女だてらに……中の人物をたしかめもしないで……不意にドーアを開く事の甚だしく危険であるのを百合子は思ったからである。

で、百合子はまたそっとハンドルから手を離した。足音を忍んで廊下を少し引っ返すと洋間の横から静かに庭の方へ下りて行った。百合子の結婚式の準備のために、すっかり疲れ切った家の人達がそこ一箇所だけ雨戸を立てるのを忘れてある。百合子はそこから靴脱《くつぬぎ》の庭草履を闇の中でさぐると夜の大空の下に出て行った。

星も無い闇である。風だけが百合子の夜着の袖をなぶっては植込みの樹の葉を鳴らす。百合子は伝い馴れた飛石を拾って、やがて洋間の裏手の方へ出て行った。

しかし洋間の窓にはカーテンが下りていた。が、百合子はすぐにそれを見て取った。部屋の中には電燈がついている！　分厚いカーテンで光りを透す余地は無いけれど、下の方で斜《ななめ》に拵えたかなりの隙間から、明るい昼のような白光が闇の中に輝く縞を織り出していたからである。いよいよ人がいる……百合子は少し不安になった。

窓に近づいたが、それは少し高過ぎた。人並よりはどちらかと云えば低い百合子の背は、やっと瞳の辺りにその窓の最下部がやってくるに過ぎない。で、百合子はちょっと当惑した。当惑した百合子はそのまま立ち止って、も一度じっと耳をすました。相変らずそれを百合子は厚いガラスの向うにはっきりと感じる。歩きまわる足音。物を手に取るらしい物音……。

百合子はなおも立ったままで考えてみた。誰？　何故《なぜ》？　どこから？　……とたんに百合子には一人の人物が稲妻のようにその頭の中に思い出されてくるのを知った。

ただでさえ人手の足りないこの家の、殊にこうした場合なので、文字通り猫の手さえも借りたいほどの忙しさだった。

口入屋から連れ来た一人の女を本当に身元も確かめないで女中に雇入れた。約一週間ばかり前の事である。

女はお久米《くめ》といった。背がかなり高かった。が、すらりとした格構《かっこう》のよさ。容色《きりょう》だって十人並である。それに着物を着こなし、化粧の仕方、それが何となく一種あだめいた色彩を見せていた。年齢はもう三十を二つ位い出たらしい見当であったが、物堅いこの百合子の家庭に何となくそぐわない変な空気をこの女はたしかに作り出していた。百合子の父も母もすぐそれに気がついて、ひそかに眉をしかめたけれど、如才ないその働き振りや、山出しとは違った気の利く所が、こうした場合、思ったよりも調法で、ついそれなりにしてしまった。もっともこの女、別にこれと云って風儀を乱すわけでもないのでいやむしろ、自分では出来るだけ控え目控え目にして前身を知られまいとするらしいのが誰の目にもよく分ったけれども。

そのお久米……それが第一に百合子の頭にやってきたのである。一週間という時日の間にこの女の性格も略々《ほぼ》分ったというものの、何と云ってもまだXである。他にはもう何年かも居るといったような古参《こさん》ばかり……百合子は今更にあのお久米の姿を、はっきりと目の先に画《えが》き出してみながら首をひねった。

百合子の頭には次に裏木戸の事が思い出されてきた。もし人物が外部から来た者だとすれば、それは必ずその裏木戸からでなくてはならない。裏木戸……それはこの庭からすぐ家の横に出られる出入口である。家の横には細い一本の小路。小路は巾一間《けん》ずっと、直線を画いて表通りと裏通りへと続いている。もしかしたらその木戸からでも……

その時ふっと百合子は我に返った。我に返って気をつけるとどうしたものか部屋の中の物音が忘れたようにぱったりと止っていた。不気味な沈黙である。部屋の中に思いがけなく人の居るという驚きよりは、居るはずなのに物音がしない……この方がよけいに大きな恐怖を作り出す。百合子は何とはなしに背筋を走る戦慄を感じるようにさえそう思った。

　百合子はまた窓に近づくと思い切って爪先を立ててみた。でもやはり百合子の背は届かなかった。やっと鼻の辺りまで窓框《まどわく》の上には出たが部屋の中を充分見通すには足りなかった。綺麗な市松模様に塡《は》め込んだベニヤ板の天井だけが瞳の中に入ったばかりである。百合子はほっといきをついた。

　が、ふっとその時百合子は今まで少しも気がつかなかった実にうってつけの足台のあるのを発見した。それは百合子の足下にうず高く積まれた枯枝の山である。昨日庭師が切り取った手洗の鉢前の松の枝をそこ一つに寄せ集めたものらしく、特に太いのが一本、猫の背のように曲線を見せてその上の方に転がっている。百合子はそれを見ると一緒にそっとその枯枝の上に彼女の片足をかけてみた。枝は百合子の身を乗せるには充分過ぎるほど太かった。百合子はやがて足に力を入れると、静かに注意しながら全身をそれに托した。

　今度こそ充分である。百合子はカーテンの隙間から一目に部屋の中を見た。金と銀との水引きが、まばゆくシャンデリアの光りを反射しながら部屋一っぱいに並んでいる。そしてその真中《まんなか》に……居た！　一人の女が！……そしてやはりあの女！……こちらに背を向けて立った女のすらりとした格構のよさ。無造作にたばねた束《そく》髪《はつ》。……お久米である。間違いもなくそれはお久米である。お久米……百合子は枯枝の上に立ったままで考える。あのお久米の持つ過去の姿を百合子は色々に想像する。左褄《ひだりづま》を持ったお久米……男にこびを売ったお久米……そしてお久米の背後《うしろ》に糸を操る一人の無頼漢《ぶらいかん》の姿……。

　ふと百合子ははっとなった。百合子はそれをはっきりと見たからである。祝儀の品の山の中央に一つのサック。しかもそれが開かれたままで置かれてある。そのサックこそは、中で一番高価な品として百合子には忘れられない物である。青木伯爵から贈られた真珠の指輪……そう！　その真珠は世界にも稀な大きさと光輝とを持っている……その指輪のサック。それはまさしく開かれている。そして指輪の姿はそこには無い！

　百合子の瞳は急に取るようにお久米の背後に釘づけされる。気がつくと女は姿見の前に立っていた。そうしてから自分で一人しなを作っては鏡に映る自分の姿体を楽しんでいた。そしてなおよく気をつけると鏡に映った女の左手には……おお、あの指輪がはまっているではないか！　百合子は思わず呼吸を呑んだ。

　女は指輪のはまった左手を胸の所まで持ち上げている。時々それを心持ち振り動かせては真珠の光りをしみじみと味わっているらしい様子である。こうして真夜中、死に等しい沈黙の中に、夜着のままですらりと立った女の、いかにも不思議なその様子は何となく今は神秘をさえ呼び起す。百合子は何もかも忘れてぼんやり暫らくそれを眺めていた。

　丁度そのとたん、最初から少しぐらぐらしていた足下の枯枝が、その時ぐるりと一つまわった。女に気を取られて百合子は自分の足許の事を今はすっかりと忘れ切っていたのである。あっと思ったがもうおそかった。百合子の身体《からだ》は危く横に倒れようとした。思わず身を泳がすと窓框《まどわく》の下に取りすがった。だが、それと一緒にかなりな大きな物音を百合子は思わず立ててしまった。

　音は部屋の中の女の耳にも達したらしく、女はいきなりぐるりと振り返った。が一瞬の後は女の顔には見る見る恐怖が一面に拡がった。発見された恐怖……それだと百合子は一人でそう思った。と女は一歩身を引いた。と思うとぐるりと身を返した。次に女はドーアの方へいきなり走った。逃走！　百合子も思わずひらりと大地に飛んで下りた。

　ドーアを開く音、それが腰板に当ってはね返る大きな物音……次に廊下を走る女の足音……それ等を一時に百合子は耳にした。

　が次の瞬間、百合子はそこに立ち止ってしまった。百合子はその時、どうしたものか女が庭に下りて来るらしいのに気がついたからである。女が庭へ下りて来る？　しかも現在百合子の立っているその庭へ向って女は風を切って走って来るではないか！

　百合子ははじかれたように植込みをくぐって飛石の方へ飛んで出た。

　しかしやっとそこに駈けつけた時、百合子は更にそこに思わず棒のように立ち止ってしまわないわけにはゆかなかった。百合子は自分で自分の耳を疑《うたぐ》った。というのは……物音がぱったりと止んでしまっている。……たった今まであの勢一っぱい走ってきた女の足音……風を切る音……空気の動揺……それが今は突然、黒い空にすっかりと吸い込まれてしまったほどにも無くなってしまったのである。ただ残るのは風の音だけが……。

百合子は今度こそ本当に、何とも知れず戦慄を感じた。女がどこかに身をひそませてしまったというのだろうか？　そうなれば……百合子は一時も早く家人を呼ぶ必要を認めないわけには行かなかった。百合子は走るように母家の方へ飛石を踏んで行った。

ところが百合子がその半ばに達した時、ふいに百合子の足は何物かのためにさえぎられた。危く百合子は前にのめって倒れようとさえした。百合子は驚いて身をかがめると手を出して足下をさぐってみた。と……それは一個の人体であった。おっかぶさって倒れた一人の人間！

「人だ！」

かすかに百合子は叫んだ。誰だ？　どうして？　……百合子は思わず身をかたくした。

丁度折よく、さっきドーアのぶっつかった大きな音に漸く目覚めた家の人達がその時廊下に姿を見せた、懐中電燈の光りが弧を画いて、やがて百合子の足許へ伸びてきた。その光りの中に百合子はそこに倒れたのが一人の女である事を知った。一人の女……そうしてそれはやはり！　あのお久米である。

「おお、お久米だ」

……だがどうしてお久米がここで倒れているか？　百合子は思わず近づいて急いで膝をつこうとした。

が、とたんに再び百合子は飛び上った。百合子の耳はそれをはっきりと鼓膜に捕え込んだのである。かすかな蝶番《ちょうつが》いのきしる音……そしてやがて、ばたりと戸の閉ざされた音……そしてそれは正《まさ》しく裏木戸！　……木戸が開いて閉まったのだ。……誰かが外へ出たのに間違いはない！

そう気がつくと次の瞬間、隼のようにその戸口へ向って百合子の身体は飛んで行った。木戸口は疑いもなく錠が下りてはいなかった。力任せにそれを引き開けると一気に百合子は横の小路に飛び出して行った。

そしてそこで百合子は何を見たか？　誰がそこには居ったのか？

ただ沈黙！　そこにはただ限りもなき静寂が横わっているばかりであった。人の影どころか猫の子一匹そこには見えなかった。小路は巾一間、百合子の家の木戸口を中央にして南北に三十間ずつ真直ぐに続いている。これっぱかしの凹《くぼ》みも無いそこには小指一本おしかくす場所は無いはずである。が、しかし……その見通しの小路には誰一人居る、その気配さえも感じられなかった。

だがしかしそれを百合子は決して聞き違いだとは思わなかった。蝶番いのきしる音。ばったりと扉の閉ざされた音。現に木戸口に駈けつけた時木戸は一度閉ざされたその反動で、ほんの少し……ほんの少しではあったけれども、たしかに隙を拵らえていた。そして敷居の辺りには、まだ水気を持った泥さえもついていたのを百合子ははっきりと見て取った。

では、百合子の駈けつけたのが遅かったのではあるまいか？

だが百合子が木戸にまで駈けつけるその短い時間に、仮令《たとえ》それが女の足だったとはいえ三十間の距離を走る……それは全く信じ得られない速度に違いなかった。木戸から外へ出た人間は、少なくともその影だけなりとも百合子の瞳に映じないはずはないわけであった。が、しかし相変らず人の姿の無い事はどうにもならない事実であった。百合子は今更に慄然としないわけにはゆかなかった。

百合子は首を傾けながらも再びお久米の方へ戻って行った。

お久米は死んではいなかった。気を失っているだけらしいのがやがてたしかめられた。家人は手を揃えてお久米を母屋の方へ運んで行った。お久米を床に寝せた時、百合子はまた更に意外な事を発見した。お久米の額が何かで擲《なぐ》りつけたように赤く痛々しい位に腫れ上がっている。

「何という今夜は不思議な事ばかり続く夜だろう」

百合子は呟いてみた。

お久米は何のためにあの洋館に入ったか？

お久米は何故庭へ向って逃げたのか？

お久米はどうして倒れたのか？　そして、あの額に出来た大きな傷は？

裏木戸から出た人物は何者？　そしてその人物は裏木戸から出てそれからどうしてしまったか？

考えてみると後から後からと不可解は続く。百合子は今は身も心もすっかり疲れ切ると、やがて寝室へ引き取った。だが眠られなかった。とうとう朝になるまで百合子は少しも寝ないでしまった。

翌日午後になって初めてお久米は常態に帰った。早速百合子はお久米の枕元に身を運んで行った。途切れ途切れに語るお久米の言葉を綴ってみるとこうである。

小用をたしにお久米は目覚めた。それを済ませて帰ってくるとどうしたものか洋館の電燈がついているのに気がついた。きっと忙しいので誰もがそれを消す事を忘れたのだろうと思ったのでお久米はスイッチを切るために部屋の中へ入って行った。と、中には祝品が山のように積まれている。中央には例の指輪がサックのままで紙包みから抜いたまま置いてあった。これも御主人か誰かが御覧になったまま御忘れになったのだろうと思ったが何となく好奇心が動く。悪いとは思ったがお久米はサックを開いてみた。と、あの見事な真珠。今度は自分の指にはめてみたいという劇《はげ》しい誘惑に打ち勝つ事が出来なくなった。

そうして指にはめて色々と眺めているその最中、庭で大きな物音がした。驚いて振り返って見るとカーテンの隙間から白い女の顔が覗《のぞ》いている。お久米の心は恐ろしさに急に何もかも忘れ果ててしまった。そうして、いきなり彼女は逃げ出してしまった。が、まだ充分勝手を知らない彼女は無意識のうちに庭に下りてしまったものらしい。その途中までは夢中で走ったがその時突然、何だか堅い棒でがあんと頭を力まかせに擲られたようにそう思った。ふらふらとすると同時にその後は何の記憶もなくなってしまった……。

百合子はそのお久米の話をどこまで本当だと信じていいのか分らなかった。あるいはそれが全くの真実であるかも知れなかった。だが百合子には何となく頭にこびりついて離れない一人の影の人物が想像されて仕方がなかった。

あの真珠を目的にお久米を手先としてこの家へ住み込ませた男の姿。あの夜、お久米が指輪を持ってやって来るのを木影に待っていた男の姿。そのお久米が発見されたのを知っていきなりお久米を打ち倒して逃げた男の姿。……百合子はそうした一人の男性の姿が、自分の頭をどうしても去らない事を百合子自身、どうする事も出来なかった。何故なら、そうした今一人の人物を考えない限りは、あの裏木戸の蝶番いの音、そしてばたりと閉ざされた音、それ等は永久に謎として取り残されなければならないからである。しかし、それにしても、木戸から出た人の姿は、一体どうなってしまったのだろう？

百合子はやがて庭へ出て行った。相変らずのいい日和《ひより》である。さんさんと初夏の光りが降っていた。

見まわした所、別にそこにはお久米が頭をぶっつけそうな枝も出ていなかった。倒れた拍子に打ちつけそうな飛石の角も見当らなかった。ではやはり、百合子の想像は当っていたのだろうか？　お久米の額の傷は他の何者かによって与えられた物であったというのか？

百合子は飛石の上を伝って行った。洋館の裏手の方にかすかな鋏《はさみ》の音がする。今日も同じように庭師達が樹木の手入れに忙しいらしい。百合子はやがてそちらの方へ歩いて行った。

見ると庭師が三人、高い松の木に梯子をかけて、冴えた鋏の音をコバルトの空に投げかけていた。一番上の一人は身体に太いロープを巻いて、器用に両手を使っては外側の古葉をむしっていた。中の一人は二股になった枝に腰を下して綺麗に鋏を鳴らしていた。一番下にいる親方の吉五郎はその松と一方の檜《ひのき》の木とに一本の丸太を渡し、その中央に梯子《はしご》をかけて、松の小枝の先を整えていた。

百合子は暫らく立ってそれをぼんやり眺めていたが、ふっとその時、

「吉さん。昨日、鉢前の松を切ったのね」

と声をかけた。

吉五郎は百合子を見るとちょっと会釈して、

「へい。切りました」

百合子は続いてこう訊いた。

「昨日も、そんな風にしてあれを切ったの？」

「へい？　……」

と吉五郎は云ったが百合子の問の意味がすぐには分らないらしく、こう云うとちょっと首をかしげて見せた。

「そんな風に丸太を渡して……」

百合子はちょっとせき込んだ調子でなおも云う。吉五郎はうなずくと、ちょっと頰笑んで見せると答えた。

「へい……一度に切り倒すわけにもゆきませんので段々に上から何度にも切ったものですから……」

「で、その丸太、昨夜《ゆうべ》取ってあったの？」

「それが……その、つい……」

百合子はそれを聞くと同時に思わず心の中で飛び上った。それだ！　それに違いはあるものか！　お久米はその丸太に額をぶっつけたのである。

「丸太だ。丸太だ。……が……」

百合子はまたそこで行き詰ってしまわないわけにはゆかなかった。では裏木戸は？　……百合子は思わずまた一方に首を傾けてしまった。

だが、暫らくして百合子は何を思ったか、ぽんと大きく手を鳴らした。百合子の頭には裏木戸の謎がその時、氷然として解決されたのである。

その夜、百合子はその日の日記にこう書いた。

「風だ！　風が裏木戸を弄《もてあそ》んだのである。お久米が倒れると同時に偶然に風があの裏木戸を開閉させた。滅多にはないその偶然というものが時々世間に神秘と謎を作り出す……」

罪を裁く

一

　私はまず最初に故人伊藤について少しばかり書かねばならない。故人伊藤は私の唯一の親友であった。そして伊藤の死は不慮の死であった。不慮の死……そうだ、私はここであけすけに云ってしまおう。伊藤の死は疑いもなく殺害されたのである！

　一般には故人の死は、飲酒後すぐ湯に入ったがために心臓麻痺を起したように考えられている。いやそういう風に家人始めが世間に向って発表しているのである。しかし事実は……事実を知っているのは伊藤とは最も親しかった私一人ではあるけれども……決してそうではない。もっとも伊藤が酒の後で直ぐ湯に入った事は事実であった。そうしてそのために少し苦しかったらしいのもやはり事実である。しかし医師の診断のように、そのために心臓麻痺を起したのでは決してないのである。

　とにかく私は、伊藤が死んでから、十五日目のある夜、私の友人であり同時に故人伊藤にとっても友人……それは単に名ばかりの友人であった人もあったが……である六人の人達を、私の半洋間に造られた書斎の中に集めたのであった。

　夜はさっき八時を打ったばかりであるが、通りから半丁も中へ入り込んだ私の家は、全くこうした会合にはうってつけの静けさである。いつか鳴き初めた虫の音《ね》が庭の下草の間から淋しいリズムを投げかける。人々の間にはいつとはなく故人の噂が初まったらしく、しめやかな会話が続いていた。

　細長いテーブルの両端には、織田学士と原とが向い合って座を取っている。一方の中央に腰を下している私の前には藤田博士の謹厳な顔と、松岡博士の丸っこい顔とが並んでいる。私の左手にいた新進作家梅村光春は、右手の笹原学士との間に私を飛び越えて、何か伊藤の関係していた女について高声に話し合っている。ここに集まる七人の中《うち》、原と梅村とを除いた五人……勿論私をも加えての五人は総て科学者である。そして同時に死んだ伊藤も同じように科学者であった事を私は特に書き添えておく。

部屋は明るかった。私の好みで張らせた薄緑色の壁紙から反射する光線は、落ちつきと冷味とを部屋一っぱいに蒔き散らしている。そうして書棚の中の洋書の背文字がまたとなく美しく金色《こんじき》の輝きを見せていた。

やがて階下で九時を打ったのを私ははっきりと耳にした。私はその時突然立ち上ると、やがて、おもむろに口を開いたのであった。

「皆さん、

今晩こうして死んだ伊藤とは友人関係であった極く少数の方に御寄り願ったというのは、実は少々御話しした い事があったからなのでございます。

それは実に不思議な物語です。総《あら》ゆる人がとても信じられないほど不思議な、不気味な、いやむしろ恐ろしい話なのです。私の親友であったと同時に皆さんにとってもまた友人であった故人伊藤の死。あれを皆様は何とお考えになっているのか、私は存じません。しかし私は今、事実を申上げましょう。伊藤の死はたしかに他殺であったのです。明らかに彼は何人《なんびと》かの手に依って殺害されたのです。……」

言葉が切れると同時に一座は何となく、ざわめき立った。しかし私はそれには構わないで更に言葉を続けていった。

「……全くそれは恐ろしい事実です。しかしそれを否定する事がどうにも出来ない事を私は実に悲しみます。

皆さん。

伊藤の死を聞くと第一番に駆けつけたのは私でした。私はそして彼の死体を一目見た時すぐにそれを他殺だと考えました。それは直感……そうです。ただ何となく直感が、そういう風に私の頭には稲妻のようにきらめいたのです。

伊藤の死の第一の発見者は彼の家の古くから雇われている婆さんでした。御存じの通り彼は当時まだ独身でありましたので、身のまわりの事は総てこの婆さんによって処理されていたというわけなのです。で、御参考のためにその当時の伊藤の様子を少しばかり御訊き取り願いたいものと考えます。

伊藤は酒の後すぐ湯に入ったのでした。そして湯から上るとそのまま、裸体《はだか》で彼の書斎に仰向けに寝そべっていたのです。彼は胸苦しさをじっとこらえて、そのままそうして眼を閉じて、じっと動かないでいたのでした。

彼の肩にはその時、無造作に一本の手拭《てぬぐい》が掛けられてありました。その手拭は彼の習慣で夏になると、拭いても拭いても取り切れぬ汗を、も一度乾いた手拭で外へ出てから、すっかり拭取るのです。その日もその習慣通り、すっかり拭き終ってから、その手拭をそのまま肩にかけてきたのに違いありません。がその手拭こそ！……私の考えによれば……その手拭こそ彼を殺した兇器に他ならないのでございます。

私が行ってから間もなくやって来た医者は一通り婆やからそれまでの事を色々と聞き取りましたが彼の死体を診察してしまうと表情一つ変えないで、彼の死を心臓麻痺だと云ったものです。飲酒後すぐ湯に入ったという事とそして伊藤は皆様も御承知の通り、随分肥っていたという事とが医者の先入観となって頭の中に刻み込まれていたものと思われます。しかしそういう風に医者が誤診した事については、かく云う私自身多少の責任を分担しないわけには参りません。と云うのは私がそこに駆けつけました時……申し忘れましたが私の駈けつけました時は伊藤の死の発見されましてから殆んど五分とは過ぎていませんでした。丁度その時私は彼の家に行こうとして出かけた処でございましたので……その時には彼の頸《くび》には一条の手拭が痛いほどに強く巻かれていたのです……そうです！　それが明らかに兇器でした！　……それを私は誰も居ない時を見すまして大急ぎで彼の頸から外《はず》し取りました。そして同時に医者が来るまでに私は婆さんから一枚の浴衣を出させると大急ぎでそれを以て彼の身体《からだ》を包んだのでございます。そしてその上私は医者の診察の間、その手助けをするかのように見せかけながら、常に彼の頸の廻りに残された痕跡をかくすようにしたものでございます。しかし一体何故《なぜ》私がそうしたか？

実は私はそれを今はっきりとは説明申上げる事が出来ないのでございます。それは全く私自身にさえ分らない事なのでございますから。

伊藤は殆ど身寄りというものを持っておりませんでした。で私が彼の女房役をいつの時でも受持っていた事は皆様もよく御存じの事と考えます。その女房役たる私が、彼の死の秘密を何故に世間に発表しなかったか？　この事については私も後になって、随分考えさせられました。しかし結局私自身にも、あの時の私の挙動を説明する事は到底不可能だと考えるようになりました。

だがこの事は、話が進むにつれて自《おのずか》ら、お分りになる事だろうと存じますから、今私はこれについては何も申上げません。とにかく皆さん。私はこれから、その犯罪がいかなる手段で行われたか？　そうして同時にその犯人は誰か？　要するにその二つについて御話し申上げたいと思うのでございます。

　私は今明らかに申上げましょう。私はその総てを存じているのでございます。誰がどんな手段で伊藤を殺害したか？

　そうです！　私はそれを知っております。その手段を……その犯人を……。

　皆さん。

　それはやはり裏面に女を持っていたのでございます。やはり恋という物が、この忌《いまわ》しい事件においてもその中心をなしていたのでございます。

　だが、皆さん、
　私は第一に申上げましょう。

　伊藤を殺害した犯人は……その憎むべき下手人は……ここに居る七人の中の一人なのです！」

二

　それは何という大きな爆弾であった事であろう。一座は今は、すっかり興奮の頂上にあった。

　だが、私は更に言葉をついだ。

「とにかくその男がこの部屋の中に居る事に間違いありません。そして私はその名を指す事が明らかに出来得ます。

　が、私は今暫くその男の名を預っておく事に致しましょう。その代りにはその男が、どういう風にして伊藤の生命を奪ったか？　それについて、これから少し御話ししようと存じます。

　ここに一人の女を御想像下さい。仮に彼女の名を国子としておきましょう。女は決して令嬢でも細君でもございません。S—町一流のねえさん、こう申したら皆様は、それがどこの何という女であるか略々《ほぼ》思い当られる事だろうと存じますが。

　その女はその社会においても、かなり有名な一流の芸者の一人なのでありました。その容貌も決して美しくはなく、芸もそれほど大したものではありませんでしたが、その生粋《きっすい》の江戸っ子気質《かたぎ》が彼女の名をそれほどにまで高めた唯一の原因であったのでございます。

伊藤と国子との関係は、その頃既にその社会では誰一人知らない者のないほどの浮名を流した馴染であったのです。伊藤もこの女にはある程度まで打ち込んでいました、女もまた伊藤をかなり愛しておりました。で、二人の恋は……随分はげしく、また根強いものであったのは事実なのです。

ところがそこに、ある事件が生じたのでございます。いや、それは事件とは云われない事柄であるかも知れません。そうした社会には有り勝ちの葛藤があったのです。鞘当《さやあ》て……新しい言葉で云えば三角関係……だがしかも他の一人の男の恋は遂に表面にさえ現われないで終りましたから、これはこういう言葉を用うるわけには参らないかも知れません。しかし今度の恐ろしい事件のその根本は、やはりここにあった事には相違ないのでございます。

とにかくそうして恋の三角形の一端を占むる男、それは私のよく知っている男なのでございます。同時に皆様並びに故人伊藤とも友人関係のある男なのでございます、勿論その男こそこの事件の犯人であり同時にここに居る七人の中の一人である事に違いはありません。が、皆さん、話を進める事に致しましょう。

男が国子に初めて会ったのはある宴席でありました。男はその時、何となく国子に心引かれました。考えてみると、男の心を捕えたのはやはりその国子のきびきびした意気の力にあったようでございます。

申添えておきますが、若い男は決して江戸っ子肌の男ではございません。どちらかと云えば関西風の、おっとりと落ちついた物静かな方でありましたが、しかしそうした二つの相反した性格の男に、燃えるような恋心が生じた事について我々といえども度々その例に打《ぶ》っつからない事ではありません。

とにかくそうして男はその夜を最初として国子が忘れられない女となったのでございます。

勿論国子の方ではそんな若い男の事など殆んど眼中にもありませんでした。二度目に男が思い切って国子を名指して呼んだ時など、国子はまるで初めて会った客同様に男を取扱いました。

しかし、悲しい事に、実は男はそれが彼にとって全くの初恋であったのでございます。それまでには恋らしい恋……恋と名づくる物すら知らなかった男にとって、実にそれは生命《いのち》にも代え難い初恋であったのでございます。

だが、国子の心はすっかり伊藤の方に傾いておりました。それはどうする事も出来ない女の心であったのでした。男が、やっとの思いで切ない思いを女に打ちあけた時、国子はそれに対して何と答えたことでしょう。国子はあけすけに伊藤との関係を話して聞かせたものなのです。そして更に、だからあの人のある限りは、どんな方にでも心を引かれやしないとも云ったといいます。その様子は明かに『あなたなんぞ』と鼻にも引っかけない……いやむしろ男の恋の心を五月蠅《うるさ》そうに眉をしかめてさえ見せたのでありました。

おお！　実にそれは男にとって何という痛手であった事でしょう。男の心には伊藤の姿がまるで悪魔のように映りました。やがては男は伊藤に対して何となく憎悪の心さえ知らぬ間に抱き初めたのでございます。

全く男は今は全然、恋の奴隷となっていたのでございます。最早彼はその恋のために総てに盲目となっておりました。彼はその恋の成功を願うよりも先に自分の恋をみじめに終らせた伊藤に対して復讐を考えねばならなくなったのでございます。『あの男が居るために私の恋は成立しない』男はこういう風に考えました。『あの男さえ居なくしてしまえば』男はこういう風にも考えたのでございます。実にそれが恐ろしい考えでなくて何でしょう！

そして到頭《とうとう》……そして遂に、それから間もなくその恐ろしい時がやって参りました。男のねらったチャンスがやって来たのでございます。若い男は到頭伊藤に対してその復讐を完全になし遂げたのでございました。男はあの日、伊藤の例の頸に巻いた手拭で伊藤を絞殺したのでございます。

とにかくそうして復讐は完全になし遂げられました。しかもその結果は全く外部に知られずに終りました。男はそれを知るとそれをいい事にしてそれを暗《やみ》から暗へ葬ろうとしたのでございます。

だがしかし……結局それは若い男にとっては実に困難な仕事でありました。女の心を得ようとするよりも以上に自分の良心を殺すという事は彼にとっては出来ない仕事でありました。男は苦しみました。毎日毎日、彼は自分の良心と闘いました。そうしてその闘争こそ、死よりも劇《はげ》しい苦しみに違いありませんでした。

で、皆さん、

遂に男は決心したのでございます。彼は自分のなした総ての真相を告白しようと考えました。それを彼はどういう風な手段の許に行おうとしたか？

男は故人伊藤の友人の数人を自分の前に集めようと考えたのでございます。そしてその前に一切を告白し、次に自分の取るべき道を取ろうと考えたのでございます。

男は六人の人を集めました。そして、それこそ……

皆さん、
その六人の人達こそ、実は、あなた方であったのでございます。

皆さん、
最早総てをお察し下さいました事と存じます。その憎むべき犯人は……伊藤を殺した犯人こそは……それは……私自身であったのです！　そうです！　私は伊藤を殺しました！　文字通り彼の生命を天国へ追いやってしまいました。私は……

皆さん！

私は今総てを語りました。私は大急ぎで次の手段を執らねばなりません。私は私自身この罪を裁こうと思います」

私は初めて口を切った。私はそうしてつと身を引いた。


私の右手は静かにポケットの中に入って行った。そしてその手は一挺《ちょう》のピストルをやがて取り出したのであった。ピストルを見ると一座は突然騒ぎ出した。

だが私は、それには構わないでそのピストルを、そろそろとその顳顬《こめかみ》の辺りへ持ち上げて行った。

と、誰かが「あっ」と叫んだ。いきなり一人が椅子から立上る音がした。

が、やはり私は瞳を閉じたまま、やがて指先を引金に近づけて行った。

とたんに、誰か二三人ばらばらっと私の周囲に集まって来たらしかった。しかし私は、それが誰か勿論知らなかった。

私は到頭、指を引金にかけてしまった。

が、その指先に力を加えない先に、一人の男が私の腕に取りすがった。一人が私の身体全体を抱きかかえた。そして今一人の男の手が私の手から、そのピストルを奪い取ってしまった。

私は今は身動きさえ出来なかった。六人の者は一斉《いっせい》に私の身体に押し重なって来た。私の手も足もほんのこれっぱかしも動かす事の出来ないほど、私の身は包みこまれてしまった。で、私はそうして黙って突っ立っているより外、仕方もなかったのであった。

だがその時であった。誰の言葉とも知れず私の耳に向ってこう云った男のあるのに私は初めて気がついた。

「犯人は君ではない！」

私は思わず飛び上った。それが驚くべき言葉でなくて何であろう。私は思わず声と一緒にぐるりと後ろを振り返ろうとしたが、それと同時に、誰とも分らぬ声の主は再びこう云って、私の耳に私語《ささや》いた。

「犯人は君ではない！　僕こそその犯人であったのだ！」

三

私はいきなりぐるりと振り返った。言葉の主は一体誰か？　しかし私はそれを知ることが出来なかった。

が、その時になって私の身体をしっかり抱きかかえていたのは原清である事を初めて私は知ったのであった。私の右手を力限り押えているのは笹原学士であった事をも同時に私は初めて知った。そしてあのピストルを自分の手からもぎ取ったのは誰でもない藤田博士であった事をも、私は知ったのである。

しかし私はどんなに辺りを眺めて見てもさっきの声は誰であったか、到頭分らないでしまったのであった。何が何だか分らなくなって私はただそうしてぼんやりいつまでも立っていた。

やがて私が、今はもうすっかり危険から除かれてしまったと見極めをつけると、人々はそれぞれ自分の席に帰り初めた。だが誰一人口をきく者はいなかった。ただ黙って、倒れた椅子を直したりテーブルのコーヒー茶碗の位置を直したりなどした。

しかし……しかし……その時である！　やっと再び、静けさがやって来ようとするこの部屋に突然第二の騒ぎが初まったのは！

私は大きな音を聞いた。それは明らかにピストルの撃たれた音であった。

皆は一斉に飛び上った。音の中心に向って総ての人は駈け集まった。そして私達は見たのであった。真赤な血！　血！　血！

うつぶした　人の男の蟀谷《こめかみ》の辺りから血が赤い線を床に引いていた。綺麗に分けた頭髪の少し白くなったその上を、血は一条、真紅の帯を画《えが》いていた。

そして私は知った。それはまぎれもない藤田博士その人であったのである。

「藤田博士……藤田君……」

皆が代る代る呼ばわった。藤田博士は最早殆んど死に等しかった。だが、やがて皆の声にやっとかすかに瞳を開くと、かすれながらに不思議な物語りを初めたのであった。

「伊藤君を殺したのは私である。決して君（それは私を指して云ったのである）ではない。君は殺そうとした。そして殺すべく手を下した。しかし君の手が伊藤君の生命を奪ったのでは決してない。

僕は僕の犯行の三十分ばかり前、伊藤君を訪ねたのである。そして二人は少からず愉快そうに……表面だけは……話して別れたものである。僕が帰る時、伊藤君は御承知の通り自身で玄関まで送ってくれた。僕は何気なく別れを告げると門の方へ立ち去って行った。

だが……だが諸君、僕は決して立ち去りはしなかったのである。

伊藤君の姿が玄関から消えてしまうと同時に、僕はぐるりと踵《きびす》を返すと玄関の植込から家の外側を廻って、書斎に向き合った庭の中へ忍び込んだのである。それから間もなくであった。伊藤君は風呂上り裸体《はだか》のまま、再び書斎に現れた。見ると伊藤君は飲酒後すぐに湯に入ったために、大変息苦しいらしく、来るとすぐそこに大の字なりに寝そべってしまったのだ。

それを見ると僕は『丁度いい按配《あんばい》だ』と腹の中でそう思った。僕は伊藤君をやっつけるのにある毒物の注射でやろうと思っていたのである。その毒はやや心臓麻痺の状態によく似た兆候を示す。だからこれは事に依ったら伊藤君は心臓麻痺という事になるかも知れない。僕は全くそう思ったのである。

僕は時々植込の間から顔を出して周囲を窺った。そのうちにふといつの間にか伊藤君の側に一人の黒い影の動いているのを発見した。今になって考えてみると、その黒い影こそ君の姿であったわけである。殺人を犯す人が二人も偶然にぶっつかる……

とにかく僕は到頭伊藤君をやっつけてしまったのである。ここで僕は明らかに云い添えておくが、その時伊藤君は決して死んではいなかった。脈もあったし体温もたしかに僕が僕自身の手に感じたのだから。しかしその時……君に云われて初めて気がつくと……たしかに伊藤君は一条の手拭をその頸に巻いていた事に間違いはない。

だがそのために伊藤君が死んでいたのでは決してない事を僕は重ねて云い添えておく。……

僕は明らかに毒物の注射をなし終えたのを見すましてそこを静かに離れ去った。仕事はかくして完全に成し遂げられたのである。僕は再び静かに庭へ出た。そして庭の潜戸《くぐりど》からそっと外へ身を逃れた。

予想通り伊藤君の死は心臓麻痺になってしまった。僕はほっと安心した。……どんな医者だといったとて、絞殺と心臓麻痺とを間違えるはずはないと思う。その点から云っても君の手で伊藤君の生命を奪ったのでは決してないわけである。俺の手だ。この自分の生命をも取るべくピストルを握ったこの手こそ伊藤君を死に誘い込んだのに違いない。

さて僕が、では、どうして伊藤君を殺すに至ったか？　それは誰もが知らないはずである……僕の家内……今はこの世に居ない僕の妻、それと伊藤君との間に不倫な恋のあったのを僕は知ったからである。

が、更にも一つ僕はここで云わなければならない事がある。そうしてそれこそ僕の犯行の原因の大半を占めているものに外ならないのだが。

僕は事実は、何よりも彼の頭に恐れていたのである。あの頭脳……伊藤君の天才的なそして驚異的な頭脳の鋭さ！　しかも伊藤君は僕の発見した一つの原理に対してそれを覆《くつがえ》えすべく努力していたのである。そしてそれが完成された時、僕の名声のみじめな敗北は？　それを思うと僕はどうしても伊藤君を生かしてはおかれなかったのであった」

藤田博士は苦しい息の下から、これだけ云うと、その時不思議な衝動が身内を襲ってきた。そして事実、やがて博士の断末魔はやって来たのである。

四

晴々とした心持ちで私は思い出多い書斎のソファに腰を下していた。それはそれから二日後のある朝であった。その時静かに私の肩に手を触れた男があった。振返るとそれは梅村光春であった。

梅村は私の顔を見ると微笑みながら私の耳に私語《ささや》いた。

「君、うまく行ったね」

私はやはり同じように頬笑んで見せたがしかし私は云った。

「でも、僕は博士を殺そうとは思わなかったよ。博士を殺した事は第一の俺の失敗だったよ」

「しかし博士としても生きて恥を曝すより、死んでしまった方がむしろ仕合せだったかも知れないよ」

「僕は慥《たし》かにあのピストルには弾が一ツも入っていないものと信じていた。それがたった一発だけ残っていた……その一発が遂にあの悲劇を拵らえてしまったのだがね。しかし考えてみると僕は思わずぞおっとする。仮令《たとえ》それが仕組んだ狂言だったにしろ、僕はあれの引金に指をかけて、すんでの事に引こうとしたんだからね」

「とにかくあれが全部芝居だった事について君は皆に知らせてやったかい？　それを知った時の皆の驚きを思うと僕は何となく愉快になる。だが……だがあの芝居をしてみようという事を、君はどこから考えついたのだい？」

「僕は明らかに伊藤の死が他殺である事を知っていた。そしてその犯人もたしかに藤田博士だという事を推察した。伊藤と博士の細君との関係、並びに伊藤が今やっている研究が博士の致命的な痛手である事をも、僕は前から知っていたからね。だがそう推察はしたけれどもしかし証拠が何一つ無い。で僕はあの芝居を考えついたのだ。丁度仕合せと博士は評判の人道主義者である。つまり僕は彼の持っているその人一倍と強い良心という物を利用してみたのさ。

で、丁度あの時伊藤の死体は手拭を首の所に巻いていた。それがちょっと見ると故意に捲いたようにも見える。だから僕自身が伊藤を絞殺したように云ってみたのだ。そして最後に良心を高唱し良心の許に自分で自分の罪を裁くと見せて、あのピストルをふりまわしたわけであったのだ。それが取りも直さず博士の良心を刺戟したのであるわけなんだ。そしてそれこそ僕のこのドラマの、一番肝心な目的であったわけなんだがね」

「しかしともかく万事うまく行った。ただ残念だったのは、博士を自殺させてしまった事ではあったけれども。博士の自殺の事は君の書き下した脚本には決して無かったはずだが……」

そして二人は顔を見合せてまた微笑しようとした。が、私達は最早笑えなかった。痛ましい博士の最後を、二人は目の先に思い出していたからであった。

危機

一

そうした時がどの夫婦間にも一度はきっとあるものだそうである。山本君にはそれが結婚後三ケ年目の今日この頃になってやって来た。

山本君は近頃ただ何となく物足りなさを覚えていた。相変らず細君をこよなく愛している事に変りはなく、また細君としてもこの山本君に心の全部を捧げているらしいのに変りはないが、何となく山本君の心の中にはまだ満されない何物かが存在している事を否むわけにはゆかなかった。

考えてみると山本君の生活は余りに平和であり過ぎた。平和というものは時々人間の心に妙ないらだたしさを与えるものであるが、山本君の心もただもう無性に変化と刺戟とを欲してやまなくなってしまっていた。

……と山本君は、秋も深くなった十一月の初め、例の通りに勤め先のX銀行へ大通りを急ぎながらに考えたものである。

それはすがすがしい朝だったが、まだレインコートでいる山本君には少し寒すぎる朝であった。すっかり晴れ渡った秋の太陽が舞台照明ほどにもくっきりと線を画いて投げられている。総《あら》ゆる階級のサラリーマンが今は云い合したようにこの大通りに乗って来る時刻。勿論電車は文字通りのジャムグルであった。だから山本君は電車に乗ろうとはしなかった。銀行まで、約小十町《ちょう》もある大通りをやはり急ぎ足に歩きながら山本君は考え続けたものである。

処が丁度銀行まで後一丁、M町の角までやって来た時、どうしたものか山本君は思わずにやりと頬笑んだ。山本君はそして手を打った。素敵に見事なトリックがこの時山本君の頭には油然《ゆうぜん》として湧いてきたのであったのである。

二

見事なトリック……それは外でもなかった。実は山本君はラヴレターを作製しようと思いついたのである。山本君自身に宛てたそのラヴレターを無造作に上衣のポケットに押込んでおく。それを思いがけなく発見した時の細君の驚きは、……そしてそれから細君が山本君に対していかなる態度を示すであろうか？　それはこうしてただ考えるだけでも山本君をすっかり愉快にしてしまわないではおかなかった。そして最後にそれが総て「お芝居」であったと分った時の細君の喜びは……そしてその後は、愛の再生、力限りの抱擁、接吻……

山本君はそこまで考えるとまた思わずにやりと笑ってしまわないでは居られなかった。

山本君はやがてそれを……そのラヴレター作製を、タイプライター係りの芳子さんに依頼した。芳子さん……この銀行では数えて全部で五人の女性が働いているが、中で一番のシャンとしてまた典型的なモダーンガールとしてこの芳子さんの名はこの銀行ばかりか近くの商業区域全体の総ての若い人達の間に有名である。

その芳子さんは、いよいよ退け時間になって、銀行一っぱい例の通りの騒音に依ってすっかり埋め尽されたと思う頃、例のラヴレターを山本君の手許まで届けてくれた。見ると桃色のレターペーパー。紫色のインキ文字。それは実に見事な出来栄えを見せている。山本君は今更に芳子さんのラヴレター作製の非凡なる腕前をつくづくと感心してしまったものであった。そして同時にそれが細君の手に見出される事に依っていかなる波瀾が巻き起されるかと思う時山本君は知らぬ間に限りなく愉快な心持ちになって来ざるを得なかった。

その翌朝、家から外へ出ると第一番に山本君は服の総ゆるポケットを引っくり返して見た。ところがそれは完全に姿を無くしている。それは勿論期待している事ではあったが今更に無いのを知ると山本君は我にもあらずそこに立ち止ってしまった。遂々《とうとう》あれは細君の手に入ってしまったか？　……そういえば今朝はいつになく細君の言葉が他人行儀になっていたのを山本君は次に思い出した。毎朝細君は山本君の、すっぽりとはまり込んで、やっと頭の先だけを見せている枕元へ来ると、

「お寝坊さん。起きなきゃ駄目よ」

と云うのが不文律になっている。それが今朝は細君は山本君の枕元まで来るには来たが、

「あなた、もう時間ですよ」

そうしてそのままぷいと台所の方へ立って行ってしまったというものである。

山本君はそれに気がつくと、いよいよ計画の第一歩が完全に履行されているのを知ったのであった。いよいよだ！　そう思うと山本君は何となく身体がぎゅっと引きしまるのを覚えないわけにはゆかなかった。

三

事実それからの細君の様子は少しばかり変ってきた。何となくこう冷やかな所が生じてきたようだと山本君はそう思った。何事によらず最後は大きな笑い声で話を結ぶ細君だったが近頃はともすると真面目な顔を山本君に見せようとする。山本君は例のラヴレターがいよいよ利いたと考えると興味は段々深くなって行ったがしかし同時に何となく愉快でなかった事もやはり事実であった。で、山本君までがどうかすると三つに二つまで軽口や冗談を控えようとしたものである。

だがそれだけならまだよかった。遂々ある夜、山本君の首は終に一方に傾けないわけにはゆかなかった。と云うのはその夜細君は何を思ったか突然鏡台の前にぺたりと坐ったものである。

「おや？」

と思って目をやると細君はやがてぱっぱっと刷毛で白い粉末を顔になすりつけたが今度は箪笥の前へ出かけて行った。と、細君が次ぎ次ぎに引き出した銘仙の羽織、ショール、オペラバッグ……

山本は思わずひやりとした。外出！　……だがどこへ！　何しに？　何のために？　……そして知らぬ間に山本君はきっと居住いを直したものである。

細君はしかしそんな事にはちっとも構わず、

「あの、私、伯母さんの所へちょっと」

そして山本君が驚いて、あきれて、やがてはただぼんやりとしているその間に、もう格子戸の外へ出て行ってしまった。

独り取り残されると山本君はまず第一にうむとうなってしまった。そして次に山本君は云ってみた。

「少し薬が強過ぎたかな」

山本君は事実少しばかり心配になってきた。考えてみると細君が伯母さんの家へ行こう等と云う事は結婚してから今日までに一度か二度きり、それも必ず山本君と同伴で出かけたものであったのである。だのに今夜は……しかも自分の返事もきかず……珍らしく満艦飾《まんかんしょく》で……等々と思い起すとても不安になって今更に自分のなした悪戯をつくづく後悔されてきたものである。

だが山本君はその次にこの芝居の幕切れになった時の愛の再生、力限りの抱擁、そして接吻……それを思い起しては無理に下腹に力を入れて強いても力んでみた事であった。

が、とにかく何と云っても淋しい事に変りはなかった。やがてまた山本君はほっと長大息を大きくしたものである。

四

第二のラヴレターは最初から四日目にまた芳子さんに頼んで拵らえてもらった。それをまた芳子さんは前にもまして物の見事にやってのけたものである。

山本君はそれを受取ると一緒に思わず自分で呟いてみた。

「何というラヴレターをうまく書く女だろう……そしてとても美しい」

そしてなおもぼんやり芳子さんの事を考えているその最中、いきなり例の鈴木君がぬっと顔を出したので山本君はまた大急ぎでラヴレターをかくしてしまった。

その第二のラヴレターもやはり完全に細君の手に渡ったものらしく、翌朝外へ出ると山本君は例の通りに総ゆるポケットをさぐってみたけれどもそれはどこにも見当らなかった。

それになおそれを裏書きしたというのは細君の様子が加速度にいけなくなって行った事であった。それは元々山本君が蒔いた種ではあったけれどもそれを山本君自身どうにも出来なかった事を何としよう。黙ってそれを……その益々いけなくなりつつある細君の様子を黙って見ているという事は実に山本君に取っていかに悲しく、いかに辛く、いかに苦しき事であった事か！　山本君はさすがに今は考えざるを得なくなった。そして最後にはきっと定《きま》って山本君はこう呟いたものである。

「よせばよかった」

しかし後の後悔はいつでも先には立たない。そう気がつくと山本君はいよいよ心が平かでなくなってきた。そして遂々山本君は今は堪えられなくなってしまったものである。

で、ある夜、例の通りに細君が山本君には黙ってぷいと外へ出かけて行った時、山本君も大急ぎでトンビを引っかけると知れないように細君の後をつけ初めた。

細君は家を出ると真直ぐに町の大通りの方へ出て行った。勿論山本君も見え隠れに細君の後をつけながら、大通りの人込みの中にもまれて行った事は云うまでもない。

ところが細君はやがてT映画常設館の前まで来るとそこに止って動かなくなった。気をつけるとそこに出ている看板の写真を一枚一枚丹念に眺め初めた様子である。と、やがてふと一人の男がどこからともなくやって来ると細君の横をすり抜けるようにしてつと出札口の方へ近づいて行った。と思うと細君が、はじかれたようにその男の後ろから同じように出札口へとやって行く。どうやら二人は云い合してこの常設館の「ヴァリエテ」を見ようというのらしい。山本君は今はまるで呼吸をさえ忘れて二人の様子を見張っている。

だがその間にも二人は一等席の入口へ、もつれるようにして入って行った。青い燕尾服の案内役の子供が、ぺこりと一つ頭を下げた。かぶった帽子の真赤な色がアーク燈の光りをはじき返して山本君の瞳の中に痛いほどにも飛び込んで来る。

とたんに山本君はおどり上った。

畜生！　どうするか見ろ！　だが一体、男は何者？　どうして……どうするか……

二人の姿はその間にいつか、すうっと暗《やみ》の中に溶け込むように消えて行く。今は夢中で山本君は脱兎のように出札口へ駈けつけた。

「一等一枚！」

噛みつくようにこう云うと山本君は懐へ手を入れた。と……山本君は何だかがあんと頭を擲られたようにそう思った。そして暫らく山本君はぼんやりそのまま突っ立っていた。

「財布が無い！」

事実それは極めて重大なる過失に違いなかった。山本君は財布を持ってはいなかった。

あわてて細君の後から飛び出して来た山本君は、つい蟇口を懐中する事を忘れてしまったわけなのである。

五

それからの山本君はまるで夢遊病者であった。ふらふらと歩く……歩いているには違いなかったがしかしそれを意識してはいなかった。総ゆる灯、総ゆる色、総ゆる音……そして自分自身の存在をさえ山本君は今はすっかり忘れていた。ただ山本君の頭には、まるで目茶苦茶な色んな感情が暴風雨のようにも渦巻いていた。山本君には細君と一緒に入って行ったあの男がどうしても同僚の鈴木君であるように思われてならなかった。そしてあの面長な鈴木君の百面相がフラッシュバックのように山本君の目の前には現われては消えて行く！……

山本君は今は何が何だか分らなくなってしまった。分るのはただ自分のなしたちょっとした悪戯が、かくまで重大なる結果を見せてしまったという事だけである。愛の再生を計るべく、力限りの抱擁を実現すべく、そして接吻を望んで計画したあのラヴレターのトリックは終にこうして細君との間に大きな溝を拵らえ、細君の心を離し、さては他にあだし男をまで作らせるに至ってしまった。今は山本君は悲しいのを通り越し、腹立たしいのを飛び越えて、ただ腹の中が煮え返った。

真黒なバックの中に今度は細君の顔が大きく表われて来た。可愛らしくも憎き瞳よ。我が魂をかき乱す唇よ。おお神よ！　汝の上に災《わざわい》あれ！……

「おや山本さんじゃありませんの」

ふいにこの時こう呼びかけた女があった。初めてはっと我に返ると山本君は振り返って見た。

「やはり、山本さんでしたわね」

女は近づいて来た。山本君は半分ほど取り戻した現実に立って、も一度女の方をじっと見た。

「まあ、どうかなさったの？」

女の声が三度晴やかに上った。山本君はその時初めて相手の顔をはっきりと見た。

「おお。芳子さん……でしたか……」

芳子さんは銀行で見る事務服とはすっかり変って、びっくりするほど美しく着飾っていた。七三に分けた耳かくし、紫がかった袖の長い着物が、それがよく映っていた。こうして見るとX銀行のタイピストとはどこから見ても思われない。山本君の瞳にはどこかの貴婦人だと云われても決して間違いだとは思われないほどであった。

で、山本君はすっかり驚いて不思議にも変った芳子さんの様子をただ黙って眺めていたものである。

芳子さんは構わず、

「丁度いいとこ。私すっかり咽喉《のど》がかわいてしまってるんですの。一緒にコーヒーでも飲みません？」

そしてなおも山本君が答えないその先に、

「そう、カフェーエデンがいいでしょう。近くだから……」

と一人で云うと一人うなずいて、ずんずん先へ立って歩き初めた。山本君はついうっかりと自分が金を持っていない事をも忘れて芳子さんの後につき従ったものである。

その夜、山本君は初めてマーヴルの卓と青い酒とを経験した。そして自分の家の戸口に立った山本君の面には不思議と、かすかな明るささえ、さしていたものである。

六

翌日、銀行で鈴木君と隣り同志に坐ってからというもの、山本君はただもうじっと落ちついている事の出来なかった事を何としよう。何とはなしに抱いた鈴木君に対する疑いが山本君の心の中をただもう無性にかきむしった事を山本君は自分自身、どうする事も出来なかったものである。そして山本君はしっきりなしにもじもじした。山本君は一日中顔を赤く、ほてらしていた。そして時々おびえたような山本君の瞳がちらりちらりと鈴木君に向って投げかけられる。

遂々山本君は堪えられなくなった。昼飯時の手すきの折に山本君は終に思い切って云い出した。

「鈴木君。『ヴァリエテ』面白かった？」

鈴木君は振り返ると、

「『ヴァリエテ』？　まだ見ないんだよ」

訊いて山本君は思わず安心のといいさをしたものである。鈴木君のそう云う様子には決して偽りを云っているとは思われない。ではあの男は鈴木君ではなかったのか……では一体何者だろう？……

しかしとにかく男が鈴木君でなかった事は、たしかに山本君の心を軽くした。全く、隣り同志のこの鈴木君に自分の妻が奪われるという事はそれは山本君に取って事実考えるだけでも苦痛であるに違いなかったわけであるから。

と、鈴木君は何を思ったか急に小声になると、

「山本君、実はもう何度も云おうと思っていたが……女って者は……気をつけないといけないよ」

山本君は思わず顔を上げた。女に気をつける？　山本君は心の中で訊き返した。

鈴木君はまた、

「女ってものはね……」

山本君はその時になって初めてはっきりそれを知った。そうだ！　鈴木君は細君の持つ秘密について何かを知っているに違いない！

「それを……それを知ってるんかい？」

山本君はあえぐようにこう云った。

「ああ見たんだよ。二人並んで行く後ろ姿をね、昨夜……」

「え？　見た？」

山本君は叫ぶように大声を上げた。大声を上げてしまって、ふと自分が銀行にいる人だなと気がつくと、さすがに真赤になって目を伏せてしまった。だが山本君にはその鈴木君の言葉が鉄鎚のように脳神経にずしんと打つかって来たのは否む事の出来ない事実であった。本当を云えば山本君は昨夜自分の目で見たその有様を夢ではないかと今でもどこかでそんな風にも思っていた。細君ともつれながらに入って行った男というのはあるいは偶然に同じ戸口を潜ろうとした赤の他人であったか知れないと未だ山本君は考えていた、だのにその二人のつれ立つ後ろ姿をここにも見たと云う人がある。では、いよいよそれは動かすべからざる事実であると云うのだろうか……

山本君は今は相手の男の何者であるかを訊こうという勇気さえも失って、ただもう無性に頭をかきむしったものである。

七

それから三日目、山本君はまたラヴレターを手に入れた。第三のラヴレター……しかしそれを山本君は決して頼みはしなかった。で、芳子さんが、

「もう御依頼が来る時分だと思ったから」

と云いながらそれを手渡した時全く山本君は少からず意外に思って、そこで黙って手紙を持ったまま、ぽかんと芳子さんの顔を見たものである。

だがやがて気がついて手に持った例の通りのなまめかしい桃色のレターペーパーに目を落したがその時ふと山本君はそこに不思議なある物を発見した。不思議なある物……それは他でもない。山本君はその桃色の二つに折った手紙の間から更に一枚の白い紙が首を覗《のぞ》かせているのに気がついたわけなのである。

何だろうと思って引き出して見ると明らかに芳子さんの手跡でこんな文句が書いてある。

「今晩六時、T町の角で御待ちします」

見ると一緒に山本君は我にもあらずはっと赤くなった。胸が一時に早鐘をつくように鳴り出してしまった。全く山本君にとってこうした種類の手紙を手にしよう等という事は嘗て一度もなかった事であるから。

だが山本君は、どうしていいのか少しも分らなかった。ラヴレターを頼むようになってからというもの今まで少しも山本君の注意を引かなかった芳子さんの美しさが、二度目は最初より、三度目は二度目より、会う度、話す度毎に山本君には忘れられないものになって来たのは事実であったが、しかしやはり山本君にはまだどこかに自分の家に対しての執着が全然無くなったのでは決してなかった。そして、行こうか行くまいか、はっきり心の定まらないそのうちに遂々退け時間がやって来てしまった事を何としよう。

仕方もなく外へ出るには出てみたがやはり心は迷っていた。暗い面白くもない自分の家と、明るい美しい芳子さんとを対照する時山本君の心は八分通りまで芳子さんの方へ傾いて行ったには事実であったがしかしやはり足は習慣的に自分の家に向って山本君の身体を運んで行く。そして知らぬ間に自分の家の前まで帰ってしまった自分自身を山本君はやがて発見すべく余儀なくされた。

が、何の気なしに格子戸に手をかけた山本君は、思わずそこに立ち止ってしまわないわけにはゆかなかった。格子戸がしまっている。いや掛っている……そう！　事実格子戸には可愛らしい南京錠が山本君に向ってその冷やかな顔を見せていたものである。

「留守だ！」

そう思うと何とも知れない劇《はげ》しいショックが、いきなり山本君の心臓にやって来た。山本君は驚くよりも悲しむよりも、むしろ無茶目茶に腹立たしい気分が油然と湧いて来るのをどうする事も出来なかった。

考えてみると細君が、こうして昼日中、家をあけたという事はただの一度もなかった事である。益々いけなくなりつつある近頃でも細君の出かけて行くのは山本君の家に居る夜に限られていた。笑いこそはしないが、そして冷やかな態度ではあったけれどもそれでもとにかく空腹を抱えて戻って来る山本君の膳拵らえだけはしていてくれた。だのに今日……これは一体……。山本君は今は細君に対する僅か残った愛着をさえ一時に失ってしまったようにもそう思った。山本君の腹の中で大きく叫んだものである。

「畜生！」

そして山本君はぺっと格子戸の前へ向って唾をはきかけた。

と、とたんにふっと山本君の頭には、あの例の美しい芳子さんの笑顔が来た。同時に今夜のあの約束を思い出した。それに交ってマーヴルの卓、とろとろと注がれる青い酒……

「どうするか見ろ！」

山本君はそこで再び自分自身にこう大きく云うと、いきなりくるりと踵を返した。そしてあの芳子さんの待っていよう所のT町の角へ向って歩き初めたものである。

その夜おそく山本君はかなり酔っ払って帰って来た。そして同時に今日銀行で受取ったばかりの月給袋が、その重量を約半分に減らしていたという事も否む事の出来ない事実であった。

八

それからの山本君は細君に対して疑惑なしで見る事の出来ない一方、妙にあの芳子さんの美しい姿が目の先から離れなくなってしまった。いや本当を云えば山本君は芳子さんの事を考えているその間は決して細君の事を思い出さなくなってしまった。そしてどちらかと云えば山本君は細君の事を考えているよりもその芳子さんの事を考える時間の方が、たしかに三四割方多かったのもやはり事実であったのである。

なおその上、新しい一つの事実は、山本君が金を借りるその方法をすっかり覚え込んでしまったという事である。いつもは五年掛五百円の月掛貯金を楽にかけ得るその同じ金高の月給袋が約十日も過ぎないそのうちにすっかり空になってしまったという事は、山本君自身さえ少なからず驚かせてしまった新しい出来事に他ならなかった。

九

その日、すっかり曇っていたので思いの外寝すごした山本君は、外へ出ると珍らしく電車に乗った。電車は意外に空いていたけれども山本君はひどく不気嫌そうに額に深く皺を見せていた。それには少しばかりの原因がたしかにあった。と云うのはこの二三日、あの芳子さんの姿がばったり銀行に姿を見せなくなってしまったのである。その芳子さんの顔の見えないという事が、山本君の心の中を空と同じ灰色に曇らせ、額に皺を刻み込ませたその原因でではあったわけなのである。

山本君は腰を下すと出がけにポケットへ押込んで来た新聞を引っ張り出して読み初めた。例の通りに山本君の瞳は第一番に新聞の三面欄へと飛んで行く。

と、そこには初号活字、三段抜きの大見出しで、

「X商業区域における不良少女団」

山本君はそれを見ると思わず目を見張った。X商業区域と云えば云わずと知れた山本君の勤め先のX銀行のある区域である。山本君は大急ぎで瞳を動かす。読んでみるとその区域の女事務員の殆んど総てが不良モダーンガールであると云う。そして総ゆる罪悪が彼女達の手に依って盛に構成されている。それが端なくも暴露してその頭株と目される数人が捕えられたという事が約半頁《ページ》を費して報ぜられている。そしてその次に逮捕された女事務員の名が一勢にずらりと並んでいる……が！

山本君は飛び上った！　そして大声で夢中で叫んだ！

「や！　芳子さんが！」

山本君の頓狂声が電車の中を筒抜けに走った。皆の顔が一勢に山本君に集中したが山本君はそれどころの騒ぎではない。見よ！　そこにはその紫団の頭目の一人として古川芳子の名が明らかに記載されているではないか！

「おお、芳子さんが！」

山本君は再び云った。乗客の顔が今度は一勢ににいやりと笑った。しかし山本君はそんな事には少しも構わず、やがて身体の力が一時に抜けてでもしたようにどっさり腰を下してしまったものである。

やっと銀行に着くと第一番に山本君は鈴木君に向ってつめよった。

「本当か？　本当か？」

「本当だよ」

鈴木君は静かに云うと、やがてつけ加えたものである。

「この事はかなり有名だったのさ。美しいのと凄い腕の女だってね……」

そして、しかも鈴木君は頬笑みながら、

「実は君だっても危かったたじゃなかったかい？　ラヴレターを貰ったり一緒に肩を並べて歩いたり……心配だったので僕この間ちょっと注意したんだが……」

訊いて山本君は腑に落ちない様子をした。すかさず鈴木君は、

「そら、この間『女ってものに気をつけろ！』って……」

山本君は初めてそれをはっと思い出した。

「では……では君の云った『二人連れ』は、自分の細君の事ではなくして僕自身の事であったのか……」

山本君は今はすっかり弱気になると、かすかにこう独言《ひとりごと》ったものである。

十

心の中に形造った芳子さんという対照物を物の見事に打ち壊された山本君は、そのとたん、自分の細君の事を今更にはっきりと思い出さずにはいられなかった。元々決して山本君が細君に対して持つ愛の心に変りはないので、ただ今まで山本君の心は芳子さんの姿に引きずられて来た。その引きずる一方の綱の切れた今となってはその反動としても再び細君の手許に帰って行かねばならない事は当然である。

で、山本君はその夕方、飛ぶようにして帰って来た。そして家へ入るといきなり山本君は両手をついて細君に云ったものである。

「ね、許しておくれ」

ところが細君はいつになく早く帰った山本君の、しかもこうした狂人じみた様子を見ると驚いたように目を見張ったまま答えもしないで黙っている。山本君は再び云う。

「ね、許しておくれ」

しかし細君はやはり返事もしないで相変らず蜻蛉《とんぼ》ほどにも丸い目をただくるくると動かしている。山本君は今度はぺこりと頭を下げて見せるとまた云った。

「ね、許しておくれ」

が、山本君は不意にその時何に驚いたのか顔を上げると細君を見ないわけにはゆかなかった。細君の瞳からはそのとたん、何だか光る液体が一つ、ぽたりと膝に落ち散った。山本君ははっと思わず息をのんだ。涙！　涙だ！　細君が泣いている！

「おお、お前！」

山本君は思わず大きくこう叫んだ。それと一緒に細君の上半身が前にがっくり二つに折れる。同時にわっと泣き声が細君の唇をつい出た。そして次の瞬間その涙の間から細君の声が千切れ千切れに飛び出して来る。

「私こそ……私こそ……許して下さい」

だが山本君はその意味が分らなかった。ただもう面喰ってうろうろすると、

「お前、お前」

と云ったものである。細君の声はなお続く。

「私……ひどい悪戯をしたんです……でも……私はただ何となく物足りなかったんです……だから……あなたに……気をもませてみたかった……」

山本君はいよいよ何が何だか分らなかった。で、返事はしないで、

「お前、お前」

とまた云った。

「……淋しかったのですわ……何とはなしにこう張りが無かったのですわ……だからあなたに、ちっとばかり心配させてみたかった……疑わせてみたかった……だから私……わざと素気ない素振りをして見せた……」

初めて山本君は心の中でこれあ少しおかしいと気がついた。ラヴレターには細君は一言も言及しようとはしないでいる。では一体……

「……わざと留守にもして見せた……そしたらあなたが気をもんで……愛情をはっきりと……見せてくれるかと思ったから……私、伯母さんの家へ出かけると云って、通りを歩いて帰った。私、夜出かけて行く時は大抵活動を見て来ました……久しぶりでこの間は朝からお友達の長瀬さんもお尋ねした……」

気がつくと細君は最早泣いてはいなかった。顔を上げて山本君をじっと見ている。その時になって山本君は初めて気がついて例のラヴレターの事を訊こうとしたが細

君はまた、

「……でも退屈でしたわ。私、刺戟がほしかったのですわ。だけれどやはりいけませんでしたわね。却ってそのためにあなたの心が段々離れて行きそうなので、私どれほど心配していたか……。すみませんでしたわ。許して下さいな」

そして細君は初めてにっと笑ったものである。つい引き込まれて山本君も頬笑んだが、それと一緒に、

「だが、あのラヴレターはどうしたんだい？」云うと細君がいぶかしそうに、

「ラヴレターって？」

山本君はそこで例のラヴレターの一件を細君に話して聞かせたものである。細君は聞き終ると、

「いいえ、私一つも見ませんわ。どこかへまた入れ忘れたんじゃありません？」

云われて山本君は思わず飛び上ると、やがて手を打って叫んだものである。

「そうだ！」

山本君はその時初めてそれをはっきりと思い出した。第一も第二のラヴレターも鈴木君がいきなり顔を突き出したので、驚いたとたん机の引出しの中にかくし込んでしまった。第三のラヴレター……これは勿論不必要だったので破って捨ててしまったが……では二つ共それはあの銀行のインクに汚れた机の中に入れ忘れてしまったというのだろうか。

「ではやはり入れ忘れだったのか」

そしてやがて二人は顔見合せていとも愉快そうに大きく笑った。そして首を縮めると山本君は呟いたものである。

「では細君もやはり退屈の悪魔の奴に取りつかれていたと云うのか……危機！……危い危い……」

それにしても我が愛する読者諸君よ。この話がハッピーエンドに終った事を筆者は山本君と共に喜びたいと思うのである。

評論・随筆篇

日本の探偵作家と作品

★久米氏の「冷火」

日本の探偵小説家の作品を思いつくままに批評してみたい。一番長篇であるという点で第一に久米正雄氏の「冷火」について書いてみよう。新探偵小説とわざわざ銘打ってある事だからそのつもりで読んでみたが、探偵小説という点からすると全然失敗の作であると考える、あれのどこに探偵小説らしい奇智があろう、あれのどこに探偵小説らしい刺戟と興奮と意外とがあるだろう。最初の一頁《ページ》で読者が予想したそのままを遂々《とうとう》最後の一頁まで書き綴って行ったのに過ぎないではないかとそう思う。

一体探偵小説というものは……そう書き出すと何だか孫がおじいさんに意見をしているようだが……読者に犯人を予想させ、ある点までいって全くその予想を裏切る所に興味があるのではなかろうか。読者を引きずって行ってあるクライマックスに達した時、読者をあっと云う間に背負い投げする。そこに探偵小説の興味というものがあるのである。

「冷火」の中にはそうした奇智も無ければ予想を裏切る事件もなければ、読者を背負い投げする所も無ければ、謎もなければ、意外も無ければ、不思議も無ければ、？も無ければ……であると私はそう考えるのである。「ガンヂの涙」に対する事件も、もう一つの指環に対する事件も、更に私には興味ある事件とは思われない。殊に真珠の指環……ダイヤだったかも知れないが……に対する事件など紛失と同時に犯人が読者には分っている。こんな事件なら推理も証拠も心理も何等必要が無いじゃないかとそう思う。ガンヂの涙に対する事件もかなりあっけない。殊に犯罪の動機に到っては随分不自然である。それに主人公の性格が余りに「やさしさ」「女らしさ」「おとなしさ」の点が誇張され過ぎているのも不自然らしくて嫌である。

こう何かと悪口を書き並べはしたものの、久米氏の筆のうまさには敬服の外はない。老婆にしても、若旦那にしても、その友人にしても、二人の不良青年にしてもその性格は憎らしいまでによく描き出されている。「冷火」を読んで感心したのはただこの点だけである。

要するにこの一篇はストリーが悪かったという点で失敗である。それにもう一つは久米氏は初めから通俗物を書くつもりで筆を下しているのが大変いけない事である。もっともっと芸術味のある純文芸としても扱い得る探偵小説を私は熱望する。久米氏のうまい筆を持って、そうしたものを書かれる時期を期待する。

★綺堂氏の半七捕物帳

次に岡本綺堂氏の「半七捕物帳」は面白い事で成功していると思う。気持よく面白く読ませる事にかけては、確に成功していると考える。探偵的興味もある程度までは持っているようである。ただ犯罪の経路及び証拠を順々に拾って行くといったような早く云えば探偵の苦心談と云ったような風のもので、今日の探偵小説のように読者を迷宮に引張り込んで固唾をのますというような所の無い代りに、それだけまた気持ちのいい、講談式の面白さがあると思う。

半七の中にはかなりバタ臭い所も無いではないようだ。事件とはまるで関係の無さそうな物を調べてみたり、いきなり意表に出た行動を取ったりする所はソーンダイクによく似ている。外国物の蒸直しだという話も耳にしたが、あるいはそうかも知れないと私も思う。

しかし半七捕物帳には時代というものが、非常によく表現されているのは面白いと思う。オルチイ夫人の歴史探偵小説と同じように探偵そのものより、それに描かれた時代の種々相が面白いと思う。

とにかく探偵小説として見るよりも新講談で探偵物を扱ったとした方が至当かも知れない。

★松本泰氏の諸作

松本泰氏の作品は殆んど全部読んだと云っていいが、氏の作品は殆ど全部ある一種の型をなしている。詰り事件が起きて、それが？であり謎であるのを順々に解決して行って……色んな科学的証拠や推理に依って……犯人を探し出すという所謂探偵小説らしい探偵小説である。

であるから氏の書くものは気の利いた奇智が無い。それが第一の欠点であると私は考える。氏のものには探偵する興味……云いかえれば犯人をさがす興味はあっても事件そのものには意外さが無い。それが氏の作を読んであきたらなく思わせる原因ではないかと思われる。それに探偵小説らしい探偵小説には大抵人間味が無いものであるが氏のものにも人間味は甚だ少ない。

第二の欠点としては氏の作は大抵題材を外国に取っている、従って出てくる人物が大抵片かなの人物である。これが甚だ私には気に入らぬ、日本作家の書くものはやはり太郎であり花子でありたいと思う。ジョンメリーではどうもそこにそぐわないある物があるように私には思われる。氏の作の常にテーブルと椅子と洋館を扱うという事は、どうもバタ臭くて翻訳物のように思われていけない。机と座蒲団と畳と袂に造作をかえたらもっと創作味が出やしないかと私は考える。

★江戸川乱歩氏の諸作

新味のある純な、そしてまたかなり芸術的な（文学的と云ってもいい）探偵小説を書く人としては氏は全く日本唯一の作家である。探偵小説家というものが、わが文壇に認められるなら、氏はその第一人者であると云っていいいと思う。氏の作は新青年誌上に発表された物は全部読んだ。

やはり「二銭銅貨」を氏の第一の傑作であると私は思う。構想なり、暗号なり作全体の気分なりが実によく書かれていた。バタ臭い所も無く人間味もあり、奇智もあり、探偵小説としては日本における傑作だと思う。殊に暗号は大変面白いと思った。

それから氏の作をその頃から順々に比較してみると、段々に理屈っぽくなって来るようである。双子の指紋のネガチーヴになった作でも、かなり理屈っぽかったが、更に「D坂の殺人」は、そうしてまた今度の「心理試験」はより以上に理屈っぽい。友人が「何だか論文でも読んでいるようだ」と云ったが全くそういう心持ちがする。あれでは作家として損ではないかと私は考える。

あれだけの理屈を云い得られるのは頭もいいし実に堂々としているけれども、しかしそこに小説としての色彩が無いようである。ポオの諸作にも色彩は無いけれども、それに代る小説としての深刻さがある。人の心にぐいぐいと打込む深刻さをポオの諸作は持っている。江戸川氏の作には理屈のための理屈であって、小説のための理屈っぽさ……深刻という意味のものではない。「心理試験」でもあの題材をもってもう少し小説らしい華やかさを加えたらすばらしいものになった事だろうと思う。なお今後御努力のほどを切にいのる事である。

★その他の諸作

最近の「苦楽」誌上で小酒井不木氏が「画家の罪」というのを書いていられる。創作か翻案か知らないが創作とすると仲々あなどり難い腕を持っていられるようである。氏は材料も豊富に持っていられる事であろうし、筆も中々達者だから、あの調子で進まれたら後世恐るべしである。ただ根が化学者であるから所謂探偵小説らしい探偵小説——云いかえれば松本泰氏の作のようになりはしないかと心配する。やはり「苦楽」に和気律次郎《わけりつじろう》氏が時々発表されているが、これも創作なら結構なものである。

それから「新趣味」の応募作家の中で山下利三郎氏と呑海翁《どんかいおう》？氏とがあった。前者は中々非凡な作品を発表されたことを記憶している。盲言多謝。

無題

需要と供給との関係は、商業学校にいっていたおかげでよく聞かされた。その需要と供給との関係が、我が愛する探偵小説の世界にまで及ぼしているという事は、しかし、我が善良なる経済の担当教師も教えてはくれなかった。

新青年と苦楽の一部。それが探偵小説需要家の総てである。それに対して所謂探偵小説作家の供給者は……ああ！……（も一つ）ああ！……実に十指を越す事、はるかである。

神よ！　どうにかならないかなあ。

要は俺の原稿の、たくさんに、そうして同時に高価に売れる事こそ、眼前の急務である。

○

合しても合しても離れるもの、アルミニュウムの接合。

切っても切れないものは、文明と退屈と探偵小説。

○

探偵小説が好きで、探偵小説はいいものだと云い探偵小説を書いてみたいと云う文壇の作家。

いまだに、その人の作の探偵小説を拝見しない、どうしたものですか?

それとも、俺が、その人の言葉を聞きちがえているのかも知れない。その人は、こう云ったのかも知れないが。

「探偵小説は嫌いで、探偵小説はつまらないもので、探偵小説なんぞ、書こうとも思わない」って。

そうして、

「探偵小説なんて、もともと通俗小説だからね」って。

○

第一「探偵小説」という名が悪い。文字が悪い。音が悪い。

諸君!

もっともっと現代的で、お上品で、意気で、芸術的な名前はありませんか?

○

探偵小説を認めない文壇なんぞ、ぶっこわしてしまうといい。

探偵小説の嫌いな人間なんぞ地球の上から追い出してしまうといい。

マドロス・パイプを口にくわえて、嫌に、皮肉った言葉で江戸川氏に毒口を、きいたような男は、いっそ、「探偵趣味の会」の手で「証拠の残らない暗殺」でもしてしまうといい。

(こんな事を書くと、山火事の放火嫌疑で引っぱられた何とかいう俳人のように、こわい、おじさんに、にらまれるか知ら)

○

私の一番初めに探偵小説を知ったのは、ルブランの「古城の秘密」(今の813に、黒衣の女)。友人に借りてきた本を何度も何度も読むうちに表紙が、ちぎれてしまってもう返すにも返されず遂々、そのまま猫ばばをきめこんでしまったが……。

十幾年の昔、私に、ルブランの「古城の秘密」を貸した覚えのある人は、申出でられたし。

○

中央公論、改造、女性、新小説、新潮、サンデー毎日、週刊朝日、写真報知、その他婦人雑誌、子供雑誌。……

本屋の店先には、目もくらむばかり雑誌の数があるのに何故「探偵小説」を、のせないのだろう？　中央公論や改造に「探偵小説」をのせるようになったら、俺は、どんなに嬉しいか……ほいまた愚痴。

○

以上、書いてしまって、読みかえしたら、実に気焔万丈当るべからざる名（迷）文が出来上っていた。探偵趣味の会にこんな……俺のような……可愛（哀）いい男がいる事は会にとって、実に、力強い事である。……と俺は思う。

鈴木八郎氏に呈す

あなたが芸術家である以上写真芸術を論じ同時に探偵小説の芸術云々を論じなさるのに決して差支えはないかも知れません。しかし私にいわすれば畑違いの方面にまであなたの御健筆を御振いなさる事は今の所暫らく御差控え願いたいと存じます。

失礼ですが「カメラ」誌九月号の「ある対話」から左の一節を拝借しましょう。

（前略）探偵小説擁護家は直ぐドストエフスキーの『罪と罰』やユーゴーの『レ・ミゼラブル』を引合いに出したり探偵小説の一種に入れたがりますが（中略）しかし『罪と罰』はあれは決して探偵小説じゃない。いかに犯罪があり探偵的の活動が行われたって——。探偵小説的興味がある故に『罪と罰』は不朽の名作になったわけではないんでしょう。少くもあれには生きた人間が描かれていますからね。貴いヒューマニチイが溢れていますからね。この間偶然古い改造を読んでいたら千葉亀雄が『近代小説の超自然性』の中で探偵小説の事を書いているのを見つけましたよ——探偵小説が描こうとするものは真に罪悪を成り立たせる行為の過程と因果そのものであって、その心理や傾向を人間として芸術的に眺めることをしない。これが探偵小説をして浅薄な傾向小説に赴かせる一片だ。凡そすべての人間の行為の中で、罪悪ほど人間の心理を強迫するものはない。また真剣なものはない。罪悪は決して遊戯ではない。一歩あやまれば死ぬか生きるかの境だ。だから人間の心理ほど複雑で神秘で内観的なものがなく、ますそれだけ外からのぞき悪《にく》いものもない。またある特殊の人間にあっては罪悪は一つの非道徳でなく、何等かの機能倒錯がひき起した自然性であるかも知れない。それを極めて微妙な官能と、メスのように鋭い洞察で在るがままに描かれた場合において始めて罪悪は決して探偵小説とならずに、神々しい神秘芸術となる——これがその一部分なんですが、これでみると探偵小説作家がほんとに芸術的に深みのあるものを作ろうとすれば最早探偵小説でなくなるわけですね。もし探偵小説を探偵小説として有らしむにはやはり不可知的な謎を呈出し、それから探偵をつれて来て、その謎を解いて行く、そして読者に恰度その探偵と同じ探査を心理的にやらせる。恰度、今流行のクロスワードのような謎遊びより出る事は出来なくなると思われますね。（後略）

第一に私は申上げましょう。あなたは探偵小説というものを、大変狭く見ておいでじゃありませんでしょうか。現今我々のいう探偵小説というものは、あなたには御気の毒ですけれども、もっともっと広い意味に取扱っているのです。事件と謎と解決と探偵と証拠とを扱うものばかりを探偵小説と称しているのでは決してなく、むしろそれ以外の所に我々は我々の探偵小説の取材を望んでいるのです。

『罪と罰』を探偵小説とするのに、あなたは大変腹立てていらっしゃる御様子ですけれども、私共は『罪と罰』に、たといそれが芸術品であると否とに拘わらず、探偵小説的興味があるという、かんたんな理由で、それを探偵小説と認めるに躊躇しないのです。おっしゃる通り『罪と罰』は決して探偵小説として書かれたのでもなく、また探偵小説であるために、不朽の名作となったものでもありません。しかし芸術品として不朽の名作になったとしてもそれを探偵小説としてみるのに何の差支えが生じるのでしょうか。あなたはそれを芸術に対する冒瀆のように思われるならば、私は失礼ながらあなたの頭の新しさの程度を疑わなければならなくなります。

探偵小説が芸術品になり得ない。芸術品は探偵小説であり得ないというあなたの御所論は「探偵小説は芸術品に非ず」という仮定の下に成立した御所論だと存じます。ところが我々は「探偵小説は芸術なり」との持論の下に探偵小説は芸術品であり得ると同時に芸術品を探偵小説と呼び得るものだと信じております。何故でしょう。しかし、それは極めてかんたんに、その理由をあげる事が出来るのです。千葉亀雄氏のいわれた探偵小説とならずに神々しい神秘芸術となる――その神秘芸術を我々は今探偵小説の名前でもって呼んでいるのですから。

あなたはまた『罪と罰』には生きた人間が描かれている。貴いヒューマニチイが溢れている。だから「探偵小説でない」とおっしゃってです。ところが我々探偵小説作家の望んでいるのはやはりその「生きた人間の描かれた――貴いヒューマニチイが溢れている」探偵小説であるのです。

要するに私は取材の如何によって芸術品と否とに区分されるのではなく、その表現の力によって区分されるのだと考えております。写真についていえば、その被写体のいかんによって芸術品か否かを区分されるのではなくして、その構図の取り方、カッチング、仕上げ……いいかえれば表現の力によって区分されるのだという事は、あなたも御認めなさるでしょう。同じ意味でたとい取材に探偵事件を扱ったとしても、その表現の力さえすぐれておれば立派な芸術品となり得るものであると私はいいたいのです。

あなたは要するに探偵小説というものを現今の通俗的な事件を描いたもののみのように御考えなさっているようです（といって現今の探偵小説の中にも例外の立派な芸術品のあることは御承知おき下さい）。だが時代は進歩して来ております。我々の探偵小説は一歩ずつ芸術に近づいております。丁度、レコード写真から芸術写真にうつりかわって行ったように。

最後に私はもう一度つけ加えましょう。我々のいう探偵小説は事件のあるなしに拘わらず、芸術的であると否とに関わらず、世の中の総ての神秘と同時に悪とを取材としたものを称しているということを。

賢明にして理解深き鈴木八郎氏。まずい筆ながら私のいおうとするところはお分りになったろうと存じます。そして要するに、写真芸術家である、あなたの探偵小説評は俗にいえば「いらぬ御世話だ」という意味になる事を書き添えて私は筆をおきます。

あらさが誌

憎まれ口をたたく。但し善意の悪口なり。盲言多謝と御断りしておく。勿論怒る人もあるまいけれどもし腹を立てる人あったら、よほど御芽出たい人と心得るべし。……と予防注射を一本。総て世の中は安全第一。

○

「探偵趣味」第一輯、江戸川氏の曰く。
「例えば鈴木三重吉氏の『煤煙』をよくよんでみるがいい」と。
鈴木三重吉氏の作に「煤煙」あるを記憶せず。森田草平氏の「誤植」ならずや?

○

小酒井不木氏作「遺伝」

汝は祖父の孫にして我に兄弟なしを思い出す……と甲賀三郎氏は云う。

もし夫婦共謀にて悪事を働いたら結果はあの「遺伝」とどう違いますか……と本田緒生うやまって申す。

○

片岡鉄兵氏探偵小説をものす。但し本人は決して「探偵小説」と称せず「創作」と呼ぶ。質問す。

「探偵小説」と「創作」との差異如何？　もう一つ「探偵小説」と「探偵的興味を主題としたる創作」との差異如何？

○

国枝史郎氏、牧逸馬氏と林不忘氏と谷譲次氏とが同一人なるを知らず個々に評して小言を喰う。小言を云う人が無理か云われた方に責はあるのか。ともかく小生は国枝に同情を表す。

同一人にて三ツの名前を所有するは、それ「探偵趣味」の一種か？

○

「探偵趣味」第一輯にクロス・ワードありて第二輯なし。ある人、クロス・ワードを一種の暗号と云えり。第二輯の編輯者に暗号作製の技術なきものにや。甲賀三郎氏をして「探偵小説と実際の探偵」を書かしむる所以か。春日野緑《かすがのみどり》氏よ。江戸川氏の「暗号記法の分類」を再読研究の要あり。

○

城昌幸氏の作。とてもすてきなり。「文章が若くかつ達者過ぎる」とある人いえど、小生は「実にせんれんされたる達者さ」と信ず。かつ題材のよさは敬服に価す。

森下新青年編輯長閣下。氏を第二の江戸川氏として推薦するの意企なきや……と大提灯をともす事この如し。

○

小酒井博士。「呪われの家」にて便所を画きて叱られ「按摩」に陰部なる文字を使いて小言を喰う。しかして更に「手術」においてはそれに倍する事件を扱う。結果は実に注目に価す。

○

水谷準氏。水谷八重子を知らず。川口氏をして「話せねえナア」と慨歎させし由。

十貫目の「努力牌」の代物なり。

○

横溝正史氏。キングの懸賞に当選されしやに聞き及ぶ。この不景気にうらやましきの限りなり。よろしく「探偵趣味の会」に寄附あるべし。

氏曰く。

「とてもあきまへん」

因に氏は神戸の産なり。

○

東京の連中、ブリッヂに夢中の由。閑人には困ったものなり。それをまた大阪からわざわざ教えられに行く連中は……釣するを立見する類か。そのひまに「探偵趣味」宣伝の事。宣伝の事。

○

小酒井不木氏……医学博士
春日野緑氏……新聞社地方部長
甲賀三郎氏……工学士
横溝正史氏……薬屋（?）
水谷準氏……学生（?）
山下利三郎氏……額縁屋（?）
小生……商人。

見まわした所本職は江戸川氏松本泰氏の二人のみ。パンに強いられないだけそれだけ芸術的なものが産れるはずだが……

○

江戸川乱歩氏の作一種の型をなす。変な物語りをして最後に「あれは作り事だった」と云う結末。「二銭銅貨」しかり。「赤い部屋」しかり。「人間椅子」しかり。「百面相役者」しかり。

よって春日野緑氏作「Bの亡霊」如きものを江戸川式探偵小説と称す。

うめ草

編輯者から「痛快な所を一つ」との御註文だ。だから勢々痛快がる。だが、段々種が尽きてきた。例によって独り合点の寐言のお余りになるかも知れぬ。御容赦。

○

「ウェルシーニンの『死の爆弾』を喝采謳歌しないような、探偵小説家はヤクザである」と、おっしゃる。ヤクザになっちゃ困るから早速『死の爆弾』を買って来た。やはり一度は読んだ事のある代物《しろもの》だ。

だが……だが結局は、俺はヤクザであった。

○

しかし、ともかく、あの『死の爆弾』の持っている何とも云えない意思の強さ……と云っては語弊があろうが、向う見ずな、生命を屁とも思わない、叛逆的な痛快さと、国枝氏の身体から、容貌から、瞳から、声から受ける印象とを対照した時、俺は思わず、ぱんと手をたたいたものだ。

なるほどナア。

○

諸君よ。国枝氏の印象を知らんとすれば、まず『死の爆弾』を読んで見給え。

痛快な人の一つ。

○

ヘンテコな話を作り出す人に江戸川氏以上の小酒井博士。
曰く「人工心臓」
曰く「恋愛曲線」
曰く「胎児の養育」
但し、決して一作毎に頭髪は、薄くならないから御心配は御無用。

○

全く「恋愛曲線」で、切り取られた心臓が独りで動く所から、毒物に依って違った曲線を得る所、感情に依る曲線の所、最後に恋愛の曲線。どこまでが本当で、どこまでが作り事なのか、まるで分らない。

痛快な話の一つ。

○

お次は自分の事を一つ。拙作「街角の文字《もんじ》」の中で、ゼリー・ビーンスを宝石に見立てた。森永の菓子で、小さな箱に入ったのが、私の子供の頃にはよくあった。今は余り見受けないようだが……。

で、森永製菓株式会社から、もうおっつけ私に対して、謝礼と広告料とを持って来るはずだ。……いや、持って来るだろうと思う。……いや持って来てしかるべきだと思う。

○

森永と云えば、いつか森永の映画のストリーに応募した事がある。そして見事はねられた。つい、うっかり忘れていたが、そんな事だったらゼリー・ビーンスを宝石に見立てるんじゃなかったのに。

痛快な慾望の一つ。……


いや。これは虫のいい慾望かナ？

○

「探偵小説時代」と題して、江戸川氏が堂々と広告文を発表した。新青年と、映画と探偵と、探偵文芸と、しかして本誌探偵趣味とがたしかに五割方は売行を増す事だろう。

○

探偵小説時代と云えば、シェークスピアが、探偵小説家となり、狂言が探偵小説となってしまった。今に産れるのも死ぬのも、立つのも坐るのも、みんな探偵小説になってしまうだろう。

広津、平林、水守氏等にいやおうなしに探偵小説を書かせたり、前田河氏に苦笑をさせたり。

痛快な出来事の一つ。

附記。比較的よく知っている小酒井、江戸川、国枝の諸氏にまずどうしても鉾先が向く。あしからず。

一号一人（二）

いつまでも楽屋落ばかり書いていていては読者に対して申訳がない。少し真面目になる。しかし例の私の事で脱線勝手は、予め御承知おきを乞う。では斯界の第一者から取りかかって御覧に入れる。

江戸川乱歩氏

氏に対しては余りによく先輩諸氏からの批評の言葉を拝見している。今更私が貧しい頭をひねる必要はないけれどもしかし物事には順序がある。だからともかく少し書かしていただく事にする。

私の好きな氏の作はやはり「二銭銅貨」「心理試験」「赤い部屋」「屋根裏の散歩者」それから最近の物では「疑惑」である。「二銭銅貨」「心理試験」は既に有名な物であるから私は別に書かないが「心理試験」の力強さは決して忘れる事が出来ないものだとそう思う。「赤い部屋」は全体の構想なり、中に用いられた例の一ツ二ツに少し外国物に影響されたような所があるにはあったけれども、しかしその全体の息づまるような感じ、それは実にいかんなく表現し尽されていたと思う。氏の持つ独特な変態的な感じ、それは全くこの作一篇によって代表されているかの感じがある。そして同時に私はこの「赤い部屋」の一篇を氏の一つの転期を示したものでないかとそう考えている。それまでに発表された「心理試験」でも「黒手組」でも「二癈人」でも「恐しき錯誤」でもこの「赤い部屋」ほどの特異性は持っていないようである。

それに反してそれ以後の作「踊る一寸法師」「白昼夢」「百面相役者」「人間椅子」等總てこの氏の特殊な持味が非常に色濃く現されているように思われる。「屋根裏の散歩者」もやはり同じこの方面の代表作の一つである。

「屋根裏の散歩者」は「人間椅子」と同じく全然、変態性慾者の描写である。そしてまたそれが十二分によく、表現されていたと思う。が、二つを比較した時私は、実行し得る程度の多いだけに「屋根裏の散歩者」の方に実感味が多くまた高く買う所以である。しかしこの作の中で明智小五郎の使い方は失敗であった。無理にも小五郎を出したという事は……出さねばならぬと云うのならも少し何とか使い方がありそうだとそう考える。「人間椅子」も描写は満点である。腰かける人の肉の温み、やわらかさに異常な興奮を来す辺りは実にいいと思った。しかし「映画の恐怖」において、あれだけのもので、あれだけに書き得た氏の腕としてはあるいは当然であるかも知れない。

「疑惑」は「心理試験」に似たよさである。変態的なものではないが、どこかに読者に迫って来る力強さがある。同時に共に非常に心理的である。いつか私は「心理試験」を理窟ばかりのものだと評した事があるが「疑惑」もまた少し、うるさい所がありはしまいかとそう思う。

今筆を改めて氏の失敗の作を数えてみると「盗難」「夢遊病者の死」等であると思う。前者はその結末をぼんやりさせてしまった事において後者はそのトリックが外国物に影響された点……偶然の暗合だとしても……と、まとまりの悪かった事においてである。

それから氏の小品「毒草」「情死」は共に余り香しくないと思った。「毒草」は何でもない事を少し誇張し過ぎたようであるし「情死」は女という者の醜悪さを画く上において少し下卑ていはしないかと思う。「接吻」は見ないから知らないけれど、どうも氏に小品は少し不得手ではないかと考える。「白昼夢」も十分とは思われないし今一つ一緒に発表されたのも、うれしくなかった。

それから最近氏は長編に手をそめ初めた。「闇に蠢く」を二回。「湖畔亭事件」を二回。「二人の探偵小説家」が一回だけ拝見した。三つの中で「二人の探偵小説家」が一番面白くなりそうである。これと「湖畔亭事件」とはある程度まで似通った氏の特異性があるけれども「闇に蠢く」は少し潤一郎張りで氏の特異性が消されている。氏は潤一郎氏を大変好きでいられるらしいが、しかし氏と潤一郎氏との間には同じ変態者を描くにしても違った方面である事を忘れないでほしいと考える。氏が潤一郎を真似られる……失礼な言葉ですが……とそれと一緒に氏の特異性は無くなってしまう事を御注意ありたい。

氏がいつも物語の最後に行って「それは作り事であった」という落ちをつけるのを二三の人から注意せられて、「踊る一寸法師」には新しい方面に向って凄みを主題とされたようである。しかし氏には凄みはやはり不得手のようである。「白昼夢」の失敗……とまでは云われないが十分でないのもこの点である。氏はやはり「二人の探偵小説家」や「湖畔亭事件」や「人間椅子」や「屋根裏の散歩者」の主人公のような、ああいう風の人物を画くに最も長じられていると思う。書き添えておくが「闇に蠢く」の主人公は大変似ているようだが全然別物で前者は興奮、秘密、犯罪という物に変態的な興味を持っているが後者はただ単に異性の上に変態的な恋を、しかけているだけである。どちらも結局は変態性慾者であるには違いないけれども。そして前者の物こそ氏の本領ではないかと、そう思う。

一号一人（二）

小酒井不木氏

いつか氏を評して「根が科学者であるから潤いの無いものになりはしないか」と云った事がある。そして同時に「材料も沢山にあるだろうし筆も達者だから後世恐るべし」とも云った。

氏の処女作「呪われの家」を拝見した時、実際を云うと私は少々あてが外れた。「科学者であるから……」という意味がこんなにまともに適中するとは思ってもみなかったのだが。事実この作はまるで私には好きになれないものであった。変な大きな活字を使っての探偵の言葉も更にピンと来なかった。続いて発表された「謎の咬傷」もそれと同じ調子の同じ色彩のやはり私の好きになれないものの一つである。しかも探偵的……本格的……

に見る時はどちらも実によく仕組まれた物ではあったけれども。

その後「遺伝」「手術」を発表されるまでの「通夜の人々」「ふたりの犯人」「指紋研究家」「一匹の蚤」は総て同断である。「学者の余技」という誹《そし》りを免れ得ないようなものであったのを私は実に遺憾に思った事である。誰かが「急がないと話が逃げてしまうと考えて……」と云ったが、全くそんな気がした。映画のストリーでも見るような、はだかになった冬の木を見るような感じである。

ところがその潤いの無い氏の筆が「遺伝」「手術」に至った時、今度はそれが非常に力強さとなって我々に迫って来た。更に最近の作「痴人の復讐」「恋愛曲線」になって来ると、氏の筆の無駄の無さは氏独得の境地を開かれるに至った。

要するに私はそれに対してこう結論したい。氏の潤いの無い筆は、その材料の如何によって是ともなり非ともなるのであると。

だから「痴人の復讐」「恋愛曲線」を発表せられる一方また「外務大臣の死」や「手紙のトリック」等という通俗的な……変な文字だが……ものが出来上るのではないかとそう思う。

私の一番好きな氏の作は「痴人の復讐」である。「恋愛曲線」も同じ程度に好きではあるがただ最後のウイット……終りまで女の名前をあかさないという……に少し無理がありはしないかと思う。「痴人の復讐」の最後の「いい方の目をくり抜かれた」という言葉は実に私の心へずしんと非常な何とも云えない恐怖を感ぜしめた。「恋愛曲線」は別に一箇所だけそういう所は無いけれども全体の悲壮な感じはよく出ていたと思う。

ただ、……これは氏に送る私信の中にも書いた事だが……氏は「恋愛曲線」では曲線の由来を書くに全力を挙げ「痴人の復讐」では盆の上のくり抜かれた目の描写に力を入れていた。この点が氏の作の「気持ちの悪い」と云われる所以ではないかと考える。もっと心理的な場面に力を入れてほしいものだと私は常に思っている。

「人工心臓」「三つの痣」はやはり同じような題材を捕えながら前記二作のように印象がはっきりしないのは如何したものか。これは要するに心理的な要素が後者二作に欠けている結果ではないかとそう思う。「女性」に出た胎児の養育を題材にされたのもやはりこれである。「遺伝」も好きな作だが「痴人の復讐」「恋愛曲線」に比する時、やはり私は後者を取る。「按摩」はトリックが少し見え透いていたと思うし「虚実の証拠」も少し頼りなかった。「手術」は私が氏の作の中で一番気持ち悪く感じた……よし悪しは別として……作である。

　とにかく探偵学の上に第一人者の氏は探偵小説界にもまた唯我独尊の地位を確実に占めていられると云っても過言ではなかろう。

一号一人（三）

城昌幸氏

「脱走人に絡る話」がたしか氏の処女作であると思う。しかしこれが氏の出世作ではないと私は思っている。その後の作に、より佳い作が……少なくとも私の好きな作が、かなり沢山にあるようにそう考える。

　一体を云うと私は氏の作に最も敬服している一人である。文章のうまさは勿論の事いつもその題材のよさは全く驚くべきだと考える。あくまでも心理的に、どこかに考えさせるある物をはっきり見せてくれる氏の作は立派に氏独特の地位を確実に占めているものと云って差支えない。

　私の一番好きな氏の作は「怪奇の創造」「その暴風雨《あらし》」「秘密を売られる人々」でありその次に好きなのは「シ

ャンプオオル氏事件の顛末」「虚偽の断面」「架空の現実」であり一番好かない物は「宝石」「蠟涙」「鑑定料」である。「意識せる錯覚」は頭の悪い私には、その善し悪しがまるで分らなかった。勿論何を表現しようとしているのかその点が私には判らなかったのだ。（但しこれは私一人にだけの事でしょうが）

「怪奇の創造」と「その暴風雨」は二つ同時に拝見した。そして、どちらかと云えば私はまず「怪奇の創造」のそのウィットの面白さに感心したものである。何というすばらしい「背負い投げ」であろう！　と。だが暫らくして、じっと跡に残った感じといったような物を対立させているうちに、段々「怪奇の創造」が忘れられて行くのに反して、「その暴風雨」がいかにも鮮やかに、私の脳裏には印象されているのにふと気がついたものである。あの溺れる者は藁をもつかむ男の心理。その藁を突然失ったがために遂に自ら死んで行く男の描写。そこに何とも知れない恐怖のあるのを私は知った。そして同時にそれが我々人間の心の一端をたしかにはっきりとつかんでいる事に気がついたのである。

「秘密を売られる人々」も同じ意味での佳作である。自分には秘密が無いはずだと思いながら「あなたの秘密」という言葉につられて白紙を買った男の心理。それはたしかに人間の心の動きを如実に示したものであると私は思う。

氏は「創作探偵小説選集」の中に「シャンプオオル氏事件の顛末」を自選した。しかし私はこの作は氏の作中決して上乗の物ではないと思っている。そのつかむ所はやはりいい。偶然の一致が幾度も重なり遂に恐怖を呼び起すという題材は非常に面白いと思う。しかしその表現の上において「その暴風雨」や「秘密を売られる人々」ほどの深刻味は持っていないようである。（断っておくが深刻味は「秘密を売られる人々」にも少なかった。しかしその題材ははっきりと生きていた）少しまとまりが悪く淡々としていたように思われるが如何？

まとまりの悪い点は「架空の現実」が更に、大きかった。やはり同じ心理的な題材ではあったけれども後半の主人公の幻想の所が少し霧をかぶっていたように思われる。

「虚偽の断面」前半は心理的に後半はウィットの物である。私としては前半のみで一つにまとめてほしいような気がした。

心理的な方面を離れてウィットの物となると氏の作に

は私は少なからぬ不満を覚える。「怪奇の創造」はこの方面の代表作であり、また嫌味もなく佳い作だと考える。こういう風の物をビーストン式と云うのかどうか知らないけれども実にあざやかな「背負い投げ」を喰ってしまった。無条件に面白いものだと云い得よう。

しかし氏には時々「宝石」に見るような単なる文字の技巧に過ぎないものが無くもない。「宝石」はたしかに氏がウィットを出そうとして失敗した……いや、ウィットを出さんがためにその達者な筆を弄し過ぎた嫌味なものである。全然この作は文字の技巧に過ぎない。空想であるのを真実の如く書き進めて終りの所で「もしそれが本当にそうであったのなら」と云うが如き、明らかに邪道である。「虚偽の断面」にもやはりこの技巧は弄されていて、構想においては何物も無いのをただ筆によってのみ……書き方によってのみ面白さを出そうとした、避くべき事ではないかと愚考する。「鑑定料」「蠟涙」は一口に、つまらないものであるようである。前者はウィット、後者は心理的（怪奇的？）。だがどちらも失敗のものであろう。

これは小説ではないが氏の「今様百物語」。

これは私が忘れる事が出来ない。実に天下一品だと感服した。

（お断り。どうも不遜な筆になり勝ちですが不悪《あしからず》。同時に、総て私のおぼろな記憶に依って書きますので往々にして間違いが無いとも限りません。その点被評者の皆様に御詫び申上ます）

次号は甲賀三郎氏。

一号一人（四）

甲賀三郎氏

　定評通り「琥珀のパイプ」「ニッケルの文鎮」を取る。「琥珀のパイプ」は氏のピカ一との評があったが、それがピカ一でなかった証拠を「ニッケルの文鎮」は明らかに見せてくれた。しかしこういう風の本格物を除いては氏の作に、かなり不満を覚えさせるのはいかがしたものか。

「真珠塔の秘密」「カナリヤの秘密」は読んだであろうけれども記憶にない。「琥珀のパイプ」以後の作について書いてみよう。

「母の秘密」かなりにくどくどしい感じがした。最後の所など、頭の悪い私にははっきりと飲み込めないようにさえ思った。でもこの作にはよほど「琥珀のパイプ」の持つようなあの複雑な、そして見事な構想を持っているようである。しかも氏の作について最も感心させられたのはその全部が会話体になっていた事である。会話体というやつ、始末に困るやつで、どうもどこかにぎごちない所が出来る。それを見事に通り抜けた所はさすがだと思わせる。（もっとも氏の作は大抵この会話体が用いられていてそれが総て手際よくまとまっているが）

「大下君の推理」「空家の怪」はひどくつまらなかった。「空家の怪」はトリックにも目新しさは無い。何でもない事を何でもなく書いた興味淡々たるものである。「大下君の推理」もどこかに不自然なコジツケがあったように思う。

「誘惑」書き出しの所は丁度家庭小説である。かなり甘いと思わせるものである。半分以上、全く通俗小説……昔新聞に連載されていた家庭悲劇小説（?）といったような……に対するような気持ちがした。終りのオチもひどく人を喰った、二重にも三重にもトリックを使ったものである。

「琥珀のパイプ」とにかく傑作である。探偵文壇においてもある意味から云って第一の作と云っていい。あれだけの複雑な構想を立て得られるのは氏を除いてはまず他に無いと思う。しかも、その複雑な筋書きをあれだけの短さに何の混雑も無く盛った手際は驚嘆に価する。「ニッケルの文鎮」も同じ意味においてよかったと思う。探偵と犯人との闘争、それに小間使いのからんで行く筋書きは無条件に面白い。少し「琥珀のパイプ」に比し新鮮味は無いかと思ったが、しかしそれは私一人だけの感じであったかも知れない。

私はここで少し私の希望を云わせてもらう。私は氏の長篇を見せてほしいとそう考えている。「ニッケルの文鎮」でも「琥珀のパイプ」でもあれだけの題材を持っていればたしかに少なくとも二三百枚の長篇にはなし得る事は疑いもない。ルブランの「８１３」にしろ「黒衣の女」、乃至は「黄金の三角」にしろ、その盛られた題材だけを数えてみれば「琥珀のパイプ」「ニッケルの文鎮」に比し、そんなに変化の数は多くないようである。「ニッケルの文鎮」に盛られた事件の一つずつを毎月のクライマックスに用うるなれば、優に一ケ年位連載するに差支えはないと私はそう考えている。

「悪戯」は氏のものとしてはちょっと感じの変ったものである。心理的な題材を選んだものだ。しかし決して氏が転化したのだとは思われない。そして、キタンなく云わせてもらえばまず失敗の作であろう。心理的なものには是非とも、地の文に多少の装飾が要る。描写に依ってその題材を生かす必要が生じて来る。ところが氏の筆はややともするとその装飾を忘れて裸になりたがる点があるようだ。（氏に長篇の無いのはやはりこの点にありはしないか？）この作の失敗はそこに原因しているかと私は考えている。

「記憶術」やはり同じ言葉を呈していい。もっと描写を深く突込む必要がある。最後の男が独白する辺り心理的にぴいんと来る深刻さがほしい。

「愛の為に」これはまた氏の物のどれにも似ていない感じを持っていた。やはり形式は独白で、一人々々の手記という型である。これはコリンズか誰かの「月長石」に用いられてあったと思うがちょっと面白い形式である。題材もちょっといいもので、女と共に家出した男という世間に有り勝ちの人生のエピソードに筋がからませてある。ただ何となく拵らえ物という感じがあった。がこの作のいいのは……他の作に似ていないという意味は……全体の感じがひどくしんみりと落ちついていた事である。

ラジオに適したものと但書きした「或る夜の出来事」。

作としてはかれこれ云わない。しかしあれはラジオに用うるには不適当だ。一人々々の独白ばかりが長く続いている。舞台なればその間に人物の姿に変化が生じて来るからいいがラジオではそれが無いから単調になりはしないか、もっともこれはラジオには全然素人の私の事、ただそういう風に思っただけで事実はどうだか勿論知らない。

一号一人（五）

銀三十枚

予定の脱線として、今月は国枝史郎氏の「銀三十枚」について少し書かしていただく。この稿にペンを取るに当っても一度初めから「銀三十枚」を通読させてもらった事を附記して。

さて、何と云っても無条件に面白かったのは、さすがだと思わせられた。正確な「探偵小説」という桝に入れて計る時そこに不満も生じ、不平も云いたくなる。しかしそれはそれとして今私は前中後と三つを区々に評してみたいと思う。

前篇。この一篇は全体から見て全く無駄だ。有っても無くてもいい一篇である。しかしその無駄が私にとっては素敵に面白かった。そして同時にこの一篇だけで立派に一つにまとまっている。合評会において誰かが「これだけ離してまとめるといい」と云った方があったが私は同感である。一体から云うと、何を書いても氏には無駄が多い。本筋とは何等無関係な事件が文字が思想が、随所に織り込まれている。しかしその無駄があるために私はまたこよなく氏の作品を愛する所以である。閑話休題。この一篇の中の、銀三十枚の使い方は最も面白い。ユダが「そうして生物の世界では雄と雌とがあるばかりだ。雌だ！　女だ！　あっ、マリア！」と叫ぶ辺り、読者も一緒に思わず「あっ！　マリア！」とマリアの事を思い出す。そしてヤコブからマリアへ、マリアからカヤバへ、カヤバからユダへ、ユダからマリアへ。そしてマリアに「お気の毒さま、贋金だよ！」と突き放される。探偵的に充分成功していると思う。

中篇。全体のクライマックスがこの篇であると云って差支えないと思う。驚くべき謎が、ここには提供されている。読者は必ずその謎にずるずる終りまで引きずられて行くより外はない。構想の非凡さ。筆の持つ熱。両者は相待って我々の魂を自由自在に引きまわして行く。一条。その妻。この両人の性格がまた極めて鮮やかに我々の目には浮び上る。この点は我々の大いに学ぶべき所ではないかと思う。

従来の探偵小説にはこの篇中の人物を生かして書き得た作品は殆んど皆無と云っていい。

ただただ事件の進展をのみ画くのに忙しく、篇中の人物の性格、感情、思想を画くのを全然忘れていると思う。探偵も犯人も、全く同じ一個の人間……むしろ操られている人形に過ぎない感じがある。私はこの点から云って久米正雄氏の「冷火」及びこの「銀三十枚」の二つに最大の敬意を表する者である。この篇中、慾を云えば、一条の公園における一場面（その八とその九の前半）は不必要だ。緊張した事件の動きがここで少し……ほんの少しだけ、退屈を感ぜしめはしないかと思うからである。しかし前篇に云ったように、一条の失意の姿はこの一場面に依って、いよいよ生きてきたのは事実である。

後篇。前の方三分の一ばかりは中篇と重複した嫌いがある。その二及その三はむしろ純文芸作品と云っていい。いや、云っていいのではなく純文芸作品であると思う。そしてそれは現今の文壇においてもその熱においてたしかに稀に見るべき傑作……、話がまとまっていないのだから「傑作」とは云えないけれども……であると私は考える。所謂「私小説」の、ふやけた、だらだらした物ばかり書いている文壇人には御気の毒ながら蜻蛉《とんぼ》返りしても真似の出来ない力と熱とを見せている。その四以後は探偵的に見て非常に勝れているようである。事件の進展を第三者の位置から見ているのも面白い。新聞を使ったのも思いつきであろうと思う。が最後に秘密結社を出し、殺人事件を用いたのはやや作り過ぎた感が無いでもない。そして第一の欠点は全体の解決が余りにあっけなかった点である。秘密結社に関する事を博士に語らせるのも卑怯であろうし、妻の不思議な態度が「銀三十枚」を得ようとしての戦闘であったというだけでは物足りない。「銀三十枚」を得ようとするだけ、あれだけの不思議な様子をする必要があろうとは私にはちょっと考えられないのである。この点期待が裏切られたという評のある原因ではないだろうか?

ともかく何と云っても探偵小説壇にある一つのショックを投げ込んだのは事実である。氏一流の力と熱とに、私は全く心から敬服する。こうしたものが今後果して他の作家に依っても産れ出るであろうか? こう考える時私は氏にこの健筆を以て益々我が探偵小説壇に活躍せられん事を今更に望むわけなのである。

妄言多謝。

一束

○

川口氏の「滅亡近し」の爆弾に対し応酬がなかったと甲賀氏が甚だ残念な口吻である。だが甲賀氏よ。決して御力落しの必要はない。あれに対して、かれこれ云いたいと考えるよりも、ただふん! と笑殺してしまった方があるいは多かったかも知れないんだから。(但し私自身がそうしたというのでは決してない)

○

私が諸家の職業調査したついでに「パンに強いられないから、いい物が出来るはずだが……」と云ったら、「本職でないから碌なものは出来ない」と叱られてしまった。ものは取りようだとつくづくそう思った。同じ筆法で行くと「毎月三つ位より面白い物がないから駄目だ」と云うのを「三つだけでも面白いのがあるからまだまだ大丈夫」だと云ったらどんなものかしら。（但しこれはある人の受売りの言葉なんだが）

○

暗合というやつは無いようでよくある物だと「探偵趣味」第五輯を見て考えた。牧逸馬氏の「襯衣《シャツ》」を何の気なしに読み初めて「おやっ」と思って読んで行ったら、初めから終りまで拙作「恐怖」とすっかり同じなのに驚いてしまった。拙作、「恐怖」は「映画と探偵」の二月号に出たもので無論牧氏の作を拝見した後ではない。と同時に牧氏の作も少なくとも一月初めに書かれたものですから私の方が出た後でもない。同じような事がまだ他にもある。

新青年の新年号に私が「ひげ」というのを書いたら内容は違うがやはり「ひげ」というのがぶっつかった。偶然というものは変なものだ。（これは探偵趣味的な興味を持っていませんか）

○

第四輯の未来記で私が「批評付創作集」を出すとある。これは楽屋落でちょっと一般の人にはお分りになるまい。つまりこういうわけなのである。私が私の作に対して誰かの批評を聞きたいものだ――と思ったので批評をしてくれるような友人を一人も持っていないので――ちょっとした印刷物を拵えて拙作の批評を諸家に求めたわけなのである。所が私の「街角の文字」「ある対話」に対してたしか八人ばかりの方へ出したつもりだが御返事は四通よりいただけなかった。次に「彼の死」に対して四通出したがただ一人より御返事下さった方は無い。批評という事はそんなに嫌なものか知ら。思った事なら相手がどう考えようと、さっさと云ってしまうような下品な私。もう少し皆様のように「あたらず、さわらず」の御上品を修行せねばならない。（これは決して皮肉ではありません。皮肉だと見て、これから盛んに御返事をいただく事が出来れば、これを皮肉としておいてもよろしい）

○

「探偵趣味」か「探偵小説的趣味」か「探偵小説趣味」か、そんな事は知らない。第四輯の例の一項は「頭の悪い人は読まずにおけ」の御断り書き通り割愛した。でも編輯者が変っても感じのちっとも変らないのは不思議だと思う。思い切って内容外観共変えてみてはどんなものでしょう。私なら全部白紙の雑誌を出しますね。白紙から読者が何を推理しようと私は知らない。探偵趣味の極致だと考えますがいかがなもので？（探偵趣味の同人で探偵趣味誌上にこんな事を書いてはいけませんか知ら。いけなかったなら私の分だけちぎって捨ててしまって下さい）

二つの処女作

文字通りの処女作、初めて探偵小説というものに筆をつけて出来上ったのが「呪われた真珠」である。そして、それが同時に私の探偵小説の活字になった初めての作品である。

原稿用紙とペンを使う事はもうずっと昔、日本少年を振出しにして随分盛に投書を試みたものである。松原文鳥。松原不二男。松和久平。淡路千之助等の名前が、文章世界、文章クラブその他文芸雑誌の大抵の物からさがせば発見されるだろう。

ルブランの「８１３」を読んだのが動機で、それから急に探偵小説が好きになり、殆んど病的に色んなものをあさったものだ。しかしだが、自分が筆を取って探偵小説を書いてみようとする気は一向起きず、「呪われた真珠」を書いたのも、それからずっと後の話である。

「呪われた真珠」は新趣味に投じられた。しかしそれは活字にならず選外佳作の第一位にあたら涙をのんだのである。ところがその翌月、どうした事でかその佳作の私の「呪われた真珠」がその月の二等当選作の次へ六号活字で発表された。賞金五円もらったはずである。考えてみるにこれは原稿不足か何かで埋め草の意味で発表されたに違いない。

これが私の第一の処女作である。

第二作は「創作探偵小説選集」の中へ入れた「美の誘惑」で（これは今でも私の一番好きな作である）これは見事二等に当選した。この月の一等がたしか山下利三郎氏であったと覚えている。

そんな風で二つ書いて二つ共相当の成績を見せたので、私は引き続いて探偵小説の筆を取った。もっとも純文芸作品ではとても見込みのないのに、ひそかに捨鉢を感じていたのではあるけれども。（ここで一つ自慢を云うと純文芸の方面でも当選までは行かなくとも、大抵佳作の所には入っていたが）

第二の処女作、ある意味で私の出世作だとも云われる「蒔かれし種」は博文館の募集を見て初めて長篇に筆をつけたものである。それまでにも無論二三書くには書いた。そしてその一つが新青年に出た、「財布」である。「財布」の発表は「蒔かれし種」より先だったから事実上では私の復活作は「財布」であるかも知れない。（新趣味の廃刊されるまでは……要するに大震災までは……新青年は余り読んでいなかったので……そしてまた新青年はその時分ははっきりとは原稿を募集していなかったのでその間、かなりの時日のアブセントがあるから、復活作という文字を用うる所以であるのだが……）

「財布」は春に投じて秋に発表されたものである。しかしこれが現在本誌同人の位置を得るクサビとなったのでは決してない。だからやはり第二の処女作は「蒔かれし種」と云って差支えないのである。

「蒔かれし種」には面白い話がある。この作、書くには書き上げたが、懸賞に応じて果して当選する自信ありや？　というと甚だ心細いわけなので、それよりも安い値でいいから新青年に買ってもらえないものかと思ってその梗概を書いて新青年編輯部へ送ったものである。しかし何しろ百五十枚（書き上げた時は百五十枚が二十枚も長くなって苦心して短くした）の長いものなので森下さんもすぐには買い込むわけには行かなかったものとみえ、懸賞に応じたら如何ですという意味の御返事を頂戴した。でそこで初めて応募すべく決心したのである。

それが幸いと当選し（どうもこの時の選者が森下氏だとすると、先に梗概を見た人も森下氏だろうから、変な気がする）一方は新青年、一方は博文館の懸賞と表面は別れているんだが、内容はその実同じであったらしい。そう思って少し変な気であったが、二等の作品を見てからはやや安心した。でそれを縁に小酒井先生と相知り、先生の御紹介で江戸川氏とも心安くなり、かくて現在まで押し上げられて来たわけである。

最後に告白するが初め「呪われた真珠」「美の誘惑」を書いた時、私はそれを小使い取りの意味で書いたものである。それに依って自分の名を得よう等とは、これっぱかしも考えていなかった。野心はやはり純文芸の所謂文壇に持っていた。しかし今ではかなり考えが変って来ている。探偵小説というものをそんなにいやしく見ていないと同時に、純文芸をもそんなに尊くは見ていないのである。

編輯後記

○

馴れない仕事で全く文字通り閉口した。気ばかりあせっても一向に原稿は寄って来ず、締切間際のわずか二日ばかりの間に殆んど全部が来たような始末。そんな事なら一週間も先から、あわてて悲観して、飛んだりはねたりしないでいればよかったとつくづく思った。

○

正木不如丘、南幸夫、直木三十五、以上三氏の新顔を加え得た事は大いに鼻を高くしてもいいと思う。この外に矢田挿雲、菅忠雄、両氏の物を是非ほしいと思ったけれども、とうといただけないでしまって甚だ残念だった。

○

も一つ鼻を高くする材料は国枝氏の創作。書いていただく事に約束してほっと安心する間もなく御身体の調子が悪い由で御断りが来てまた青くなり、と思うとその御断りから半日過ぎないうちに創作の御原稿が届いて、今度は万歳を叫ぶ。まるで七面鳥の有様である。

○

創作といえば甲賀三郎氏の御作、私信の中にも「これは取っておきの材料でしたが」云々とあった事ほど左様に御自信のある作。御注目ありたい。

○

松本泰、平林初之輔、森下雨村、延原謙、巨勢洵一郎、田中早苗、以上六氏には御約束が成立していたけれども、うち松本氏、平林氏の二つだけ締切の間一髪に御原稿が到着したが、後四氏の御原稿は到頭間に合わずにしまった。殊に松本氏は御病気の由で、その原稿も御病床でものされたとの事、感謝の言葉も無いほどである。平林氏の御原稿も熱海へ御旅行中から御送り下さったもので、これまた厚く御礼申上げる。

○

ともかく編輯という仕事はとても大変な仕事である。その上前号のすばらしい出来栄えの後を受け持ったのでその骨の折れ方、また一通りでなかった。三四の方には三度目か四度目に「至急親展」の手紙まで差上げた。全くそんなにうるさく申上げて実に失礼だとは思ったけれども、編輯当番の責任を思って幾度もの躊躇の後、到頭その失礼をも敢てした。今ここで改めて皆様に御詫びを申上げる。あしからず御許し下さい。

○

出来上りのよしあしは別として随分と努力したその骨折りだけは買ってほしいものだ。

十月号短評

「木馬は廻る」淡い淋しみといったような感じが憎いほどよく表わされていた。うまいのはさすがだとつくづく感心した。したがしかし、氏の作を巻頭にのせてそれで「探偵趣味」は、ちといかがなもので？

直　感

脅迫状を受取った事がある。惜しい事にその脅迫状をその後父が破って捨ててしまったので気がついて私は残念がったが致し方がない。あれがあったらその全文を御らんに入れても、たしかにこの喫茶室原稿位いの価値はあったものにと思うけれども。今記憶に残る脅迫状についての二三を書いてみよう。紙は薄手の紙であった。それに細い文字——これが少しく変っている。というのは筆でも無くペンでも無い。よく見ると役所の書記がよく使っている硝子で出来た筆（ペン？）に薄墨で書いてある。文面は例の通りの紋切り型で金を（金高三百円とあった）新聞に包んで某日某時間某点に置いておけ。そうしないと「貴下の家人に対し最新の科学的薬品によって○○する」とある。（この○○するのマルがふるっている。文句に困った結果マルを使ったらしい。これを見て、こいつそれほど恐ろしくないなと私は思った事である）最後に「義烈団、名古屋支部長、可児一郎」と署名してある。所がその後へ来て、「松原哲次郎殿」（これは私の父の名）の殿だけが硝子筆で後の松原哲次郎だけは毛筆で入っている。これで共犯者がある事が――とにかく義烈団の本部が今度朝鮮地方へ移転するについての軍用金だと云うわけなのである。（義烈団という恐ろしいのが以前事実あるにはあったそうだ。だがこれはそれにには勿論関係が無い）私の少しばかり恐ろしかった点というのはその手紙の中でかなりむつかしい文字を使用しているのが、相当教育を受けた人間であるらしいという事である。ではずかしいが、私は翌朝警察へ届け出た。もっとも父が丁度留守で男といっては私一人であったから。それから指定されている日のその時刻、警官が随分沢山張り込んでいて、それらしい男が来るには来たが見事逃してしまった。拙宅には約三日ばかり二人ずつ警戒に来ていてくれた。それに対して食事と、それから最後に始末書を取られたがその代書料と、合計二円内外がこの事件に対しての損害だった。因《ちなみ》にその犯人はその後一ケ月ばかり後に捕った。往来を歩いて金の有りそうな家（御見立てに預って私は光栄である）を見つけてはどんどんこの脅迫状を送ったという話だ。何でも中で二三人はこの脅迫に応じたという事である。この脅迫状の事はもっとくわしく書きたいが紙数の都合で後日にゆずる。

笑話集

かぶろ

新参のかぶろに女郎「コレよしのヤア、下の簞笥から多葉粉《たばこ》を持って来ヤア」「アイ」と立って「モシおいらんえ、簞笥には御座りイせん」女郎大きに叱《しか》り「コレ手めえは新参だけれど、この中も教えたわの、簞笥といったら、下の町の多葉粉屋へ行って買って来るもんだにヨウ」また客のある時「下の簞笥へ行ってたばこをもって来や」と云えば「アイ」と、しばらくすぎて来て「モシエ、下の簞笥は寐んした」

生酔

おやじ、酒に酔いて帰り「コリア孫六ヨ、おのれがあたまは三つある。そんな者にあとはゆずられぬ」同じく息子も酔っていて「何のこった、こんな廻る家を何《な》にするもんだ」

たこ

つんとした女房、丁稚を連れて通るうしろへ、屁が落ちたを知らぬふりで行く「今落ちたは何だ」「ハイ、屁で御座ります」「ムム、おれはまた仙人かと思った」

道心

表を道心坊が通るを見て内儀「さてさて、きたない坊主じゃ」と云う。主「めったな事をいうな。弘法様だも知れぬ」というを聞き坊主立止り、「なむ三、顕れた」という。主「さてもさてもふとい坊主だ。弘法様だも知れぬと云うたりや、顕れたとぬかした」といわれて坊主「また顕れた」

古道具屋

盗人が道具屋の見世へ来て、大小を盗んでさし、一さんに駈出すを、隣の亭主見付け知らせければ道具屋追っかけて行き暫く過ぎてすごすごと帰る。隣りの亭主「盗人は逃げのびましたか」という。「イエイエ二三丁で追付きました。先も侍、めったな事はいわれませぬ」

画

鯨の絵を書いているを見て「私にも書いて下され」と鼻紙を出せば、鯨は大魚なれば「このような小さい紙へは書かれぬ」といえば「そんなら、百匁《もんめ》ばかり書いて下され」

虚空

「お月様は、そばで見たらどれほどあろうの」「あれは途法もなく長い物だ」「何さ、丸いによ」「何さ、あれは小口さ」

小噺

密夫

亭主間男を真二つに斬り殺す。女房「わたしも共に斬ってくんなせえ」という。亭主頭をふり「まずそうは致すまい」女房手をあわせ「慈悲じゃ殺してくんなせえ」といえば亭主「いいや殺さぬ、あの世で添わせてはならぬ」

借店

この裏に借店あり、と張紙をしておく。いつの間にやら度々剝がして取る。大家これではならぬと考え、木札に書付け、五寸釘にて打付け、大家「これで四五年もちこたえよう」

草履取

侍、両国橋を通り、家来「いこう巾着切が見えます、随分御油断遊ばされますな」旦那「心得た、われも気を付けろ」という。家来また旦那へ「巾着切が殊の外居ります、御油断なされますな」といえば、旦那「おれは気を付けて行く、われに持たせた鳥目《ちょうもく》に気を付けろ」いえば家来「最早とっくに取られました」

首売

本所割下水の辺を「首売ろう首売ろう」と、せって歩けばある殿様、その節御調べになりし政宗の刀おためしになりたき旨、早々かの首売を呼込み「首はいかほどで売るぞ」と役人問えば「ハイ一両で差上げましょう」という。それ下直なりとて首売を土壇にすえ、政宗の刀を抜いて討ちかけ給えば首売身をひねり、袂より張子の首を投出せば、殿様御立腹にて「己が首を調《ととの》えておいた」と宣《のたま》えば「私が首は看板で御座ります」

臆病

臆病なる盗人、ちと稼いで来ようと黒装束にて出かけ、ある表店をうかがえば夫婦の口舌。こいさあいつ寝ようも知れねえとその隣をうかがえば、物しずか故、だんだん戸をこじはなして這入って見れば明店泥棒ため息をついで「まず首の気遣いはなし」

掛物

さる所へ行き、床《とこ》の掛物を見るに画の上に何やら書いてあるゆえ「もしあの画の上の書付は何で御座ります」と聞けば亭主「あれは賛で御座ります」という。また外《ほか》へ行って床を見るに掛座に文字が書いてある故「もしあの掛地に書いたは、さんで御ざりますか」と問えば「いやあれは詩で御座る」という。また外で掛物を見るにこれにも何か書いてある故「あれは四でござりますか」と問えば「いいえ語で御座る」という。さてさて段々違うものと思い、その後さる方へ行き掛物見るに、また書付があるゆえ思い切って「もしあれは六で」と問えば「いえこれは質で」

緒生漫筆（1）

『偐紫田舎源氏《にせむらさきいなかげんじ》』を読んでいる。そして探偵味の多いのに驚いている。光氏を中心にしてトリック沢山に事件を運んで行くのがいかにも面白い。かなりの長編だがこの調子だと終りまで厭かずに読み通せるだろうと思っている。

トリックと云えば例の浄瑠璃、これほどトリックを多く用いているものはまずあるまい。浄瑠璃では身替りという事などは作者の常套手段であったと思われる。甚だしいのはたしか『近江源氏先陣館』の終りの所で「大江の入道を追って最初の佐々木高綱が奥へ入る。時政現われて宇治の方へかかるとたん発矢《はっし》と胸を射抜かれて死ぬ。現われた二度目の高綱『時政を討取ったり』と叫ぶ折しも矢一つ来って胸板に当る。と、真物の時政現われて『稲毛の前司を身替りとして高綱を討った』と喜ぶ折、お花畑の鳥威《とりおど》しの中から今度こそ真物の高綱がかんらかんらからと笑って現わる」。

時政が二人、高綱が三人。これではどれが真物なのか終いには分らなくなる。トリックもここまで行くとちょっと不愉快にもなろうじゃないか。

珍らしくシェークスピアの中にこのトリックを扱ったもののあるのを最近読んだ。もっともロメオとジュリットの最後の所なども、ルベル式にちょっと変な感じがくるがこの作はトリックをトリックとして扱っている所が面白い。『冬の夜がたり』という作品で最初后が死んだという事になっているのを最後にそれが死んだのではなく生きていて芽出たし芽出たしで幕になっている。

西鶴の作の中にもそのまま探偵小説になりそうな話があったと覚えている。昼夜用心記や大岡政談など材料にはならないが読んでいては仲々面白かった。

全く無名ではないがそれかと云って少しも有名でない作家がある。そしてそれが一番みじめな作家である。但しこれは私が愚痴を云っているのでは決してない。

エミール・ヤニングスの『曲芸団』余りに皆が揃ってほめるので少々癪にさわっている。なるほどヤニングスはうまいにはうまいのに違いはなかろう。だがあれがヤニングスの本領ではないと私は思っている。ヤニングスの芸は非常に人間味を持ったユーモラスな軽い所に、その価値があるのではないかと、そう思うと云って私がヤニングスの映画の総てを見て知っていると云うのでは決してない。『最後の人』すらも私は見逃してまったほどなのだからだがずっと前に見た題は忘れたが何でもある皇太子殿下を補佐している大学教授に扮した映画を見た事がある。その大学教授が自分の学生時を懐しんで若い学生の間に交って夜の街を飲み歩いたり、皇太子殿下が若い女とそっと唇を合するのを微笑みながらわざと眠っている様子をして見せたりする、そういった人間味の非常に溢れたユーモラスな大学教授の性格が実に憎いまでによく出ていた事を覚えている。『最後の人』もやはりそういう微笑みの中に涙を誘うようなそうした人間的な一老人の話であったように聞いている。で、あの『曲芸団』の中でも子供を愛する場面、年齢下の女芸人に対する盲目的な愛——あの、まだ街の場末で軽業をやっている時仕事を終って肉襦袢姿の女を抱いて部屋へ戻って来る辺り――ああした所がこのヤニングスの生命ではないかと私は考えている。

サンデー毎日の探偵小説号を考て私は全くうんざりしてしまった。御大小酒井氏を初め国枝、甲賀、水谷、久山、山下等々その道の頭目連が目映ゆいばかりに居並んだが、さてその作品には不幸、私これっぱかしの尊敬をも払う事は出来なかった。ためしにこの中の一つを雑誌『探偵趣味』か何かの投書欄にでも送ってみたらどうだろう。選者水谷氏は「今一層の奮励を望む」等とかんたんに片づけてしまうだろう事に疑いはない。

探偵小説は行きつまったと云う。探偵小説は向上して人生を画く所まで行かねばならぬと云う。いや、探偵小説だ。面白くあればそれでいいと云う。議論百出……しかしそんな事どうでもよく自分の原稿がより多く発表さsれればそれでいい私だがこの探偵小説号を読んだ時にはさすがに「なるほどこれでは大いに困る」とそう思った。大いに行き詰っている。大いに向上する必要もある。大いに面白くなる事も肝要だ。ともかくも少しどうにかならないかなあと正直な所私はつくづく思った事である。いい物よりも面白い物を。なるほどこれが探偵小説にはたしかに必要であるらしい。だがその代り幾年かの後、そうした所謂「探偵もの」が講談雑誌の中からも放逐されそうな危険性を持っている。何しろ流行ってやつは猫の目ほどにも変りやすい一種の怪物ではあるんだから。

剣劇からあの大写しだけ取りのける事は出来ないだろうかと私はいつも考えている。鬘《かつら》の継ぎ目をまざまざと見せつけるような不自然さを何もわざわざ客の瞳に晒す必要もないではないかとそう思う。ましてや、それが本当に動きもしない顔の筋肉を無理やりに虐使しようとするにおいておやである。泣いたり笑ったりする役者の表情の本筋にどれだけの関係があるのだろう。それが現代劇となり気分も必要とし、また心理描写も大いに肝要とする時初めて大写しの価値は認められる。剣劇に気分と心理描写が必要だとは私不肖にして考え及ばない事はるかである。大目玉をくり抜いて苦虫を噛みつぶしたような世にも奇怪なる剣劇役者の大写しはむしろ私を不快にする。不快ばかりか一体殺陣《たて》の最中等に現われるあの大写しというものは、殺陣の劇《はげ》しさを加えようとするためか、それとも凄い気分をでも与えようとするためか、とにかく私には永久に解けない謎であるらしい。ついては大写しでなくては表情へ出ないというように考えている人達に私は云ってみたい。文楽の人形浄瑠璃を見た事がありますか？　と。あの不自然極まるそして不思議な少しも動く事のないあの人形の表情が、あの身体全体の動きによって実に憎いまでにその人物の性格を画き出している事を！

ある女流探偵作家の作品を、ある人が「あれでは少々困る。ふざけ過ぎている」と云った事がある。ところが女流作家は云ったものである。「元々私はふざけて書いているんです。誰が真面目に書いてなんかいるものですか。あなたがおっしゃる私の作の欠点はもう最初から私にはちゃんと分っていたんです。だけども私はそれを訂正しようとは思いませんでした。元々私はふざけて書いているんですから誰が真面目に書いてなんかいるものですか。お分りになりまして？　面白き紳士――様」

さて私はそれを見た時何と云ったか？　私はただ「ああ」と叫んだ。そして更に「世にも勇敢なる――子嬢よ」と心の中に驚歎した。敢然として「私はふざけているんです」と云った女流探偵作家の勇ましさよ。それと同時に少しでもいい物を書こうと力一ぱい努力する私の馬鹿らしさよ。そして再読し三読し少しでも欠点を無くしようと骨を折る私の正直さ加減よ！　私は「ふざけて」書き得る術を知りたい。私は「気がついても作の欠点に筆を入れない」大胆さがほしい。更に他人から批評をされて「私はふざけているんです。真面目に評されては迷惑だ」と臆面もなく世に向って云い得る勇気が得たいものである。

アンケートほか

探偵問答

探偵小説に関係ある人々に左のような四つの質問を発して二十余通の解答を得た。甚だ愚問で恐縮だったけれど、こうして解答を比べてみるのも一興かと思う。森下氏春日野氏西田氏のは長いものだったので、別にのせた。併せ見られたい。

1 探偵小説は芸術ではないか。
2 探偵小説は将来どんな風に変って行くであろうか、また変ることを望まれるか。
3 探偵小説目下の流行は永続するか否か。
4 お好きな探偵作家二三とその代表作。
解答の順序は不同です。

1 むつかしい御質問です。厳格に云えば今は「探偵小説は芸術である」と云われないかも知れません。しかし近き将来において「探偵小説は芸術である」と云い得る時が来るものと思います。
2 日本のポオ。日本のマッカレー。日本のビーストンが陸続と現われると思います。そうしてまた私はそれを希望致します。（これはちと的がはずれましたかな）
3 世の中に退屈の分子が絶えない限り永続すると思います。
4 敬服するのはポオの諸作、好きなのはチェスタトンのブラウン物、マッカレーの地下鉄サム、ビーストンの諸作。
面白いのはルブランのルュパン物。

（『探偵趣味』一九二五年九月）

『探偵趣味』問答

探偵小説の映画化、劇化することの可否及びその理由

探偵小説を映画化、劇化する事は不可能とまでは云われなくとも非常にむずかしいように思われます。探偵小説の上品なユーモア、ウィット等を映画、劇に表現する事はよほど頭のいい人でなくては出来ないと思います。従って探偵小説の傾向は段々そういう方面に進めば（進むと見なければなりません）進むほど、映画、劇とは遠ざかって行くように思われます。純探偵の傾きの多いものなれば、しかし、映画にも劇にもなりますし、またしてもいいとは思いますけれども。結局、いい探偵小説ほど映画化、劇化することがむずかしいし、また、下手にしてもらうと、ぶちこわされては困ると思います。

（『探偵趣味』一九二六年一月）

マイクロフォン

新青年新年号、実に内容豊富だ。盛り沢山の、川田氏じゃあないが「助けてくれ！」と悲鳴を上げたくなる。それがまた揃って力作で私の頭を神経衰弱にしそうだ。小酒井博士の「恋愛曲線」とてもすてきだ。一寸《ちょっと》あれ程の物は外国にも見出されまい。小説家としてまた立派な腕を示された物だ。氏を有する事は日本探偵小説界の誇りだ。

次によかったのが甲賀氏の作。国枝氏の評に依って奮起されたものだそうだが。してみるとちょいちょい、あした痛烈な批評も為になる。

「予審調書」。うまいものだ。

（「新青年」一九二六年三月）

大正十五年度探偵小説壇の総決算

本年度において発表された、創作並びに翻訳探偵小説中、貴下の印象に残っている作品、という題で、諸家の感想を求めたところ、次のような解答が集った。国枝、甲賀両氏の批評感想とともに、この解答集を発表して、以《も》って本年度における探偵文壇の総決算としたい。

——一記者——

小酒井氏『恋愛曲線』（新青年）凄い事において。羽志氏『監獄部屋』（新青年）考えさせられる事において。横溝氏『キャン・シャック・バー』（映画と探偵）何とも言えぬユーモアにおいて。松本泰氏『毒死』（探偵文芸）全体の芸術的な感じにおいて。江戸川氏『鏡地獄』（大衆文芸）得意の題材なる点において。以上総て既成作家の物ばかり。新進作家の物に印象に残る物無し。どうしたものか？　と憎まれ口を一言。

（「新青年」一九二六年一二月）

クローズ・アップ

一、我が作品（または翻訳）のうちで、どれが一番好きで、どれが一番嫌いであるか？
二、将来、どうしたものを書き（または訳し）たいと考えているか？

一、やはり「美の誘惑」が一番好もしい。自信のある無しには拘らず。その他、四五枚の小品なら、大ていは皆好きだ。嫌いなのは「街角の文字」。何も云わない。あんな薄っぺらなもの、穴があったら入りたい。

二、面白くない探偵小説。心理描写で終始するようなものを書いてみたい。肩がこって、五行目辺りからは誰も読んでくれないといったような……。

（『探偵趣味』一九二六年一二月）

クローズ・アップ

一、一番最初に読んだ探偵（趣味的）小説について
二、今から三十年後の探偵小説は？

一、三津木春影氏訳の「古城の秘密」ルブラン８１３と黒衣の女です。上下二巻になっていたと思います。それから呉田博士の物語、これも読んだと思いますが、どららが早かったかは覚えていません。
二、三十年後の探偵小説、探偵小説という文字が残っているかどうか甚だ疑問です。だが内容からみての探偵小説はやはりあることはあるでしょう。一つは怪奇小説として純文芸に加わり、一つは気のきいたユーモア小説として世に残り、本格物としては、まず講談雑誌位に色取りとして残るでしょう。

（『探偵趣味』一九二七年五月）

一、本年度（一月―十一月）において、貴下の印象に刻まれたる創作探偵小説、及び翻訳作品。
二、ある作家に向って来年度希望する点。

わざと他人の事を云うは差し控えます。
一、本年度発表致しました物全部で七篇。中で髷物「夜桜お絹」が初めてだけに嬉しい気がします。その他で自信のあるのは一つもありません。元々書き上げると同時に、自作に対してむしろ憎悪さえ持つ私ですけど。
二、せめて、自分の進むはっきりとした道を発見したいと思います。緒生でなければ――という個性をはっきりと表現したものを書きたいと思っております。「面白い」ものでも「芸術的」なものでも、何でもいいから――。

（『探偵趣味』一九二七年一二月）

解題

横井司

1

江戸川乱歩は、戦後に編んだアンソロジー『乱歩愛誦探偵小説集』全三巻（岩谷書店、一九四七・六、八）の序文を書くにあたり、『新青年』、『新趣味』、『秘密探偵雑誌』、『探偵文芸』の四誌を調べて、主要作家のデビュー年月を確認している。そこでは、乱歩が「二銭銅貨」で登場する以前にデビューした作家として、八重野潮路《やえのしおじ》（西田政治《まさじ》）、横溝正史、角田喜久雄、水谷準の名が挙げられている。そこにはあげられていないが、先に論創ミステリ叢書に収録した山下利三郎もまた、乱歩登場以前に『新趣味』の懸賞募集に入選してデビューした作家であった。そして、やはり乱歩登場以前にデビューし、後に乱歩によって、山下利三郎とともに「探偵小説界先駆者の一人」（「日本の探偵小説」『日本探偵小説傑作集』春秋社、三五・九）としてあげられることになるのが、ここに、戦前戦後を通じて初めて作品集がまとめられることになった、本田緒生《ほんだおせい》である。

本田緒生は、一九〇〇（明治三三）年四月一五日、愛知県名古屋市に生まれた。本名は松原鉄次郎だが、もともとは北尾という姓の家に生まれ、「四、五歳の頃」に松原家に「貰われてきた」という（鮎川哲也「雙面のアドニス・本田緒生」『幻影城』七五・九。以下、引用は鮎川『幻の探偵作家を求めて』晶文社、八五による）。少年期になって北尾家に生まれたことを知り、養父に隠れて兄弟に会っていたと、鮎川のインタビューで語っている。「子供の頃から書くことが好き」で、『日本少年』を初めとして、『文章世界』や『文章倶楽部』などに様々なペンネームで投稿していたという（前掲「雙面のアドニス・本田緒生」。本田自身のエッセイ「二つの処女作」〔二六〕も参照のこと）。こうした「小説好き」は、本田の言によれば、「松原家の父は商人《あきんど》ですから文学趣味は少しも」なく、したがって「北尾の血を引いているため」ではないかという。初めて読んだ探偵小説は、友人から借りてきた「ルブランの『古城の秘密』（今の813に、黒衣の女）」で「借りて来た本を何度も何度も読むうちに表紙が、ちぎれてしま」うほどだったと、後にエッセイ「無題」（二五）で回想している。それ以後も「殆んど病的に色んなものをあさつた」が、それですぐさま「自分が筆を取つて探偵小説を書いて見ようとする気は一向起きず」、「呪はれた真珠」を書き上げたのは、それから「ずつと後」になってからのことだった（前掲「二つの処女作」）。

「呪はれた真珠」は『新趣味』の第二回懸賞小説に投稿され、選外佳作に選ばれて、同誌の一九二二（大正一一）年一一月号に掲載された。その際、筆名を、実家の姓を用いた「北尾生」をもじって「木多緒生」として投稿したところ、掲載時に「本多緒生」と誤植されてしまい、後に「本田緒生」と改名したのだということは、鮎川のインタビュー「雙面のアドニス・本田緒生」を通してよく知られるようになった。本田は続いて、第三回懸賞小説に、あわぢ生名義で「美の誘惑」を投稿し、こちらは二等に当選して、『新趣味』一九二二年一二月号に掲載された。この「あわぢ生」という筆名は、『日本少年』投稿時代に使用していた「淡路千之助」から取られている。二つのペンネームを使ったのは「おおっぴらには面倒が起」るので、「二つの筆名を使うよりも二つの筆名を使ったほうが発覚しにくい」と考えたからだそうだ（前掲「雙面のアドニス・本田緒生」）。

そして「二つ書いて二つ共相当の成績を見せたので」「引き続いて探偵小説の筆を取つた」のだと、後に回想しているが（前掲「二つの処女作」）、肝腎の『新趣味』は一九二三年一一月号で廃刊となったため、『新青年』の探偵小説募集に眼を向けるようになる。『新青年』では創刊当初から創作探偵小説を募集しており、創刊の年である二〇年の九月には、もう第一回の結果が発表されている。このとき入選したのが八重野潮路「林檎の皮」であった。翌年には横溝正史が「恐ろしきエイプリル・フール」で一等当選。そのころ本田は『新青年』の懸賞募集には気付かなかったようだが、『新趣味』廃刊後は、まず「財布」を投じ、これが同誌の二四年一二月号に掲載された。その際、どこにも懸賞当選の文字はなかったが、これは『新趣味』の方で名前を知っていた森下雨村が、寄稿原稿扱いにしたものだろうか。ちなみに、『新青年』一九二四年六月号に一記者による「応募探偵小説選評」が掲載されており、そこでは杉野某の「財布」という作品が、「達筆にすら〳〵と書けてはゐるが、余りに通俗味がたつぷりで、作中に何等の感激も技巧もないのが、欠点である」と短評されている。筆名は異なるが、「松原」を「杉野」と変名することはいかにもありそうなので、もしかしたらこれが本田の作品だったのかもしれない。

それまでは編集後記などを通して公募していた創作探偵小説だったが、一九二四年四月号では巻頭広告ページの見開きをまるまる使って「懸賞小説募集」が大々的に告知されている。探偵小説だけではなく、少年冒険小説、少女滑稽小説、新講談、滑稽諷刺小説、歴史小説、人情小説まで対象としたものだった。探偵小説の規定は、四百字詰原稿用紙百五十枚以内となっており、当選賞金は三百円、選外優等賞金は百五十円だった。なお、同号の編集後記でも、従来通りの「探偵小説募集」が行なわれており、二十枚以上の作品を第一種、二十枚までの作品を第二種としている。こちらの賞金は一等二十円、二等十五円と、随分と小規模なものだが、これが創刊号以来の通常の募集内容だった。この百五十枚以内という規定の懸賞小説募集に投じられたのが「蒔かれし種」であり、結果は同年十一月号誌上で次のように発表された。

一、探偵小説

当　選（賞金参百円）

蒔かれし種　名古屋　松原乙之助

選外優等（賞金壱百五十円）

夜行列車　札幌　成田　尚

選外佳作

侏　儒　福岡　杉山　泰道

選外佳作に選ばれた「侏儒」の作者・杉山泰道は、後の夢野久作である。こちらはその後、「若い男女七人の合作」という署名の下、父親の主宰する結社の機関誌『黒白』に連載された。後に『夢野久作著作集1』（葦書房、九六）に採録されている。また、成田尚の「夜行列車」は、鮎川哲也編『鉄道ミステリー傑作選／急行出雲』（光文社カッパ・ノベルス、七五）に採録されているので、読み比べてみることも可能である。なお、これらの作品に対する選評は確認できなかった。

「蒔かれし種」の一等当選がきっかけとなって、同郷の小酒井不木を知り合い、不木から乱歩を紹介され、といった具合で、勃興期の探偵文壇に深く関わっていくことになる。『猟奇』一九二九年六月号は「小酒井不木追悼号」だが、同号から翌七月号にかけて、本田は不木から届いた手紙を何通か掲げ、その背景を述べることを通して不木を偲んでいるが、当時の思い出を述べた部分に次のように書かれている。

> 当時先生の御名前だけは勿論よく承知してゐたけれ共、此の名古屋の土地に御住ひと云ふ事は少しも知らずにゐた。此の時分拙作「蒔かれし種」が当選してすつかり一流作家となつた様な気持ちになつてゐた私は、先生が名古屋の方だと云ふ事を何かで知ると、すぐ森下雨村氏に先生の御所を御尋ねした。そして高くなつた鼻の持ち込み場所を、つまり先生の所に求めたわけである。然し最初は自分の名前などとても御記憶にはなつてゐまい、果して御返事が頂けるかどうかとそれを心配しながらも手紙を差上げた。所が意外にも御返事は直ちに来た。しかも会ひたいとの趣である。私は有頂天になつた。そして事実それから間もなく御邪魔したと思ふ。江戸川乱歩氏とも此の時から文通を願ふ様になつた。（「私の不木先生（二）」『猟奇』二九・七）

雨村から不木の住所を教えてもらい、最初に送った手紙の返事が一九二五年四月四日の日付となっているから、当選してほとんどすぐに手紙を出したものと思われる。同年には乱歩と川口松太郎が名古屋を訪れ、そのとき不木の紹介で本田も同席していた。乱歩の『探偵小説四十年』（六一）には、一九二五年の夏に乱歩が川口松太郎と共に不木を訪ねたおりの、同席した国枝史郎、本田緒生も加わって撮られたスナップが掲載されている。この時の顔合わせがきっかけで川口が編集に関わっていた雑誌『苦楽』に寄稿するつながりがついたと思われる。『探偵文芸』へ執筆したのも不木の紹介によるもので、探偵趣味の会に参加し、『探偵趣味』に寄稿するようになったのも、不木の引きによるものだろう。こうして「蒔かれし種」を発表して以降の三年間に、十五編に及ぶ作品を発表するようになる。掌編といっていいような短いものが多いとはいえ、旺盛な筆力を示したといえるだろう。

一九二八年からは『猟奇』の創刊に関わり、同誌を中心にほぼ毎月といっていいほど創作やエッセイを寄せている。二七年までは『探偵趣味』に寄稿していたのに、二八年になっていきなり『猟奇』のみをホームグラウンドにした事情はよく分からない。ただ、東京在住の作家が中心となって、探偵趣味の会自体が東西に分裂した際、本田は名古屋に在住し続けざるを得なかったため、東京在住の作家たちとの人脈が途絶えたことが、いちばん大きな理由だろうか。また家業を継ぐことになり、創作に時間を費やせなくなったことも、理由のひとつだろう。家庭の事情とはいえ、昭和初年代（一九三〇年前後）の探偵小説ブームの波に棹さして、中央文壇への進出がかなわなかったことが、本田を一地方作家にとどめることになった。

『猟奇』一九三一年九月号に発表した「暗黒におどる」――これは同人の共同執筆になる連作の第一回にあたる――が、同誌における創作としては最後となり、同年一二月号にエッセイを発表したきり、その名前は見られなくなった。

一九三三年創刊の『ぷろふいる』は、各地の探偵小説愛好家をつなぐメディアとしての役割も果たしたが、同誌の愛読者を母体とする名古屋探偵倶楽部が発足した際、緒生はその会合に参加して、井上良夫や大阪圭吉などとも会っているようだ。『ぷろふいる』三四年九月号の「探偵倶楽部通信」欄には、第一回名古屋探偵倶楽部の様子がレポートされており、出席者全員の集合写真が掲げられている。同じ年の暮れになって『ぷろふいる』に、久しぶりの創作「波紋」を発表したのは、この時『ぷろふいる』編集部からの参加者がいたことが、きっかけであろう。だが、あとが続かず、名古屋探偵倶楽部の方も会場確保の問題などでいったん解散したという事情もあってか、再び沈黙することとなった。

戦後になって、名古屋探偵倶楽部の面々が創刊した『新探偵小説』に執筆を請われたようだが、戦後は本格ものが中心で自分とは肌が合わないと感じていたために、ついに筆を執ることはしなかったと、鮎川のインタビューで答えている（「雙面のアドニス・本田緒生」）。ちなみに、そのインタビューの際に、食糧公団の機関誌に「南丘哲」の筆名でユーモア・コントを発表したという話が出ているから、まったく筆を執らなかったわけでもないようだ。「勤め先で昼休みに少しずつ書いていたこと」もあるそうだが、「根気がなくて」書き上げられなかったと答えている。

　一九七五年になって『幻影城』が創刊され、その予約購読の申し込みがきっかけとなって、ここで何度か引用している鮎川哲也によるインタビューが実現。翌年一月号には、久々の新作短編「謎の殺人」が同誌に発表された。その後も、鮎川哲也編のアンソロジーに作品が収録された際、筆を入れるなどしていたが、続いて新作が書かれることなく、一九八三年五月一八日、入院先の病院で不帰の人となった。

2

　江戸川乱歩は、『日本探偵小説傑作集』（前掲）の序文として書き下ろした「日本の探偵小説」において、当時の探偵小説作家を「論理派」と「文学派」の二群に分け、「文学派」の内の「情操派」の項目に本田緒生の名をあげて、次のように述べている。

> **本田緒生**も山下利三郎と共に探偵小説界先駆者の一人であつた。名古屋に定住して、その地方の探偵小説の為に力をいたしたことも、両者相似た所がある。初期の「蒔かれし種」を代表作と見るべきであらう。

　乱歩は後に『探偵小説四十年』の中で、この序文を書くにあたっては「『新青年』の古い合本を部屋一杯に並べて、五十人に近い作家の目ぼしい作品をかたっぱしから読んで行」き、「各作家の性格と作風を心にとめて、作風による分類をし」「批判的且つ記録的な紹介文を書いた」と述べている（引用は『江戸川乱歩全集』第28巻、光文社文庫、二〇〇六から）。したがって、『新青年』に載せた創作が少ない作家は、どうしても分が悪くなる。『新青年』の懸賞小説に当選しながら、同誌よりはむしろ『探偵趣味』や『猟奇』など、半営業誌に書くことの多かった本田の場合、その評価に偏向が生じるのはやむを得ないことであった。

本田緒生の活動時期は大きく二つに分けられる。その第一期は、デビュー作「呪はれた真珠」から「危機」までの、執筆活動の中心が主として『探偵趣味』だった、一九二二年から一九二七年までの五年間である。第二期は、執筆活動の中心が『猟奇』に移った一九二八年から一九三一年までの三年間で、その意味では第一期を『探偵趣味』時代、第二期を『猟奇』時代というふうに名づけることができる。『ぷろふいる』に創作を発表した一九三四年から、『探偵春秋』のアンケートに回答した三七年までの三年間は、第三期として立てず、第二期に加えてしまってもいいだろう。本書『本田緒生探偵小説選』第一巻では、右で述べた『探偵趣味』時代の作品を集成している。

以下、本書に収録した各編について解題を付しておく。作品によっては内容に踏み込んでいる場合もあるので、未読の方は注意されたい。

〈創作篇〉

「呪はれた真珠」は、『新趣味』一九二二年一一月号（一七巻一一号）に、本多緒生名義で掲載された。後に、ミステリー文学資料館編『幻の探偵雑誌⑦／「新趣味」傑作選』（光文社文庫、二〇〇一）に採録された。

本田緒生のデビュー作にして、名探偵・秋月圭吉および後に恋人となり結婚する令嬢・百合子が初登場する一編。鮎川哲也がインタビューに訪れた際、緒生は本作品について、「最初に書いた《呪はれた真珠》には、一粒の真珠と秋月とが登場しますが、それ以後はこの両者が狂言廻わしとなって、さまざまな事件が起るというのが根本の設定です」と答えている（前掲「雙面のアドニス・本田緒生」）。当選するかどうかも分からない投稿作の一作目を、シリーズものとして構想するというのは、にわかには信じがたいが、次の「美の誘惑」を続けて投稿していることを鑑みるに、その執筆期間の短さからすると、緒生が語った通りの事情だったのかもしれない。

「美の誘惑」は、『新趣味』一九二二年一二月号（一七巻一二号）に、あわぢ生名義で掲載された。その後、探偵趣味の会編『創作探偵小説選集』（春陽堂、二六／九四）やミステリー文学資料館編『幻の探偵雑誌⑦／「新趣味」傑作選』（光文社文庫、二〇〇一）に採録された。

秋月＆百合子シリーズの第二作。全編、秋月が百合子へ送る書簡体で通したところも読みどころのひとつ。なお、『探偵趣味』一九二六年一一月号に載った、自作で最も好きな作品は、という質問に対して、本作品をあげ、「自信のある無しには拘らず」「一番好もしい」と答えている。

アンナ・パヴロワ А́нна Па́влова（一八八一～一九三一）はロシア人バレリーナ。一九二二年に来日公演が開かれた。

「財布」は、『新青年』一九二四年一二月号（五巻一四号）に掲載された。単行本に収録されるのは今回が初めてである。

銀行員・山本秋雄君を狂言廻しとするユーモア・シリーズの第一作。銀行員となるのは後の作品においてであって、初登場の本作品においては、会社を首になったばかりの失意の青年としての登場となる。

山本君が通りかかる蓄音器屋の店先から流れてくる楽曲は、「マダム・バッターフライ」がプッチーニのオペラ『蝶々夫人』（一九〇四年初演）なのは分かるとして、残りの二つだが、「呂昇の紙治」の呂昇は女義太夫師の豊竹呂昇《とよたけろしょう》で、「紙治」は近松門左衛門作の浄瑠璃『心中天網島《しんじゅうてんのあみじま》』（一七二〇年初演）の通称。同作の主人公・紙屋治兵衛《かみやじへえ》に由来する。「虎丸の不如帰」の虎丸は浪曲師の鼈甲斎虎丸《べっこうさいとらまる》だろうが、何代目かは不詳。「不如帰」は一九〇〇年に刊行された徳冨盧花の小説に基づいて作られた、のぞきからくりの口上（からくり節）であろう。これらに宝塚の少女歌劇が加わってシンフォニーを作り出しているというのだから、その猥雑な騒々しさがうかがえようというもの。

「蒔かれし種——秋月の日記」は、『新青年』一九二五年四月号（六巻五号）に、あわぢ生名義で掲載された。後に、鮎川哲也編『鉄道推理ベスト集成』第1集（徳間書店、七六）およびその文庫版である『トラベル・ミステリー①／シグナルは消えた』（徳間文庫、八三）、ミステリー文学資料館編『幻の名探偵』（光文社文庫、二〇一三）に採録された。

本作品の狙いについて、本田は後に次のように書いている。

> 別にこれと云つてヒントがあつたわけではない。例の「呪はれし《ママ》真珠」の物語りとして考へ出したものである。急行列車で前の列車に追ひついて線路を越えて誰にも気づかれづに忍び込む……と云つた様なトリックが一番最初考へ出したものではなかつたかと思つてゐる。それに夜行列車の殺人事件……この列車中での

事件は今でも矢張自分の頭にこびりついてゐて、何だかも一度それを土台にして見たい様な、ぼんやりとだがそんな気がしてゐる……。草川と云ふ友人の出現や、青木伯爵に対する疑問等、総て書いてゐるうちに色々思ひついたものである。（略）「蒔かれし種」は私の作の中でも最も「面白い」ものであると思ふが、あれをも私は決して唯「面白さ」だけを主眼としたのでは決して無い。日記の形式にしたのも其の一つではあるんだが……日記の形式と云ふ奴は自分の身辺を離れた事は少しも書けなく其の為め私はかなり苦しんだが……全体に学生らしい明るさと軽快さとを出来るだけ盛つたつもりでゐる。事件を運ぶ文字使ひにも出来るだけ理屈ばらない、説明的な風を避け事件を画き出す事よりも先に、其の作に一種の「味」を出す事に努力した。だがこれに対して作の「面白さ」を云々してくれる人はあつてもさうした作者の苦心を買つてくれる人は唯の一人もなかつた［。］外国作家の事件だけを運んで行く様な探偵小説に比して其れが何の程度迄芸術的に表現されてゐるか……少なく共此の作が持つてゐる一種の「感じ」を発見してくれた人は全く一人もゐなかつたのである。（「緒生漫筆」『猟奇』二八・一二）

本作品を採録したアンソロジー『幻の名探偵』の「解説」で山前譲は、「呪はれた真珠」、「美の誘惑」、「蒔かれし種」の三作は「秋月と資産家令嬢の百合子とのラブロマンスでもあった。（略）名探偵の恋と青年探偵の初々しさが当時の探偵小説界にあっては新鮮である」と述べている。

アラ・ナジモヴァ Alla Nazimova（一八七九～一九四五）はロシア生まれのアメリカ女優。サイレント時代のスターで、『サロメ』Salomé（一九二三）はその代表作のひとつ。

「鮭」は、『新青年』一九二五年八月号（六巻九号）に掲載された。単行本に収録されるのは今回が初めてである。

銀行員・山本秋雄君が狂言廻しを務めるシリーズの第二作。「山本君が銀行員になってから十日もたゝない或る日の出来事」を描いている。

鮎川哲也がインタビューに訪れた際、緒生は本作品について「当時はナンセンス物がはやりましたから、そうした傾向のコントを書きました。この《鮭》というのも二十枚ほどの長さだったのですが、半分に縮めたほうがよくなるといわれて、十枚ばかり削ったことを覚えています」と語っている（前掲「雙面のアドニス・本田緒生」）。

ちなみに最後の「げつと塩鮭の、くさいおくびが飛び出して来た」という文章は当時不評だったようで、「極めて不快な感情を読者に与へる、おくびなんて外国語にもないだらう（和英辞典を調べて見たら、ちゃんと出てゐるが）とひどく攻撃された事がある」（「緒生漫筆」『猟奇』三一・四）と後に回想している。

「**或る対話**」は、『探偵趣味』一九二五年一一月号（第三輯）に掲載された。単行本に収録されるのは今回が初めてである。

「**街角の文字《もんじ》**」は、『新青年』一九二六年一月号（七巻一号）に掲載された。後に、鮎川哲也編『鉄道ミステリー傑作選／急行出雲』（光文社カッパノベルズ、七五／光文社文庫、八六）、鮎川哲也・島田荘司編『ミステリーの愉しみ1／奇想の森』（立風書房、九一）に採録された。

銀行員・山本秋雄君が狂言廻しを務めるシリーズの第三作。冒頭、街角に奇妙な数字を書き付ける紳士が登場するあたりは、モーリス・ルブラン Maurice Leblanc（一八六四～一九四一、仏）のアルセーヌ・ルパン・シリーズの短編「赤い絹の肩かけ」L'echarpe de soie rouge（一九〇七）を彷彿させる。緒生の暗号趣味が出た一編でもある。また、ゼリー・ビーンズを宝石に見立てる趣向は、子どもの頃にあった森永の菓子からヒントを得たのだという（「うめ草」『探偵趣味』二六・一）。

本書収録の本文は、初出誌である『新青年』に掲載されたものだが、後年、鮎川編の『鉄道ミステリー傑作選／急行出雲』に収録された際に、結末部分が書き加えられている。奇妙な数字を記していた謎は明かされても、街角で秘密結社の会員が合図を交わすような場面の説明は解決されていなかったため、補足されたものと見るべきだろう。以下に、初出誌の最後の部分を含めて、補筆された部分を引用しておく。

「では、あの数字は……?」

山本君はあえぎあえぎ、こう訊いて見た。

「ハハア、あれですか、私は毎日あの辺を散歩するんですがね。ただ歩いているだけでは興味がないので、思いついて、街角から街角までの歩数を数えて、それを街角に記してみたのですよ」

「でも……」

山本君はまたせきこんで言った。

「……あの、もう一人の紳士は？　あなたと何かひそひそと打ち合わせをなすった……」
　すると紳士は相変わらず落ちついた口調で、事もなげに言ったものである。
「え？……ああ、あの方は煙草の火を貸してくれと言われただけですよ。そう……よいお天気ですねとか、今日は暑かったですねとか、そんなことくらいは話したと思いますけど……」

　同書の解説で、本文中に出てくる「とてしゃん」について、鮎川は以下のように説明している。

「とてしゃん」とは大正末から昭和初頭にかけての流行語であって、しゃんというのはドイツ語のschönの訛ったもの。したがって「とても美しい女」の意になる。「すごしゃん」というのは聞いたことがないから作者の造語かもしれない。それとも、名古屋地方ではこうした言葉がはやっていたのかもしれない。

　ちなみに、『探偵趣味』一九二六年一二月号に載った、自作で最も嫌いな作品は、という質問に対して、本作品をあげ「あんな薄つぺらなもの、穴があつたら入りたい」と答えている。

「**彼の死**」は、『探偵趣味』一九二六年一月号（第四輯）に掲載された。単行本に収録されるのは今回が初めてである。

「**謎**」は、『探偵文芸』一九二六年三月号（二巻三号）に掲載された。後に、ミステリー文学資料館編『幻の探偵雑誌5／「探偵文芸」傑作選』（光文社文庫、二〇〇一）に採録された。

　本作品について緒生は「あれはアンデルセンの有名な『マッチ売の《ママ》少女』の翻案？である。『マッチ売りの少女』と全く同じ型と同じ内容とを持つてゐるのに勿論あの作の読者は間違ひもなく気がついてゐる事だらうと思ふ」（「緒生漫筆」『猟奇』二八・一二）と述べている。

「**視線**」は、『探偵文芸』一九二六年五月号（二巻五号）に掲載された。ミステリー文学資料館編『探偵小説の風景　トラフィック・コレクション（上）』（光文社文庫、二〇〇九）に採録された。

「**無題**」は、『探偵趣味』一九二六年一〇月号（二年九号、第一二輯）に掲載された。単行本に収録されるのは今回が初めてである。

本作品について緒生は後に「たしか『犯罪心理学』だつたかの中に『自殺が俺を追つて来る。俺はもうぢきそれに抵抗しなくなるよ』と云ふ文句があつた。一寸面白い文句だと思つたのでその一句を使つて見たさにあれを書いた迄だ」（「緒生漫筆」『猟奇』二八・一二）と回想している。

「ひげ」は、『苦楽』一九二六年一〇月号（五巻一〇号）に掲載された。単行本に収録されるのは今回が初めてである。

銀行員・山本秋雄君が狂言廻しを務めるシリーズの第四作。

「**寒き夜の一事件**」は、『探偵文芸』一九二六年一二月号（二巻一二号）に掲載された。単行本に収録されるのは今回が初めてである。

「**書かない理由**」は、『探偵趣味』一九二七年一月号（三年一号、第一五輯）に掲載された。単行本に収録されるのは今回が初めてである。

銀行員・山本秋雄君が狂言廻しを務めるシリーズの第五作。本作品において初めて山本君の下の名前が明らかになる点も、このシリーズのファンであれば見逃せまい。

「**ローマンス**」は、『探偵趣味』一九二七年三月号（三年三号、第一七輯）に掲載された。後に、ミステリー文学資料館編『幻の探偵雑誌②／「探偵趣味」傑作選』（光文社文庫、二〇〇〇）に採録された。

銀行員・山本秋雄君が狂言廻しを務めるシリーズの第六作。江戸川乱歩の「算盤が恋を語る話」（二五）を彷彿させなくもない、暗号趣味を盛り込んだ一編。本作品において初めて山本君の愛妻の名が春子といい、旧姓が片岡であったことが明らかになる点も、このシリーズのファンなら見逃せまい。

『救いを求むる人々』The Salvation Hunters は、一九二五年制作のアメリカ映画で、同じ年、日本でも公開された。

「**鏡**」は、『探偵往来』一九二七年三月号（二巻三号）に掲載された。単行本に収録されるのは今回が初めてである。

「**夜桜お絹**」は、『苦楽』一九二七年五月号（六巻五号）に掲載された。単行本に収録されるのは今回が初めてである。

初の時代小説。本作品について、本田は後に次のように述べている。

『夜桜お絹』と云へば、矢張さう云ふ女賊の話しが明治の初期にあつたのでそれからでもヒントを得た様に考へてゐる人もあるらしいけれど、これは『夜嵐お絹』で嵐と桜と違つてゐる。勿論さうした女賊のあつた事をも私はあれを書いた後で初めて知つた。（「緒生漫筆」『猟奇』二九・二）

あるいは、また別の機会には、自分の書く山本君シリーズは、キャラクターを「人間」として描こうとしたものだが、そこまで読みとってくれる読者はいないという話の流れで、「夜桜お絹」について次のように書いている。

尚私の初めての髷物「夜桜お絹」に対しても矢張同じ不平を私は持つてゐる。隼秀蔵がいかに「人間」である事か！　中年者の意識せざる恋心、誰でもが持つ美に対する好意、さうした凡人の性格を私は画いたつもりである。が、果して読者はそれを見てゐてくれるだらうか？　でも唯二人の人が……山下利三郎氏と、そして今一人は最近病床にある事唯二日にして世を去つた私の大事な親友Nと……その二人だけでもあの作を分つてゐてくれると云ふ事は、せめてもの私の慰めでない筈はないわけである。（「緒生漫筆」『猟奇』二八・二）

なお、文章に編集部の手が入ったようで、後に「『夜桜お絹』の中で編輯者の加筆によつて『思ひはもつれる蜘蛛の糸』と古めかしい文句にされてゐたのが未だに気になつて出来る事なら弁明書でも出したい程に思つてゐる」（「緒生漫筆」『猟奇』三一・四）と書いている。

「或る夜の出来事」は、『探偵趣味』一九二七年七月号（三年七号、第二一輯）に掲載された。単行本に収録されるのは今回が初めてである。

結婚前の百合子という女性が主人公であり、秋月圭吉シリーズに登場する百合子と同一人物と思われる。秋月シリーズの「蒔かれし種」を採録した鮎川哲也編『鉄道推理ベスト集成』第1集（七六）の解説で鮎川が「氏はさらに《或る夜の出来事》（これには秋月は登場しない）を『探偵趣味』に書いたが」と書いていることからも、本作品が秋月シリーズのスピン・オフ作品であると判断できる。

路地からの人間消失トリックを扱った作品かと思わせ

て、偶然の作用で解決をつけるのを、物足りなく思う読者もいるかもしれない。こうした〈謎〉への意識は、「謎」と題した掌編でも示されており、本田ミステリのひとつのモチーフであったといえる。

「**罪を裁く**」は、『クラク（苦楽）』一九二七年一一月号（六巻一一号）に掲載された。単行本に収録されるのは今回が初めてである。

「**危機**」は、『探偵・映画』一九二七年一二月号（一巻二号）に掲載された。後に、ミステリー文学資料館編『幻の探偵雑誌⑨／「探偵」傑作選』（光文社文庫、二〇〇二）に採録された。

銀行員・山本秋雄君が狂言廻しを務めるシリーズの第七作。

緒生はこのシリーズについて後に次のように語っている。

> 私の「山本君の話」についても同じ様に（「蒔かれし種」と同じように―横井註）其のトリツクをかれこれ云つてくれた人はいくらもあつたがそれ等の作の底を流れる「人間味」を味はつてくれたのは極めて少ない。私はあの「山本君」の凡人であり、好人物たる面目をそれ等の作に書かうと試みた。そしてその幾分をも書き得た事と信じてゐる。私の山本君は「人間」として生きてゐる！……と思つてゐる……がそれを見てくれたのは一人もなかつた。（「緒生漫筆」『猟奇』二八・一二）

〈評論・随筆篇〉

「**日本の探偵作家と作品**」は、『新青年』一九二五年四月号（六巻五号）に、あわぢ生名義で掲載された。本編も含め、以下のエッセイはすべて単行本に収録されるのは今回が初めてである。

同時代の共通認識があらわれているというより、本田緒生が探偵小説に対して何を求めるのかが、あぶり出されている点が興味深い。

久米正雄の「冷火」は、一九二四年一月一日から六月三日まで『時事新報』に連載され、同年九月、新潮社から刊行された。

「**無題**」は、『探偵趣味』一九二五年九月号（第一輯）に掲載された。

「**鈴木八郎氏に呈す**」は、『探偵趣味』一九二五年一〇月号（第二輯）に掲載された。

鈴木八郎は写真家で、この当時出版社アルスに入社して、雑誌『カメラ』他の編集に携わっていた。戦後、写真文化の向上に尽くした功績により勲五等瑞宝章を受章。

「或る対話」は、対話形式で書かれた写真芸術論で、緒生が引いているのは、美術批評家が写真を真面目に論じないのは、「未だ日本の写真界には批評家の一顧を煩はす丈の立派な作品が出てゐない」からではないかと論じる途中で、探偵小説について言が及んだ部分である。探偵小説も写真も「十九世紀の半ば過ぎ、科学の発達に依て発生したと云ふ点に於て」、そして「何処までも科学の恩恵を蒙るところに一致点が」あるにも拘らず、「恩恵を蒙る処の科学の下に従つてたんぢや、芸術としての深みと高さは得られないらしい」、「と言って若し科学から背をそむけたら、夫々《それぞれ》が持つ本質は失はれてしまふ、そこにヂレンマが有る、と云つた処も良く似て」いると述べた上で、緒生が引用している箇所に続く。

そこで鈴木が言及している千葉亀雄の「近代小説の超自然性」は『改造』一九二三年九月号に掲載された文学論で、鈴木が引いている部分は、その第五章にみられる。

緒生が引用している箇所に続いて鈴木は、写真もまた「科学に縛られ過ぎてゐる」、「此の科学の束縛から離れなければ到底芸術の深みに浸透して行くことが出来さうもありませんしね」というふうに述べて、「文壇に於ける探偵小説と美術界に於ける写真の境遇は確かに似通つてますね、恵まれない点で」と比較していくのだが、これに対して緒生は、鈴木の考える探偵小説の範囲は狭すぎると難じていくのである。

ここで語られているのは、後年の木々高太郎にも似た探偵小説芸術論であるといってよい。その意味では緒生の探偵小説観を知る好個の一編であるといえよう。

「あらさが誌」は、『探偵趣味』一九二五年一一月号（第三輯）に掲載された。

「うめ草」は、『探偵趣味』一九二六年一月号（第四輯）に掲載された。

ウェルシーニン M. Welshiir の『死の爆弾』は、一九二二年、博文館の探偵傑作叢書の一冊として刊行された。『大破滅』という別邦題もある。著者の生没年や邦訳書の原題については未詳。

広津は広津和郎《かずお》、平林は平林初之輔、水守は水守亀之助、前田河は前田河広一郎《まえだこうひろいちろう》。それぞれ『新青年』に寄稿した。

「一号一人」は、『探偵趣味』一九二六年二月号（二年

二号、第五輯）から一九二六年六月号（二年六号、通巻第九輯）まで連載された。

あわぢ生名義のエッセイ「日本の探偵作家と作品」の拡大版とでもいうべき内容で、短いとはいえ、一回に一人の作家を取り上げる作家論の連載というのは、当時としては斬新だった。

江戸川乱歩の「情死」は『探偵趣味』一九二六年一月号に掲載された作品だが、これは代作とされ、全集などには収められていない。執筆者不詳。

「一束」は、『探偵趣味』一九二六年三月号（二年三号、第五輯）に掲載された。

「川口氏の『滅亡近し』の爆弾」とは、川口松太郎が『探偵趣味』一九二六年一月号に発表したエッセイ「探偵小説の滅亡近し」のこと。

牧逸馬の「襯衣《シャツ》」と「初めから後り迄」「すつかり同じ」作品は、『映画と探偵』の二月号に掲載された「恐怖」だとあるが、同誌二六年二月号は校了までに入手できず、本書には未収録になったことを、ここでお断りしておく。ただ、江戸川乱歩『幻影城』（五一）掲載の「探偵小説雑誌目録」には創刊号が一九二五年一二月号で「二号にて廃刊」とあり、その終刊号にあたる二号が二六年二月号なのか、それとも本田が誌名を誤認しているのか、詳らかではない。

また、『新青年』の新年号に「ひげ」という作品を書いたとあるが、『新青年』二六年一月号に載っているのは「街角の文字《もんじ》」で、「ひげ」という作品は見当たらない。ただし、同題の作品が『苦楽』二六年一〇月号にも掲載されている。こうした齟齬の事情については不詳。

「二つの処女作」および「編輯後記」は、『探偵趣味』一九二六年五月号（二年五号、第八輯）に掲載された。

『探偵趣味』は、創刊号から第十一輯までは、同人が編集当番を務めており、二六年五月号は本田緒生が編集担当の回だった。

「十月号短評」は、『探偵趣味』一九二六年一一月号（二年一〇号、第一三輯）に掲載された。

「直感」は、『探偵趣味』一九二七年一月号（三年一号、第一五輯）に掲載された。

「笑話集」は、『探偵趣味』一九二七年三月号（三年三号、第一七輯）に掲載された。

「小噺」は、『探偵趣味』一九二七年四月号（三年四号、第一八輯）に掲載された。

「緒生漫筆（1）」は、『探偵・映画』一九二七年一〇

月号（一巻一号）に掲載された。初出時にはナンバーが振られていなかったが、後年『猟奇』に同じタイトルで連載されており、そちらと合わせて通しナンバーを振っておいた。ご了解されたい。

『偐紫田舎源氏《にせむらさきいなかげんじ》』（一八二九～四二）は柳亭種彦の草双子。『近江源氏先陣館《おうみげんじせんじんやかた》』は近松半二ほかによる人形浄瑠璃で、一七六九年初演。

「ルベル式」のルベルはモーリス・ルヴェル Maurice Level（一八七五～一九二六、仏）のこと。日本オリジナル編集の『夜鳥』（二八）がよく知られている。

エミール・ヤニングス Emil Jannings（一八八四～一九五〇）はドイツの俳優で、『最後の人』Der Letzte Mann（一九二四）は二六年に、『曲芸団』Variete（二五）は二七年に公開された。「危機」（二七）の中で山本君の細君が観る映画『ヴァリエテ』は、後者の『曲芸団』のこと。当時から二通りの邦題があったのかどうかは不詳。

「サンデー毎日の探偵小説号」とは、『サンデー毎日』一九二七年七月十七日号で組まれた「探偵小説集」のページを指す。掲載されたのは国枝史郎「畳まれた町」、正木不如丘「湖畔劇場」、牧逸馬「赤んぼと半鐘」、水谷準「手袋」、甲賀三郎「敗北」、久山秀子「隼の藪入り」、小酒井不木「血友病」、渡邊均「恋」の八編であった。緒生は山下利三郎の名をあげているが、山下の「規則違反」が掲載されたのは翌週の七月二十四日号である。

ここでの批評に不快感を抱いた甲賀三郎は、『探偵趣味』二七年一一月号に寄稿したエッセイ「多作家其他」中において、「理論的根拠なき批評」という題を掲げて、次のように批判した。

新人小舟勝二氏が毎号批評を試みて居られるが、憾むらくは趣味に堕し、探偵小説の約束を越えて論評するの感がある。もしそれ本田緒生氏に至つては「探偵・映画」に於て、現今の代表探偵作家の諸作品を、「探偵趣味」への投稿作以下と頗る大胆にやつつけてゐる。本田緒生氏は創作探偵小説界に於ける最も古き作家の一人であり、而も現在に於ても常に新しき方向へ進まうとする革命的意気を持つ所の新人である。この人にしてこの暴言ある事を深く遺憾とする。

サンデー毎日紙《ママ》上の諸作家の作品はいづれも掌篇とも称すべき最短篇であつて、諸作家は十分にその力を伸べる事が出来なかつたであらうし、傑れた作は或はなかつたかも知れない。（尤も小舟氏の如きは不木氏の作を傑作と評してゐる。）然しながら、それらの諸作は現今探偵小説界の過半と云つて好い程の作家の手になつたもので、之を否定し去る事は創作探偵小説を否定し去るに等しく、少くとも理解ある人の言とは思はれない。

本田緒生氏は少くとも右の諸作に「うんざりしてしまつた。」或は「これつぱかしの尊敬を払ふ事は出来なかつた」所の理由、殊に、「その一つを「探偵趣味」に送るならば、選者水谷氏は「今一層の奮励を望む」」と簡単に片づけて終ふだらう事に疑ひはない。」所の理由を明白に云ふ所の義務がある。

凡そ批評には理論的根拠を必要とする。人は感想に対しては説明を求める事は出来ないかも知れないが、批評に対しては説明を求められる筈だ。本田氏は或は感想と逃げるかも知れないが、もし感想としても私は罵倒に等しい氏の言を黙つて受入る事が出来ない。何等理論的根拠なき批評が探偵小説界をいかに萎縮せしめたか。好みに委せ、趣味に堕せる批評がいかに探偵小説界を毒したかを思ふとき、私は切に根拠ある正しき批評を願ふものである。

この甲賀の批判に対する、緒生からの反論は、なかったようである。

最後に言及されている「或る女流探偵作家」とは久山秀子のことである。西田政治が「柳巷楼無駄話」（『探偵趣味』二七・一）の中で久山の「戯曲 隼登場」（同誌、二六・一二）に対して「あの悪るふざけはどうだ。いくら同人のものだと云つてあんなものを有難さうに載せられちや御迷惑さまだ」と書いたのに対し、「隼の公開状」（同誌、二七・二）という反論を公表したというやりとりを踏まえている。

巻末に「アンケートほか」と題して、『探偵趣味』および『新青年』におけるアンケート回答と、『新青年』の読者投稿欄「マイクロフォン」に寄せられた投書をまとめた。紙幅に余裕がないので各アンケート等の初出は本文に譲ることにする。諒とされたい。

［解題］**横井　司**（よこい　つかさ）
1962年、石川県金沢市に生まれる。大東文化大学文学部日本文学科卒業。専修大学大学院文学研究科博士後期課程修了。95年、戦前の探偵小説に関する論考で、博士（文学）学位取得。共著に『本格ミステリ・ベスト100』（東京創元社、1997）、『日本ミステリー事典』（新潮社、2000）、『本格ミステリ・フラッシュバック』（東京創元社、2008）、『本格ミステリ・ディケイド300』（原書房、2012）など。現在、専修大学人文科学研究所特別研究員。日本推理作家協会・本格ミステリ作家クラブ会員。

本田緒生氏の著作権継承者と連絡がとれませんでした。ご存じの方はお知らせ下さい。

本《ほん》田《だ》緒《お》生《せい》探《たん》偵《てい》小《しょう》説《せつ》選《せん》Ⅰ　〔論創ミステリ叢書73〕

2014年3月15日　初版第1刷印刷
2014年3月20日　初版第1刷発行

著　者　本田緒生
監　修　横井　司
装　訂　栗原裕孝
発行人　森下紀夫
発行所　論 創 社
〒101-0051 東京都千代田区神田神保町2-23 北井ビル
電話 03-3264-5254　振替口座 00160-1-155266
http://www.ronso.co.jp/

印刷・製本　中央精版印刷

Printed in Japan　ISBN978-4-8460-1312-7

論創ミステリ叢書

①平林初之輔Ⅰ
②平林初之輔Ⅱ
③甲賀三郎
④松本泰Ⅰ
⑤松本泰Ⅱ
⑥浜尾四郎
⑦松本恵子
⑧小酒井不木
⑨久山秀子Ⅰ
⑩久山秀子Ⅱ
⑪橋本五郎Ⅰ
⑫橋本五郎Ⅱ
⑬徳冨蘆花
⑭山本禾太郎Ⅰ
⑮山本禾太郎Ⅱ
⑯久山秀子Ⅲ
⑰久山秀子Ⅳ
⑱黒岩涙香Ⅰ
⑲黒岩涙香Ⅱ
⑳中村美与子
㉑大庭武年Ⅰ
㉒大庭武年Ⅱ
㉓西尾正Ⅰ
㉔西尾正Ⅱ
㉕戸田巽Ⅰ
㉖戸田巽Ⅱ
㉗山下利三郎Ⅰ
㉘山下利三郎Ⅱ
㉙林不忘
㉚牧逸馬
㉛風間光枝探偵日記
㉜延原謙
㉝森下雨村
㉞酒井嘉七
㉟横溝正史Ⅰ
㊱横溝正史Ⅱ
㊲横溝正史Ⅲ
㊳宮野村子Ⅰ
㊴宮野村子Ⅱ
㊵三遊亭円朝
㊶角田喜久雄
㊷瀬下耽
㊸高木彬光
㊹狩久
㊺大阪圭吉
㊻木々高太郎
㊼水谷準
㊽宮原龍雄
㊾大倉燁子
㊿戦前探偵小説四人集
㊉怪盗対名探偵初期翻案集
51守友恒
52大下宇陀児Ⅰ
53大下宇陀児Ⅱ
54蒼井雄
55妹尾アキ夫
56正木不如丘Ⅰ
57正木不如丘Ⅱ
58葛山二郎
59蘭郁二郎Ⅰ
60蘭郁二郎Ⅱ
61岡村雄輔Ⅰ
62岡村雄輔Ⅱ
63菊池幽芳
64水上幻一郎
65吉野賛十
66北洋
67光石介太郎
68坪田宏
69丘美丈二郎Ⅰ
70丘美丈二郎Ⅱ
71新羽精之Ⅰ
72新羽精之Ⅱ
73本田緒生Ⅰ

論創社